或る女 葉子

恋と革命、挫折からの出発

小室千鶴子

郁朋社

或る女　葉子／目次

装丁／宮田麻希

或る女　葉子

——恋と革命、挫折からの出発——

第一部　出会いの季節

一

大学の正門に向かう大通りの角に、「大塚の女子アパート」と、名前はひどく古臭いが鉄筋の近代的建物が建っていた。大学生になったばかりの葉子は、このビルを見あげるたびに、羨望やら感動で胸が熱くなるのを感じていた。戦後十八年たって、ようやく女性の社会的進出が取りざたされる時代を迎えていた。それでも働く独身女性のみに入居者を限った「大塚の女子アパート」の存在は、当時もまだ珍しかったのである。

なかでも葉子の興味をひいたのは、一階の掲示板に張りだされた一枚の紙切れだった。

――ロシア語教えます。六〇三　オリガ――

葉子はその簡単なビラの文句に、勝手にロシア文学への憧憬をかきたてられていた。

トルストイの『戦争と平和』の大歴史ロマン、『アンナ・カレーニナ』に描かれた知性ある女性の苦悩、プーシキンの激情と熱血、ツルゲーネフの独特の女性像、――葉子の心をとらえるのは、これらの作家が描く女性の多様な生きざまであった。

校庭の桜の花が突風で一晩のうちに散った翌日の午後、葉子はついに意を決した面持ちで、アパートの階段を六階まで一気にかけのぼっていた。オリガの部屋を二、三度たしかめ、ポニーテールの髪をなでつけ、胸の鼓動をおさえて部屋のドアをノックした。

オリガは入ってきた葉子を、まるで侵入者をみる鋭い眼で見つめた。皺の多いごつごつした顔に黄色く濁った眼がいぶかしげに葉子をにらんでいる。葉子の用件を聞くとようやく頬をゆるめ、立ちあがって握手を求めた。骨ばった大柄な女性であった。高い鼻の先端が幾分垂れ下がり、窪んだ眼は鷹のように用心深くまっすぐ葉子に向けられている。来週からでもロシア語を習いに来たいという葉子の要望に、オリガはかたい顎を突き出して何度も「ヤー」とうなずいてみせた。静脈が浮き出た手の甲、鶏がらのような首筋からはオリガの年齢を想像することは難しい。葉子の母親のゆで卵のような肌とくらべれば、はるかに老齢にみえた。だが話し合いが終わって、すばやく立ちあがり力強く握手を求めたオリガの背筋は、意外なほどピンとはって美しかった。オリガは存外若いのかもしれない。

階段を降りながら、葉子はオリガの名前に魅かれた訳を思いだしていた。そうだ、あれはプーシキンの小説のなかに出てくる主人公タチヤーナの妹の名前だ。若くて美貌の女性だが、「オリガの顔には命がない」と、主人公オネーギンに散々に言われる損な役柄の女性だ。

葉子は微笑んだ。両方のオリガに、なんの共通点も見出せないのが素晴らしい。ついさっき出会ったばかりのロシア語教師のオリガにも、若き日はあったはずである。どんな女性だったのだろうか、なぜ日本などにやって来たのだろうか、葉子は好奇心に胸を膨らませ、弾んだ気分で大塚の女子アパートを出た。オリガが恐らく日本ではじめての、独身者のための働く女性のみに許された、文化的なこのアパートの住人であることも気に入った。葉子はこれから四年間通うことになる大学と、目の前のオリガの女子アパートを眺めて、思わずこぼれてくる笑みをかくせないでいた。

入学式についてきた母親は、あれほど葉子の受験に反対して、勉強をする部屋の電気を消してまわったことも忘れていた。ひどく晴れやかな笑顔で、誇らしげに薬指の大きなダイヤをぐるっとまわして、

「葉子はやっぱり、お母さんの血をひいている」

帰りによったデパートの食堂で、生まれてはじめてふたりっきりで向きあうと、母親は得意げに言った。それから食べ残した寿司を素早く懐紙にくるんで、茶目っ気たっぷりに舌をだして笑った。葉子は頬をしかめ、顔を赤らめた。もとは名古屋近郊の百姓の出である両親は、埼玉で和菓子の店をやるようになってからも、米一粒といえども無駄にはしない。骨の髄から百姓の貧しさがしみついていた。小さな菓子屋の店先で、来る客、来る客に、葉子の自慢を自分の手柄のように話しているのを、葉子は気恥ずかしく聞いていた。

心理学科全体の新入生歓迎の席上で、担任のN教授が不満をもらした。

「本大学始まって以来の不祥事である」オットセイのような体躯といたずらっ子のような眼をした教授は、短い首を肩にうずめた格好で公言した。心理学科に女子学生が半数を占めてしまったと言うのだ。どの学科にも、女子学生は数えるほどしかいないのに、国立大学にあるまじき嘆かわしい事件だと、憤然と煙草をくゆらした。その年の受験科目が、二教科少なくなったのがどうやら原因らしい。

従来は他の国立大学同様、英、数、国の必須教科の他に、理科、社会の教科から、それぞれ二教科ずつ選択が必要だったが、心理学科だけが各一教科に減った。その結果、入試の倍率は一挙に二十五倍に跳ね上がった。葉子にとってもこれは天の助けであった。遅れて受験勉強をはじめた葉子は、受験科目の多さに心底まいっていたからだ。私立を受けたくとも、教育に無理解な両親の説得は並大抵でない。自分の力で大学にいくには、金のかからない国立しかなかった。戦後二十年近くたって女子学生亡国論が、まことしやかに社会問題になっていた時代である。N教授は、愛嬌のある丸顔に鼻眼鏡をずらしながら、自身はフェミニストであると公言しながらも、女子学生の氾濫に露骨に苦言を呈したのである。

「国が費用を出して君たちを育成する目的は、将来の日本国家を背負う人材をつくるためである。ああ、なんの因果でわたしのクラスに、このように女子学生が入ってきてしまったのだ。亡国の憂い甚だしきものがある」

女子学生はうつむき、肩身の狭い思いに誰もが沈黙していた。ひとりひとりの自己紹介があった。誰もかれも秀才にみえる。都内でも有数の進学校の出身者か、地方でも名門と呼ばれる高校の卒業生で占められていた。埼玉の三流の女子高出の葉子は、ひとりだけ場違いな居心地の悪さに、あやうく窒息しかかっていた。葉子の隣にいたひときわ体格のいい女子学生が、こわばった表情で立ち上がると、一同をキッと睨んで口をひらいた。

「私は、女傑になります。教授のご期待のとおり、女傑になってこの国を背負っていく覚悟でございます」

凛とした響きの低い声に、教授は薄目をあけてニヤリと笑った。

戸張美千代、あとで級友が噂していた。なんでも父親は東大の教授で、兄も東大を出て大学院にいっているらしい。秀才一家は、さすがに言うことが違う。他の女子学生は、教授の毒舌に呑まれ、そそくさと自己紹介を済ましていた。

女傑！　なんと力強い響きだろう。いまどきこんな言葉を使う女性がいたとは、そっちのほうが驚異であった。女傑に続いて、坊主頭の男子学生が大きな目玉をギョロギョロさせて立ち上がった。オペラ歌手のような豊穣な美声に、すかさず毒舌家の教授が口をはさんだ。

「君、大学を間違えたのではありませんか？　音大にでも行ったほうが、好いようです」

堅苦しい座が、一瞬爆笑の渦と化した。オペラ歌手、奥田達也は坊主頭を掻きながら、哲学者めいた苦笑を浮かべ、女傑を見つめた。オペラにとって教授の皮肉より、女傑の一言のほうが、はるかに好ましく映ったようである。坊主頭のオペラのマドンナは、この一瞬で決まった。哲学者のような深遠な瞳のオペラは、心理学科の控え室でも女傑をひたむきな眼で追っていた。女傑は授業でも先頭きって発言する。オペラの熱い眼差しも、遮断する冷静さで、群を抜いていた。心理学を学ぶ意識の点で、葉子は級友より遅れていた。

一ヶ月も経つと、将来の教授を目指して研究室にいりびたる学生も出てきた。

三木峻、彼は一浪していたが、それだけに自分の進路に確固とした方針を持っていた。どの教授の教室に入るか、将来心理学のどの分野で活躍するか、三木は他の学生が入り口で戸惑っているうちに、早くも研究室に潜りこんでいたのだ。三木や女傑はむしろ例外だった。多くの学生たちは、受験勉強を乗りきるのに必死で、心理学という学問の知識もろくに持たずに入ってきていた。葉子は興味を持てるほど本も読まないうちに、勝手に心理学という学問に興ざめしていった。ネズミを使って迷路を泳がせ、行動心理の実験をする授業で、葉子はあやうく卒倒しかかった。電極をつけられた実験用の猫が、屋上をフラフラ歩いているのを見ただけで、眩暈やら貧血を起こしかけて絶望した。フロイトの精神分析学も、アメリカのプラグマティズムの理論も、正直、葉子を魅了しなかった。夏休みに入るころには、数名ずつ、友達同士が集まりだした。葉子は、敬虔なクリスチャンの二宮節子といつしか親友になっていた。節子の両親は医者で吉祥寺の開業医だった。眼鏡の奥の節子の眼は、マグダラのマリアのように慈愛に満ちていた。

二

夏休みに入ってまもなく、大学の山中湖の寮で合宿があった。一年生だけの初めての合宿ということで二十五人全員が参加した。葉子は着いてまもなく節子とボートに乗った。節子はオールさばきも見事で、ぐいぐい漕いで山中湖の対岸まで寄せた。真っ青な空のもとで、ふたりは呑気にボートの上に寝転んだ。節子の白い腕が、日に焼けて真っ赤に染まっていた。節子は早くも心理学科の上級生との恋に悩んでいた。

「彼の、優しくて、煮え切らないところがいいの」節子は妙なことを口走って、亀のように首をすくませククックッと喉で笑った。湖は穏やかで吸い込まれそうだった。

「あの人、真面目なだけが取り柄なの。おれは下手な工作をしてまで、教授になりたいとは思わない、ですって。いまどき珍しいくらい純粋で、不器用なのよ」

「節子にはお似合いね。わたしもそんな人、嫌じゃない」

「葉子からみたら、きっと物足りないわよ。だって、彼は自分の思想だの、政治的な立場に無関心なのよ。——でも、わたし自身、案外、はっきり鮮明に言い切らない人に魅かれるの。ずるいのかしら」

ふたりは微かに揺れるボートのなかで、大鷲のような雲の流れを見ながら照れくさそうに笑った。

孤独な受験勉強から開放され、はじめて迎えた熱い夏の日までに、狭い大学の構内では、恋や友情の嵐が熱気のように学生たちを虜にしていた。十年一昔の講義をする、退屈な教授の授業に失望し、何かを求めて若い心がざわめいていた。葉子は目を閉じて、節子の柔らかな話し声に耳を傾けていた。手を投げだせば湖水の冷たさが、葉子の思いを逆に熱く焦がした。


大学の裏山にこんもりと森に囲まれて、池がひょうたんのように伸びている。五月の学園祭で葉子は同級生の大沢たちと、キューバ展を企画した。大沢とキューバ大使館に行った帰り、池のほとりのベンチで涼んでいると、大沢がにわかに立ち上がった。樹木のなかからほっそりした青年が、不意に顔を覗かせた。日差しを浴びて眩しそうに細めた瞳が、真っ青な空に吸い込まれそうだった。葉子もつられて大沢の背後に立ったまま青年を見つめた。青年は四、五人の連れを従えていた。何か議論の最中だったらしく、なかのひとりが追いすがるように姿を見せて、

「望月さん、情勢はますます我われには不利だ。自治会は社青同に占拠されているし、次の学内集会

までには、もうすこし情報を集めないと――」大声で唾を飛ばして、ふと葉子に気がつくと棒立ちになり顔を赤らめた。望月と呼ばれた青年は、大きな眼をみはって大沢と葉子に軽く会釈をすると、通り過ぎていった。

「教育学科の大学院生の望月隆夫さん、ぼくたちセツルメントの運動の指導者なんだ。大変な理論家で、彼を尊敬する人は多いよ」

大沢は、熱い視線を樹木におおわれた池に投げかけて言った。木漏れ日のなかで、はじめて出会った望月隆夫の瞳は、無窮な青さを葉子の胸に落としていった。小石が池に渦巻くように、葉子の心に無数の波紋を投げかけて、風のように立ち去った。


にわかに風が出てきて、ボートがぐらりと傾いた。葉子は体を起こして空を見上げた。いつしか灰色の雲が湖を覆いつくして、穏やかだった波が急に高くなっていた。

「嵐みたいな風ね、恐いわ」葉子はおびえた眼で節子を見すえた。

「大丈夫、まかしといて」節子はわざと乱暴な口調で、オールを片手に勢いよく漕ぎ出した。

風はいきり立って、ますます激しさを増してきた。葉子もしゃがみこんで、節子の側に腰を据えると、震える手でオールをつかんだ。風に煽られ、ボートは木の葉のように湖上に円陣を描くようにぐるぐる廻るだけで、少しも進まない。

「ねえ、ボートが沈みそうよ。このままじゃ、ちっとも進まない。大声で叫んでも、誰にも聞こえない。ああ、節子、あたしたち、こんなところで死ぬのかしら?」葉子は悲鳴をあげた。節子も無言である。眼鏡がずり落ちて、蒼白な唇を震わせていた。

「たった十八で死にたくない。神さま、助けて！　節子、あなたの神さまに頼んでよ」

葉子の悲鳴に、さすがに節子が噴き出した。しかし、無駄口を叩けたのもこれまでだった。

湖といっても決して侮れない。いまや台風のような暴風に翻弄されて、ボートは波のうねるままに激しく動転するだけだった。オールを持つ手が、がちがち震えて膝に水しぶきが挙がる。節子の恐怖に歪んだ丸い眼が吊り上がって見えた。葉子は長い髪が顔中いたるところに粘りつくのを振り払いもせず、真っ暗な空と荒れ狂う湖に向かって叫んだ。

――ああ、このまま、ボートが転覆すれば、冷たい湖水の底に沈んでしまう。胸に秘めた初恋も、あの人に永遠に告げることなく、誰にも知られずに消えてしまうのだ。

はじめて池のほとりで出会って、葉子は隆夫の澄んだ瞳に魅せられた。端整ななかに、激情が見え隠れする微笑に惹きつけられた。大沢の話では、故郷の新潟に婚約者がいるということである。はかない一瞬の夢であった。全身を焼けつくような激情がほとばしり、夢のなかで悶々と胸をかきむしって身悶えた。親友の節子にさえ、口にするのも躊躇われる、危うさに戸惑いながら、隆夫の姿を追い求めた。誰かに、何かを言うだけで、自分の幼い恋が霧散しそうで、たえず不安に脅かされる。生涯、この片思いのまま、自分は隆夫への想いを秘めて、生きていくしかないのだろうか。

葉子の頬に横殴りの風が、矢のように突き刺さる。湖水は怒り狂って吼え続けていた。永遠に続くと思われた嵐と湖水の気まぐれな闘いに、ふたりはへとへとになりながらも、どうにか持ちこたえた。雲の裂間から、霞んだ岸辺が、湖畔の寮がすがたをあらわした。風も幾分弱まって、ふたりは歓声をあげながら、懸命にボートを岸辺に繋ぐと、重い足どりで這い出した。ずぶぬれの服のまま、肩で荒い息を吐きながら、草むらにぺたりとしゃがみこんで、顔を見合わせ笑い転げた。濡れた体でよろよろと寮に戻ると、食堂では早くも夕食が始まっていた。誰もふたりの憔悴した姿に気づこうともしない。湖で釣ったばかりの鮎の塩焼きを、貪《むさぼ》るように食べる級友の顔に、一様に満足の微笑が宿っていた。魚嫌いの葉子が恐る恐る食べても、意外なほど美味しかった。

　食事のあと、大広間で車座になって討論会がはじまった。女傑がN教授の言っていた、女子学生亡国論について反論をこころみた。よほど、悔しかったとみえる。

「女性の能力を正しく認めていません。これからの女性は、男性と同様社会に貢献すべきです。女性にはその力が充分あります」

　葉子を含めて何人もの女子学生がうなずいて、女傑を頼もしそうに見つめた。オペラはニヤニヤ笑いながら熱い視線を女傑に送っていた。研究室に出入りしている未来の教授、三木が、余裕たっぷりに話を強引に自分に引き寄せた。

「N教授の愛妻家ぶりは、学科ではあまりにも有名です。教授の酒飲みと酒癖の悪さは、それがため危うく教授の椅子を取りこぼすほど、決定的なものだった。しかし、ここに良妻の鏡として教授の細君が登場します」三木は、もったいぶって目の前のビールをぐいと飲みほした。三木の情報通に、一座は妙に静まり返った。

「教授の地位を得るまではと、奥さまは心を鬼にして酒を絶たせた。酒を飲まずとも心が和むように、献身的に尽くされた。貞女の誉れ、あっぱれです。——女性の能力なしに、男が社会で成功するとは思えません。そういう意味で、女性の社会参加をただ表の部分のみで判断しない良識も必要です。影に隠れても、ちゃんと力を発揮している奥ゆかしい女性もいるのですから」

女傑は薄い唇を噛みしめ、眉根を寄せた。巧妙に議論をすりかわす三木の饒舌に苛立っていた。あちこちで三木の意見に反撥する声があがった。大人しく黙っていた節子が柔らかい眼で一座を見わたした。

「私は幼児教育に関心があります。子どもの発達は、生まれたときから三歳までで、ほぼその人格が決まるといわれています。この時期の母親の役割は特に重要です。正しい意味での母性、それは男性にない女性に特有の能力です。子を産み、育てる母親の力は、未来の人間をつくる、社会の原動力ともいえます。三木さんとは違った意味で、異なった性のそれぞれの役割の認識が大事だと思うの」

節子は遠慮がちに微笑んだ。丸い頬が薄く赤らんで、眼鏡の奥の眼がはにかんでいた。

葉子はそんな節子の慎ましさが好きだった。そうかと思うと、先ほどのボートの遭難騒ぎでは、がぜん勇敢になる。さすが都立の有名進学校の出だと感嘆した。母親もたしか女医だった。節子と妹は、仕事を持つ母親の代わりに女中に育てられたと言っていた。誰も彼も住む世界が違ってみえた。子どもの成長は三歳までに、その母親の影響のもとに創られる。節子の話は、葉子の育ってきた環境からは到底理解できない。働くことのみに追われる母親から、どんな教育を受けたかと問われても、何一つ答えられない。どんな影響を受けたかといわれれば、反面教師のように母親の価値観の狭さが身にしみて恐ろしい。母親と向き合って、幼児期を過ごすことになったら、どんなに傷つけあう関係に苛まされることだろう。いつか自分も子どもを産んだら、どう向き合っていったらいいのだろう。葉子はぼんやり自分の思いにとらわれて、大沢が民謡を謡うような、のどかな節まわしで喋りだしていたことに気づかなかった。大沢は愛媛の出身で、母親は小学校の小使いをしていた。

「ぼくの考えでは、幼児教育についても、母親ひとりにゆだねる必要はないと思うね。広い意味で、子どもを育てるのも、子どもたちが成長するのも、社会との係わりのなかでこそ、実現されるべきだと思うな。そうでないと、女性の社会参加が狭められて、安心して子どもを産めないことになる」

母ひとり、子ひとりの大沢の意見には、説得力があった。座が急になごんで、これを潮時にと、大沢がビールやウイスキーを運んであらわれた。にぎやかな話し声が、あちこちから沸き起こった。オペラが挨拶がわりに、歌うことになった。

「シューベルトの『野ばら』を、歌います。できましたら美千代さんにピアノで伴奏などお願いしたいのですが」

オペラは執拗に、女傑の伴奏をねだった。ふたりとも妙に頑固に言い張って結局、オペラはひとりで独唱した。本物のオペラ歌手顔負けの巧さに、座はどよめき喝采を浴びせた。女傑は少しやましいのか、そんなオペラをことさら無視して、節子と葉子を相手に話しだした。

「母は、とても優しい女性なの。兄や私の帰りがほんの少しでも遅くなると、いつも、お玄関の先の通りまで迎えに出て、じっと待っててくださるの。父にたいしても、三木さんがさっきおっしゃった、N教授の奥さまのように、たえず気配りを怠らず、心から尽くしてこられたわ」女傑は、珍しくほおっとため息を吐いた。それでも正座を崩さず、背筋をしゃんと張ったまま先を続けた。

「あるとき、兄が病気で入院することになったの。母は、命がけで、それこそ寝る間も惜しんで看病してくださった。兄は先天的に心臓が悪いものですから……、とうとう、手術が避けられないことになり、翌朝は執刀という晩に、あの気丈な母がお医者さまに取りすがって、懇願しているのを聞いてしまったの。兄の命を救ってくださるのなら、母は、私の命など失くしても惜しくはございません。どうせ私の人生など、つまらないどうでもいいものですから……、母はそう言ってひどく取り乱して泣きました。生まれて始めてですわ、あんな母の惨めな姿を見たのは……、それからなの、女傑になりたいと真剣に思ったのは」

いつしか、オペラは席に戻って、遠くから女傑を眺めていた。照れ屋のオペラは、黙って夢想するように、障子を背に座っている。葉子は、女傑のていねいな言葉づかいに心底おどろいた。家族を語るのに敬語を使うなんて、信じられなかった。それだけに、女傑の母親の話は、身につまされて哀れな気さえした。葉子の母だったら何と言うだろうか。つまらない自分の命、人生と引きかえに、わが子を助けようと、叫ぶだろうか。

節子が女傑に答えるように、柔らかな笑みを浮かべて喋りだした。

「人間の動機なんて、たいがいは親の影響が大きいのね。私の母も女医ですから、仕事、仕事で、家にはいつもいなかったの。わたくしも、妹も、そりゃ寂しい子ども時代を過ごしたものよ。いまなら少しは理解できるけど、子どもにとって、幼稚園や学校から帰って、母がいないとひどく辛くって、いつもめそめそ泣いていたの。……せめて幼児期ぐらいは、いっしょにいて欲しかったのね、きっと」

東大教授の家庭も医者の家も、葉子には羨望こそすれ贅沢な悩みに思えた。しかし、節子の幼児教育論の背景に、母親の存在が見え隠れしていたのは、節子らしくおもしろかった。

大沢がビールのグラスを持って話に割り込んできた。愛媛の小学校の小使いの息子の彼とは、育った環境のせいか、どこか馬が合う。

「おふくろ談義に、花を咲かせているみたいだね」

大沢は大きな体を葉子のかたわらにどかりと据えると、眼を細めて言った。オペラがまた、遠くからこっちを眺めて、話に加わりたげに顎を撫でていた。

「僕のおふくろは、まあ、体型はゴーギャンのタヒチの女そのものさ。でも、精神はモジリアーニの裸の女といったところかな」いつしか三木が背後にまわっていた。

「誰が、モジリアーニの裸の女なの？　あれは素晴らしい肉体だ」

三木はニヤニヤ笑って女性陣を眺め回わした。

「残念でした。大沢くんのお母さんの話でした」

節子がすかさず言って、葉子に目配せした。女傑はにこりともせず、澄まして大沢の話の続きを聞く素振りをみせた。

「おふくろは若いころから詩を書いていた。まあ、文学少女というやつだった。モジリアーニの眼、おふくろの唯一の自慢は、その眼だった。息子のおれが見ても、謎めいて深く退廃している」

「自分の母親のことを、よくそんなふうに揶揄《やゆ》ることができるね。僕はそんな話は聞きたくない。恥ずかしくて話題にするのも御免だ。僕も教授のように、本質的にはフェミニストだから」

三木は自分のグラスを持って、よろよろと立ち去った。大沢の母親も豊かな人生を送ってきたのだろう。大沢は、何故か父親の話をしない。葉子は貧しい育ちの母親を、正直恥ずかしいと感じたこともある。他の級友とくらべて寂しいと思わないわけはなかった。豊かな黒髪と、美しさ、旺盛な生活力、それだけで充分ではないか。労働するのに、他にどんな道徳がいるのかと、母親にどやされるのが関の山だ。

そのうち､京都からやって来た女子学生が、葉子たちの前にウイスキーを注いだグラスを置いていった。

「これ、どうやって飲むの？」葉子は不安げにたずねた。

「そのまま、一気に飲んで大丈夫よ」

肥った京都の女子学生は、慣れた手つきで一気に飲み干した。それを見て、葉子と節子、それに女傑までが数人の女子学生に混じって、見よう見まねでグラスを空けた。

葉子はあっと叫んで口もとを押さえた。喉が焼けるように熱くて、痛い。おもわず喉をおさえた途端、目の前の障子がグラリと斜めに倒れこんで、体が左右にぐらぐら揺れだした。たちまち、身体じゅうが崩れ落ちて、意識の深い闇に沈んでいくのが分かった。

朦朧《もうろう》としたおぼつかない感覚が、とりとめもなく狂ったように浮遊している。誰かがしきりに自分の名前を呼んでいた。大勢の騒ぐ声が、頭を縛り付けるようにガンガンと響いてきた。葉子は次第に大きくなる叫び声に、思わず顔をしかめて、首を左右に振って、誰かの太い指を噛んだ。

「痛いよ！　葉子ちゃん」大沢の厚い唇がかぶさるように、葉子の耳もとで叫んでいた。

その声に、葉子はうつろな眼を醒ました。

「気がついた？　ああ、やっと正気にもどった！　もう大丈夫だよ、葉子ちゃん！」

大沢は細い眼をいっぱい開けて、葉子を抱いたまま真剣な表情で言った。葉子はおぼつかない眼であたりを見まわした。かたわらに節子がだらしなく寝そべっていた。

「節ちゃん、大丈夫？　苦しがっている？」

「節ちゃんは、少し気分が悪いだけで、意識はしっかりしている」

大沢は優しく葉子の体を布団に寝かせた。あとで聞いた話では、京都の女子学生は、大の酒豪であった。ウイスキーを飲んだ学生たちは、一斉に倒れてその場に伸びてしまったと、大沢が笑いながら話してくれた。大沢は、葉子の秘めた片想いを、唯一感じている男だった。悪酔いした葉子の頬に流れ落ちた涙を、大沢はさりげなく大きな掌でぬぐってくれた。

三

秋になっても、葉子の心は依然として浮かないままだった。あれほど熱望した大学生活もかんじんの授業にますます魅力を感じなくなっていた。葉子は一日の大半を、池袋の名曲喫茶でニーチェやサルトル、キルケゴールの本を読んで過ごすようになっていた。高校三年の担任だったS先生に、大学入学のお祝いだと連れてこられたのがきっかけだった。葉子は喫茶店に入るのはこれが始めてだった。ものめずらしげにソファーに腰をおろす葉子に、S先生はにやにや笑って、「コーヒーでいい？」と聞いた。葉子は急に大人びた気がして神妙にうなずくと、あらためてぺこりと頭をさげてよく透る声で言った。

「大学に入れたのも、無事高校を卒業できたのも、みんな先生のおかげです」

音楽好きのS先生は指先でリズムをとりながら、肉厚の顔をくしゃくしゃにさせて笑った。

「たしかに出席日数が足りなくて職員会議でもめたけど、でもね、大学進学の夢をつかみとったのは、葉子くん自身の力だ」

「それでも先生からお借りしたロマン・ローランの『魅せられたる魂』の本を読まなかったら、それに奨学金とアルバイトだけで大学を卒業できた先生の体験を聞かなかったら、大学進学なんて現実的には考えられなかった」

葉子のひたむきな眼に、S先生は嬉しそうにうなずいた。

葉子ははじめて高校に赴任したS先生の自己紹介を懐かしく思い出していた。母親は、いまでも故郷の静岡で、たったひとりで農業をしている。母ひとり子ひとりの彼は、奨学金とアルバイトをして、五年かかって東大の物理学科を卒業した。大学院にいって物理学者になるのが夢だったけど、これ以上おふくろをひとりにほっとくわけにはいかなくて、結局のところ断念しました。S先生の話に同級生はさわぎだした。「五年もいったの？　落第したんだ！」若いS先生は女子高生の間ではすっかり面目を失ってしまったのだ。

薄暗い喫茶店の深い座席にうずくまり、葉子はながれてきたショパンの曲に聴き入った。S先生は大学時代に合唱団で知りあった奥さんと学生結婚をしていた。市営住宅の先生の家にいくといつもショパンの夜想曲が流れていた。葉子は読みかけのサルトルの『蝿』の本をテーブルにおくと、二度目にきたこの店でS先生が話していたことを思い出していた。

先生は、葉子がいま流行の実存主義についてたずねると、

「僕にはサルトルのいう自由が、『蝿』の主人公オレストにいわせている《地上十尺のところにただよっている蜘蛛の糸》のような自由でない、という意味くらいなら分かる。われわれはこれこれの時代、これこれの場所、これこれの環境に、これこれの過去をにない、これこれの身体をもち、これこれの人たちとともに、死の不条理におびやかされて生きている。――たしかどこかの実存主義の本で読んだ言葉だ。だけど僕には正直サルトルの実存主義は、これ以上正確には理解していない。それより僕には《人間は自由なものとして生まれている。しかも、いたるところで、人間は鉄鎖につながれている》といったルソーの言葉のほうが身近に感じられる」

S先生は学者になりたかった自身の無念の体験を思い出したように寂しそうに微笑んだ。

葉子は喫茶店を出ると雑踏のなかを歩きだした。大学へいけば自分の夢がかなう。かたく信じてきた葉子の単純さが、はやくも目標を失っていた。哲学の本を読んで没頭しても、葉子のつかんだと思った自由は、山あいのわき清水のように指の間からするりとこぼれ落ちてしまう。葉子はたえず乾いた喉で、ぎらぎらした真夏の太陽にさらされていた。大地はむせっかえるような緑の樹々を、命の自由を繁茂させているというのに。――葉子はふたたび頂上へと、重たい一歩を踏み出して歩く。そこまでいけば、きっと何か新しい目標がみつかる。自分の命をかけて生きる道が、真の自由への道が開けているのだ。葉子は自分からの開放を、心の奥深いどこかで必死に探し求めていた。

オリガのアパートの階段が重たくこたえてきた。ロシア語を習ってロシア文学を読破する夢も少しずつ薄らいで、葉子は定まらない胸の不安をいだいて彷徨《さまよ》っていた。オリガは葉子のやる気のなさに失望したのか、両手をひろげ肩をすくませ鷹のような眼で非難した。

その日もオリガの苛立たしげな視線を背にあびながら、葉子は六階の踊り場に立っていた。窓越しに望月隆夫の細い体が、鞄を提げて足早に歩いてくるのが見えた。アルバイトにでも行くのか、しきりに腕時計を見ている。葉子は胸が潰れるほど驚いて、わなわな震えながら階段を駆け降りた。転げるようにアパートを出て、通りに出たが、隆夫の姿はどこにもなかった。それからは、オリガの部屋を出ると、決まって廊下の突き当たりの踊り場にたたずんだ。窓から大学の正門を見下ろして、隆夫の姿を眼で追った。三十分待っても、あらわれないときもあった。見えたらまた忙しかった。駆け降りても、転がり落ちても、隆夫には会えないと分かっていても、葉子は隆夫のあとを追いかけた。

ある日の午後、オリガに注意されるまで、葉子はぼんやり物思いに耽っていた。ここ、三週ばかり隆夫の姿を見ていない。病気にでもなったのかしら、不自由な下宿暮らしで困ってはいないだろうか、葉子は気もそぞろで浮かぬ顔をしていた。

オリガはテキストを閉じて、窪んだ黄色い眼で葉子の顔をのぞきこんだ。

「わたしも、ヨーコさんとおなじ、十八のとき、兄と舞踏会にいきました。真っ赤なドレスを着て、雪のなかを、橇《そり》に乗って、胸おどらせて、……生まれて初めて、男性に手を取られ、ダンスを踊ったの。くるくる、くるくる舞って、手拍子打って、足踏み鳴らして、男性の腕に抱かれて、倒れるまで踊りつづけて、いつしか夜が明けていた……。十八になるまでは、貴族の娘はひとりでは舞踏会にいくこともできないの。男の人と口を聞くのも、ダメ、イケマセン。母に厳しくしつけられて、まるで自由がないのね」

葉子はオリガの話に、驚きの眼を向けた。オリガは珍しくにこやかに笑みを浮かべると、やおら椅子から立ち上がった。痩せたオリガの身体が、あっという間にくるくる回転して、筋張った手をしなやかに伸ばして、足のステップにあわせて踊りだした。見事なまでの優美な肢体に、激しい踊りに、葉子は思わず息をのんで眼をみはった。オリガが頬を紅潮させ髪のほつれを撫でながら、倒れこむように椅子に座った。荒い息で広い肩が波打っていた。だが、オリガの眼は異様に輝いて、はるか昔を思い出すように、きらめいていた。

「革命で、父も母も、死にました。兄も、皇帝《ツアー》の軍隊にはいり、革命軍に殺されました――」オリガは憑《つ》かれたように巧みな日本語で、饒舌《じょうぜつ》に喋りだした。

「わたし、恋をしていました。初めての恋、初恋でした。舞踏会でわたしをはじめて誘ってくれた、美しい鬚《ひげ》の、たくましい人でした。……たったひとり残されたわたしを、命がけで逃がしてくれたのに。祖国ロシアを守るため、彼も兄と同じ皇帝《ツアー》の軍隊で、勇敢に戦って、死にました。別れの朝、馬上の彼は、幾度も幾度も振り返って、燃える眼でわたしを見つめ、白い靄のなかに消えていった……」

オリガがほおっと深いため息をもらした。閉じたまぶたが、ヒクヒクと小刻みに痙攣していた。再びテキストを開いたオリガの眼は、いつものとおりどんより濁って生気がなかった。

オリガが自分の過去を語ったのは、後にも先にもこのとき一回だけだった。ロシア革命など、過去の歴史上の出来事だとばかり思っていた葉子には、オリガの話は衝撃的だった。歴史とは、これほどまでに一人の女の一生をさえ狂わせてしまう、過酷なものなのだろうか。

葉子は言葉を失って呆然とした。革命さえ起きなかったら、オリガも日本に亡命などせず、祖国で愛しい初恋の人と家庭を持ち、オリガに良く似た可愛い子どもたちに囲まれ、幸せな晩年を迎えたことだろう。

オリガの深い額の皺に、ゆるんだ頬に、時折みせる寂しげな瞳のなかに、孤独への怯えをのぞき見て、葉子はいまやっとそのわけを、少しだけ理解した気がする。オリガの無念が、慟哭《どうこく》が、若い葉子の胸を切り刻んで、耐え難いものにした。革命の究極の目的が、人間による人間の支配の悪の矛盾を根底からくつがえし、社会に真の平等の観念をもたらす、社会体制の確立にあるというなら、その犠牲も、歴史における必然といって、済まされてしまうものなのだろうか。オリガの家族も恋人も人類の開放のために、滅びゆく階級としての宿命から、逃れられなかったのだろうか。

オリガのアパートの長い階段を降りながら、革命から逃れてきたオリガの孤独な人生を思いやって、葉子はわけの分からない悲しみに打ちひしがれた。オリガの青春と、同じ十八歳の今を生きる葉子にとって、オリガの硬い背中に、濁った眼に、ともに脈々と波打つ赤い血を見出そうと、懸命に瞳をこらしても、もはや、オリガの孤独がそんなことで救われるとは到底思えなかった。無力感に絶望しながらも、それでも、たった一時でも、オリガのいるところ、オリガの人生に、葉子は無関係であったとは思いたくなかった。人は、いつだって、死の不条理に脅えて生きていくものだから、せめて、触れ合える、出会いのときを、たがいの命として、ともに生きることが、時代から逃れられない人間の優しさかもしれない。

葉子は立ち止まって眼を細めた。限りなく拡がる秋の空から、まだ熱い日差しがアスファルトの道路にひとつの影を落としていた。望月隆夫の驚いたような大きな瞳が、葉子の柔らかなブラウスを悩ましげに見つめていた
「あなたは？　たしか大沢くんといっしょでしたね」

隆夫はかん高い声で、葉子を愉しそうに見て微笑んだ。葉子は不意打ちを食らって息をのんだ。笑顔が引きつって、頭の後ろが重くてやりきれない。

「キューバ展、なかなか面白かったですよ。あなたは、大沢くんと同じ心理学科ですか？」

「ええ、井村葉子、葉子と呼んでください」隆夫は眩《まぶ》しそうに葉子の瞳をのぞきこんだ。

「ぼくは望月……」隆夫の言葉をあわてて引き取って、葉子は自慢げに叫んだ。

「隆夫さん！　知っています。あなたのことは、大沢さんから聞いていてとても尊敬しています」

無邪気な笑顔が顔いっぱい広がって、隆夫は悩ましい眼つきで空をあおいだ。

「大塚の女子アパートに、誰かお知り合いでもいるのですか？」

「あっ、いえ、オリガという女性にロシア語を習っているの。でも、ちっとも進まなくて、できの悪い生徒なんです」葉子はしおれてうつむいた。今夜からは、きっとロシア語を勉強して、原書でプーシキンでも読んでやる、と葉子は急に気負って決意した。

「楽しい女性だ、葉子さんは。ロシア語を学んで、どうしたいの？」

隆夫は葉子の痛いところを容赦なく突いてくる。

「どうって、まだほんの初心者ですもの。大学の授業に失望したから、なにか好きなことをしてみたいと思っただけなの」いいながら、葉子は顔を真っ赤に染めてはにかんだ。

ふたりはいつしか地下鉄に向かって歩き始めていた。

「そういう好奇心って案外大事ですよ。一度大沢くんに頼んで、僕たちの学習会にいらっしゃい。葉子さんのようなチャーミングな女性なら大歓迎しますよ」

地下鉄の駅で別れたあとも、葉子は胸の高まりを静めることができなかった。

なんという幸運だろう。オリガが身をもって、隆夫を引き合わせてくれたのかもしれない。葉子はあやうくオリガの舞ったように、くるくる回転したくなった。階段を踊るようにつま先だって駆け降りて、反対車線の隆夫を見つけて、火のように顔を赤らめた。

永遠に、片想いでもかまわない。この世に、しんから尊敬できる、愛しく思える人がいるだけで、幸せに思われた。オリガのように、革命の動乱に、戦禍に翻弄される青春もあったのだから。自分の愛したすべてを失うということは、どれほどの苦痛を背負うことになるのだろう。隆夫を恋しく思う気持ちが激しければ激しいほど、オリガの引き裂かれた人生が惨く映しだされる。隆夫に認められたい。隆夫の心を奪う、魅力的な女性になろう。プーシキンの『オネーギン』の主人公、オリガの姉のタチヤーナのように、自分の初恋の告白をむごく退けたオネーギンを、やがて社交界の花となって、見返すように、――ああ、大人の魅惑的な女性に成長して、隆夫の眼を、心を虜《とりこ》にしよう。ロシア語でも心理学でも手当たり次第に学ぼう。明日からは、片想いの意地をみせてやろう。

九月のある日、葉子は十九歳の誕生日を迎えた。その日の午後、葉子は大学の池のほとりで、隆夫からプレゼントを手渡された。

「開けてごらん」隆夫は茶目っ気たっぷりに微笑んだ。

「ひどく重い！　なに？　教えてください」葉子は眩暈《めまい》がするほど興奮して、甘えるように見あげた。

隆夫はニヤニヤ笑って、葉子の肩にそっと腕をまわした。

「ロシア語の本？　誰なの？　このクルプスカヤって……、こんな厚い本、読めない。とても難しそうで、わたし困ります」包みを解くと、なかから部厚いロシア語の原書が出てきた。葉子は呆然と、手にした本を撫でながら、頭をかかえて悲鳴をあげた。

「クルプスカヤというのはレーニンの奥さんで、著名な教育学者です。大変優れた教育論を展開しています。きわめて優秀な女性です」

「読めるようになるには、とても時間がかかって、――嬉しいけど自信がありません。買いかぶりです、わたしのこと」葉子はわざと拗ねて、自堕落な口調で口を尖らせた。

「ぼくは将来、教育学の専門家になるのが夢です。その見地からして、葉子ちゃんには期待しているのですよ。レーニンとクルプスカヤ、ふたりは僕の理想的な夫婦像です。ぼくも、愛する人とはそんなふうに、人生をともに学びながら生きていきたい」

葉子は難解そうな原書を胸に押し抱き、隆夫に熱い眼を向けた。婚約者を故郷の新潟に残してきている隆夫に、恋する秘密を押し隠すのは限界に近かった。葉子の身体全身から恋する炎が立ち昇って、優しくされればされるほど、息苦しく耐え難い情欲にいたぶられた。

四

「おふくろからの手紙だよ。いつもすごく長くて、読むだけで大変なんだ」

そうは言いながらも大沢は、胸のポケットから丁寧にたたんだ封筒を取り出して、目を細めて朗読しはじめた。

――愛しい息子、豊へ、おまえは今ごろなにをしていますか？　どんな本を読んでいるのですか。おまえが毎日眼を輝かせて、新しい発見をしているかと思うと、かあさんまで嬉しくなります。セツルメントの活動が、どうやら気に入っているようですね。セツルメントなんて言われても、田舎育ちのわたしにはさっぱり分からないと手紙でこぼしたら、おまえはすぐさま「太陽のない街」という本を送ってくれましたね。かあさんも毎晩少しずつ読んではいるのですが、なかなか進みません。でも、この氷川下の街は昔も今も貧しくて、そこに働く労働者たちは、太陽もあたらない薄暗い印刷工場で、朝から晩まで働きどうしで、蒼白い体になって死んでいくのですね。おまえたちの活動が、「太陽のない街」のモデルになったその氷川下町で、汗水たらして働く労働者の子どもたちの、教育をしていることだということが、よく分かりました。かあさんは、嬉しくておまえの手紙を毎日毎日胸のポケットにしまって、暇を見てはそっと取りだしては読んでます。おまえの夢は、故郷に帰って立派な教師になることでしたね。大学に通いながら、勉強の合間にそんな大切な活動ができて、おまえは幸せ者です。宇和島は氷川下と同じ貧乏だけど、ここには明るい太陽と広い海がある。かあさんも日に焼けて真っ黒こげで、前も後ろもますます見分けがつきません。氷川下の働く人たちに、この四国の太陽と潮の香りを届けてあげたいと、かあさんは手紙を書きながら、思わず涙をこぼしてしまいました。ちょっとにじんで汚くなったけど、かあさんの想いがおまえに伝わって、同じ気持ちで暮らす毎日の幸せを感じあいましょう。丈夫な身体だけが自慢のおまえですが、寝冷えだけはいけません。夏でも腹巻きをして、風邪などくれぐれもひかないように。――母より。

大沢は手紙を封筒にしまうと胸のポケットにしまいこんで、ニヤッと笑った。

「こうしてお互いの手紙を胸にしまっておくと、いつもいっしょにいられるみたいで、すごく幸せなんだ。だけど今時寮で腹巻なんて、恥ずかしくていけないよ。オペラに冷やかされて、こまってる」

「きっと、金太郎みたいな特大の腹巻かしら。案外似合っているかもしれないわね。それにしても、温かいお母さんね。うらやましいわ」

「金太郎はおおげさだけど、まあかなりデカイね。小さいときは恥ずかしくて、ちょっぴり嫌だったけど、まさか大学に入ってまで言われるとは、まいったな」

大沢は屈託のない笑いを噛み殺しながら、急に真顔になって葉子を見つめた。

「葉子ちゃんも、一度僕らの活動に参加してごらん。そりゃ本を読むのは大事だけど、それだけじゃ駄目だ。実践こそが社会を変革する。氷川下の労働者の子どもたちのなかから、未来をになう若者が育つ。何もしないで高尚な哲学的思索に耽っても、行動に移さなければ何にもならない。今こそ学び、実践せよ。まずはいっしょに氷川下に、太陽のない街に行き、ありのままの労働者の生活を見てみるんだね」

大沢の言うことは、彼の人の良さとあいまって、葉子には素直にうなずけるものだった。授業が終わると、葉子は大沢と連れ立って、氷川下の街を歩き回った。共同印刷の下請けの印刷工場が、東大の小石川植物園の塀に沿って、狭い道路一帯に長々と密集していた。いずれも規模は零細で、窓を開けて作業する労働者の顔は青白く、いちように猫背に見えた。

「ここいらは、みんな零細工場だから、組合も組織されていない。安い賃金で死ぬほど働かされて、不平でも言えば容赦なくクビになる。誰も怖くて何も言えない状態さ。こうした未組織の労働者が組合を作れるように援助するのも僕たちの仕事なんだ。今度、共同印刷の労働者との集まりがある。葉子ちゃんも出てごらん。大企業に働く労働者にも、また合理化とか、労働強化の問題がついてまわる。いずれも根っ子は同じさ。資本主義の悪循環、持って生まれた宿命、搾取する側とされる側の基本的矛盾、社会体制を変えなくては、働く者の権利は永遠に踏みにじられる。そりゃ、社会主義と一概に言っても、ソビエトや中国では、民族が異なるように歴史も文化も違う。当然独自の路線をたどることだろう。しかし目指す目標は同じ、世界は確実に資本主義が破綻して、社会主義の世の中になる。——僕は少なくとも、その礎《いしずえ》になる覚悟で活動を続けている」

大沢は南国の男らしく陽気に熱弁をふるう。本格的なオペラと違って、大沢の歌は何を歌っても民謡らしい響きを聴く者にあたえた。太く温かみを帯びた声の質のせいでもあった。

葉子の眼差しは大沢と見て歩く氷川下の労働者の生活を鋭く見つめていた。彼らの労働は同じことの繰り返しである。えんえんと十四、五時間にも及ぶ機械の前の人間の労働、それは和菓子の製造にかかわる実家の労働を連想させた。朝の四時ともなると一階の製造場からは、父と義兄が交代で餅をつく機械の音が、ドカン、ドカンと爆撃音のように、二階の葉子たちの部屋までひびいてくる。葉子は顔を洗いに階段をかけおりる。蒸気があがった蒸し風呂のような製造場には母と妹、身重の姉までが、まんじゅうや団子を一個、一個手でこねてまるめていた。これらの勤勉な労働が、朝から夜まではてしなく続けられる。働き者の一家のなかにあって、葉子だけが大学生ということで、労働を除外されていた。彼女は無言で働く彼らの視線に、いたたまれない負い目と苦痛を感じて、まるで逃げるように毎朝暗いうちに家を飛びだした。早朝の人気もまばらな町を、重たい足どりで大学に向かう葉子の小さめな卵形の顔は、自分の無力を責めるように、緊張のあまり唇をきつくかみしめていた。

そうこうする間も世界は驚くべき速さで、学生たちに様々な問題を提起していた。つい先月の九月、それまで一方的に核実験を停止していたソビエトが、核実験の再開にふみきる声明を発表した。アメリカを先頭とする帝国主義諸国が、西ベルリンを基地として、戦争挑発の切迫した危険をつくりだしたのにたいして、これに警告を与え、危険な計画を打ち砕く態度を表明したのである。ソビエトの核実験再開をめぐっては、心理学科でも論議が交わされていた。大沢にめずらしくかみついたのは、あの哲学者めいたオペラであった。

「ぼくは、いかなる国の核実験にも反対だ。大沢の言うように、社会主義の国が持つ核兵器は核の抑止力で、いわば正義の手に委ねられた核兵器だという理論は、とうてい納得できない。核兵器自体が問題ではなく、あくまでそれを使う人間が、正義の社会主義国か、それとも邪悪な資本主義国かで全く違うということになると、核兵器自体の根絶にはならない。ぼくは、あくまでいかなる国も核兵器を持つべきでないと思っている。だからソビエトの核実験には反対だ」

女傑と節子が真顔でうなずいた。実験室から白衣のまま出てきた三木が、激論を口にするオペラを珍しそうに、はすむかいから眺めていた。葉子は興味深げに大沢の顔を見た。数ヶ月来、心理学科でも討論されてきた話題である。大沢の説得にも葉子は正直、すとんと腑に落ちないものがある。大沢はここぞとばかりに、熱弁をふるって反撃を開始した。

「世界中の人間は誰しも、戦争が永久に起こらない社会を願っている。では戦争は何故起きる？　それこそ資本主義が自由と称する経済体制そのものが、避けられない矛盾として戦争の危機をたえず内包しているからだ。その矛盾を永遠に断ち切るためには、人間が人間を搾取、収奪することが体制的にできない社会主義、人類が平等に生きることを許される社会の実現、それこそが戦争を回避できる唯一の理想的な国家なのだ。だから資本主義国は必然的に核を持たざるを得ない。だがそれにくらべて社会主義国が核兵器を保有するのは、まったく目的が異なるのだ。侵略の核兵器か、正義の核か、そりゃ核兵器自体は同じものだが、使う側の立場により、正義にもなれば悪魔にもなるゆえんさ。いかなる国の核実験にも反対するというのは、一見正しく聞こえるけど、今日の世界情勢に合致しない。むしろ、ソ連が核実験再開に踏み切らざるを得ない緊迫した事態こそ、戦争の危機をはらんでいる。今こそ日本の民主運動が力を合わせて、核戦争反対、軍事基地撤去のために、核兵器の実験、貯蔵、使用の禁止をふくむ全般的軍縮協定の実現のために、たたかう必要がある」

一座はシーンと黙りこくった。オペラは眼を閉じ瞑想《めいそう》状態に入っていた。慎重な女傑は何度も自分の考えを反すうするように、切れ長の眼の淵に鋭さを増していた。節子がささやくような小さな声で、しかしきっぱりと言い切った。

「政治の立場から考えれば、大沢くんの意見も理解できる。でも、人間の持っている本質的な欲望とか、もっとも大事な自由とかが、本当に社会主義の世の中で解決されるのかしら。人間は顔かたちが異なるように、持って生まれた違いがあって当然よ。平等な社会っていわれても、はたして何をもって平等っていえるのかしら。わたしは、悩み多き魂の持ち主だから、急に理想的社会を打ちたてようといわれても正直自信がないわ。大きな政治の問題のまえに、一人一人の人間としての生活が埋没されそうで怖いの。核兵器を持つ人間が、正義か悪魔の手にゆだねられるか、それこそ、神への冒涜《ぼうとく》に思えてならないわ。神は人間に、そんな恐ろしい選択の権利など、授けてはいないと思うの」

敬虔《けいけん》なクリスチャンの節子は、丸いつぶらな瞳を宙に向けて、それこそ十字を切らんばかりに両手を握り締めた。

それまでじっと白衣のまま椅子に座り込んで腕組みしていた三木が、珍しく口をはさんできた。三木は青臭い議論が始まると、きまって冷笑を浮かべながら控え室を出ていく。だいいち授業以外に、滅多に級友の前に姿をみせない。研究室に入りびたりの毎日らしい。

「ぼくも、節子さんの意見に賛成だな。大沢の理論は、政治家のそれさ。大沢は故郷に帰って議員にでもなるのかしら。まあ、そうむきにならないで。僕の言いたいことは、要はそれぞれの専門家が、自分なりの方法で社会に貢献すればいいことで、一億総出で政治を論じても、しょせんは素人集団の悪弊に陥るのがせきのやまさ。教授もわれわれ学生の本分は学問にありと、おおせられた。つまりそこが大事なところさ。労働者に学問が無理なように、われわれもまた本質的には、労働者には成り得ない。社会はこうした異なる役割のうえにバランスが保たれている。政治を議論するまえに、やるべき学問に精をだすべきだね。教授もひそかに困惑されている。今度の一年生には困ったものだと嘆いておられる。もっと謙虚に学問してから、聡明な頭脳で社会を見渡してごらん。きっと異なった価値観も生まれるさ。では実験が残っている。ぼくは、これで失敬する」

三木は長い白衣の裾をひるがえし、颯爽《さっそう》と出ていった。女傑はそんな三木の後姿を、さも軽蔑するように、下品にも軽く舌打ちした。東大の宇宙工学の教授の父を尊敬している女傑には、三木の言うことなど当たり前すぎて、聞く耳も持たないらしい。

「三木さんのは、全くの詭弁《きべん》です。自分に余裕がないものですから、ただそれだけの理由で自分の不勉強を正当化している。ああいう方が学者を目指すから、日本の国は学問のうえでも世界になかなか通用しないのです。理学部の朝永振一郎教授を少しは見習ったほうがいいわ。ご自身は高名な理論物理学者なのに、世界の科学者と連帯して平和運動に貢献されています。学生時代に多様な考え方ができなければ、自分の地位保全に汲々する、スケールの小さい人間になってしまう。時代が私たちの知性を要求しているときに、研究室のみに閉じこもるなんて、とうてい考えられません」

女傑は短く刈り上げた頭を、軽く反らして胸を張った。一九六〇年の安保闘争で、国会に突入し警官隊に殺された樺美智子《かんば》さんも、女傑のような意志強固な女性だったのだろうか。

葉子は尊敬の眼差しで、女傑の涼しい眼を頼もしく眺めた。毛並みの良さからいって、女傑は将来教授になるだろう、と思われている。事実、本人もそれを望んでいた。それにしては最近の女傑の変化は、気になるところだ。真面目一方のぎこちないほどの硬さは相変わらずだが、大沢の意見を聞く態度にも、持ち前の慎重さに加えて、女傑は妙に真剣に政治的立場を語りだした。思想的問題をかくして、研究室に残って教授の椅子を射止めるのは、男子でも困難なことである。ましてや女傑は女である。三木のようなタイプの日和見の男が、古い体質を持った大学のなかでは生き残りやすいのかもしれない。女傑の苛立ちは葉子にも充分うなずけた。

「女傑もずいぶんと変わったわね。彼女、誰の影響かしら?」

「葉子ちゃん、知らなかった。特殊教育学科の大学院生と交際しているらしい。地味な感じの学研肌の人だけど、中身はバリバリの共産党員だ」

大沢は快活にいうと、葉子の歩調にあわせるように、ゆったりと氷川下に向かった。一軒の家のなかには七、八名の子どもたちが、新聞紙を丸めてチャンバラごっこをして遊んでいた。

「こらあ、何してる! 駄目じゃないか、遊んでばかりで。先生たちが来る前に、ちゃんと宿題ぐらいやっときなさいって、先週いっただろう。さあ、座って! 座って」

大沢は太い腕を振り回しながら、強引に机の前に子どもたちを座らせた。

「せんせい、きれいな葉子先生といっしょだから、やけに張り切っているなあ!」鼻くそをつけた年長の男の子が、大沢を冷やかした。大沢はニヤリと笑って、黙ってその子の耳を両手でつかんで引っ張った。男の子は悲鳴をあげて笑い転げながら、大沢の背中にしがみついて仲間に合図した。歓声と同時に子どもたちが一斉に、大沢の体めがけて組み付いてきた。

「おい、放せ! 引っ張る奴がいるか!」大沢の情けない声に、子どもたちは勝どきの喚声をあげた。ようやく静かになって、大きなあくびをしいしい、子どもたちは席に着いた。

五

長い冬の間、葉子は毎日のように大沢やセツルメントの仲間たちと氷川下で暮らした。氷川下の地域にある診療所では大学の医学部の学生が診療を手伝っていたし、週に一回は法学部の学生たちによる、無料法律相談が開かれていた。冬休みとあって行き場をなくした子どもたちは勉強会に殺到してきた。葉子は寝るひまも惜しんで子供たちと過ごした。大沢はそんな葉子を望月隆夫が講師をする学習会にたびたび誘っていった。大勢の学生たちが隆夫の経済学や弁証法の講義に聞き入っていた。隆夫は遠くから葉子の姿を見つけると嬉しそうに白い歯をみせて笑った。隆夫の綺麗好きは有名で、いつも真っ白なワイシャツをこざっぱりと身につけていた。ボタンの取れかかったよれよれの上着をだらしなく着た大沢とはえらいちがいだった。

「葉子ちゃん、そろそろ告白の季節だぜ。片想いの恋にけりをつけろ」

もうすぐ長い冬も終わろうとするころ、大沢はまるで自分の恋を予感するように葉子をけしかける。葉子は隆夫からもらったクルプスカヤの本を毎日眺めては、ため息をついていた。せめてこの本でも読み終えられたら、その時こそ隆夫に告白しよう。だがその日が来るだろうか。葉子のロシア語は暗礁にのりあげていたのである。

四月になって、心理学科に新入生が入ってきた。控え室には一年前の葉子たちと同じ緊張した面持ちの一年生たちがあちこちでかたまっていた。節子がいきおいよくドアを開け、小柄な体を背伸びして、懐かしそうに手をふりあげた。ふたりは陽だまりの校庭をつっきって、食堂に向かって歩きだした。

「葉子、知っていた？　大沢くん、どうやら風邪をひいたらしい。オペラが言っていたわ」

節子は食堂のトレイを持ったまま、葉子をふりかえって声をひそめた。オペラは学生寮では大沢と同室だった。どうりで、ここ一週間ばかり、大沢の姿を見かけない。

「ただの風邪なの？　だいじょうぶかしら」

葉子は節子と並んで、空いたテーブルに腰を下ろして言った。

「なんでも好いアルバイト先が見つかったとかで、もうすぐ寮を出られるかもしれないって、喜んでいた矢先の出来事だって」

節子は人好きあいがいい。それだけに、あちこちから情報がはいってくるらしい。

「お医者さまの家に双子の小学生がいて、住みこみで家庭教師をするらしいの。食べることと、住むところが確保されれば、やりたい事に専念できるって。それが最大の理由らしい。実はね、わたしもたった今、オペラから聞いたばかりなの」節子はスプーンいっぱいのカレーを頬張りながら、眼をくるくるまわしながら葉子に言った。

「よかったじゃない。彼、いつだってお金がなくて、お昼もちゃんと食べられない。大きな体を持てあまして、飢えていたもの」葉子は、ほおっと溜息をついた。

実際、誰も彼も貧乏であった。たまにはビールを飲もうと、なけなしの金でやっと二本買ってくる。

十二、三人で少しずつ飲んで、地下鉄の大塚駅まで走っていくと、どうやら酔いがまわって気持ちよくなる。そんなとき、大沢が後悔して、きまって叫ぶ。
「ああっ、パンにしとけば良かった！　ビールじゃ、じき便所に直行だ。ますます腹がへってたまらない」

親友のオペラがたまには食堂で、昼飯をご馳走しているらしい。それでも、大沢は大食漢だ。いつも野良犬のように腹をすかせて、学校と寮と、氷川下の街を往復していた。

食堂の入り口にオペラの坊主あたまが見えた。葉子と節子を見るとゆっくり近づいて定食のトレイをテーブルに並べた。

「いま、噂をしていたのよ。大沢くんの風邪とアルバイトの話」

節子は、秘密めいた低い声でオペラに言った。

「大沢くんの風邪、だいじょうぶなの？」葉子は食べ終えたうどんのどんぶりを、かたわらに押しやりながら、眉をひそめてオペラを見た。

「あれは、風邪は風邪でも、恋の病も入っている。かれは、恋しい女性にふられました」

オペラは、カラカラとよく響く声で笑った。

「ええっ、知らなかった！　誰なの、そんな罪深い女性は！」節子が頓狂《とんきょう》に丸い眼を剥《む》いた。

「モジリアーニの蠱惑《こわく》的な眼、長い首を傾けて、まるで名画のような素敵なひと、教育学科の紅一点の女性でしょ？」

葉子は可笑しそうにオペラと節子を見て言った。大沢は南国の情熱的な男である。入学した早々に、片手を挙げて、五本の指を一本ずつ折りながら、好きな女子学生の名前を呼んで、「ああっ、みんな大好きだ。葉子ちゃんも、節ちゃんも……」と、真顔で溜息をついて、ニヤついていた。

「アタリです。彼女には強力なライバルがあって、もうひとりの相手は同じく教育学科の二年生。先週、大沢はその三角関係の恋敵と話をつけようと、モジリアーニを呼んで、どちらの男を恋人に選ぶか、決めてもらおうじゃないか、と提案した。彼女に選ばれなかった男は、以後いっさい近寄らない。諦める。そう誓い合って、三人で屋上に昇った」

オペラはギリシャ悲劇を詠うように、美しい声を張りあげた。

「それで大沢くんが、失恋したというわけ？　――でも、どちらも選ばれなかったら、もっと悲劇ね」

節子が腹をかかえて大声で笑った。オペラは深いため息を吐きながら、

「女性は永遠に謎めいた存在だ。予想外の答えを、可愛い顔で言うのですから――」

オペラの深い眼のなかに、女傑への思慕が見え隠れした。決して近寄らないオペラに、葉子は自分の片想いを重ねて、胸を疼《うず》かせた。そういえば、オペラは母親の顔を知らないと言っていた。

「大沢は、立ち直りが早い。心配しなくても次のマドンナを見つけるさ」

オペラが眉根を寄せて、修道僧のような乾いた笑みを浮かべた。

オペラと別れて、ふたりは構内のひょうたん池に下りた。春の日差しが、新芽に柔らかく降りそそいでいた。桜の花びらをそっと手で除けてベンチに腰をおろすと、節子が待ちかねたように口を開いた。

「わたし、もう五回もお見合いしたのよ。おどろいたでしょう」

節子は鳩のように、クックッと喉で笑った。

「でも、節子には好きな人がいるじゃないの。なんでまたお見合いなんて、それに早すぎない？」葉子はひたっと節子の眼を見つめて、けげんそうに言った。

「実はね、わたしにも意外な結果っていうわけなの。彼を家に連れていって、母に紹介したら、ものの見事に落第！　あんなふにゃふにゃした男だけは止めなさい。そんな男しか見つけられないのなら、お母さんにまかせなさい。もっと優秀な男性を紹介するからって、――以来、一ヶ月に一回の割合で見合いをしているの」

「お見合いなんて、節子には似合わない」

「と、思うでしょう！　それがけっこう楽しいの。いろんな男性に出会えて、それもみんな東大生なの。違った専門分野の話が聞けて、視野が広がった気がする」

「そんなものかしら？　でも、お見合いっておたがいが真剣に結婚相手を探すのが目的よね。断ったりしたら辛くない？　相手に悪いでしょう」

「ううん、そんなことないわ。少なくとも相手の経歴や趣味やら正確な情報が手に入るから、余分なこと考えなくてすむ。だからすっごく楽なの。母は、子孫のためには優秀な血が必要だと言うの。たしかに一理ある」

「なんだかナチスの民族、純血思想みたいで変ね」

節子はさすがにムッとして頬を膨らました。ふたりは同時にプッと噴き出して歩きだした。

「ねえ、わたし、いま真剣に悩んでいるの。葉子、聞いてくれる？」

「なに？　あらたまって、節子らしくない。いいから早く話してみて」

「お見合いって一番最初がむずかしいの。案外すてき、気に入ったと思っても、たった一回で決めるのは冒険だわ。もう少しいい人に出会えるかもしれないって、欲が出てきてね。あとは次から次へと、どれもこれも迷ってばかり。気がついたら、やっぱり最初のお見合いの相手が一番よかったなんて、――笑わないで葉子、あたし真剣なんだから。彼は東大の哲学科の大学院生なの。ねえ、どうしたらいいと思う？　葉子ならどうする？」

節子はむっちりした腕を絡ませて、葉子の顔をのぞきこんだ。

「そんなぜいたくな悩みなんか知らない、って言いたいけど、節子の話、面白かった。そうねえ、あたしなら、正直に最初の彼にうちあけて、再プロポーズをお願いするわ」

「アリガト、葉子、わたしもそう思っていたけど、ちょっぴり虫がいいかなって気に病んでいたの。でも、五戦五勝、相手から、ただの一度も断られてないのだぞ！」

丸い眼鏡の奥の眼が、つぶらに輝いていた。敬虔なクリスチャンである節子は、苦労知らずなお嬢さまでもあった。伸び伸びと育った気の良さが全身からみなぎって、葉子は思わず羨望の眼を向けた。

六

「大学の自治が危機にさらされている」心理学科の控え室に、大沢のよく通る声がひびきわたる。ふたり三人とかたまって雑談していた一年生たちが、びっくりして顔を見あわせた。

入学してまだ二ヶ月、なかにはそろそろ五月病にかかる新入生もいて、控え室に集まる顔ぶれにもどこか疲れた様子がめだってきていた。そこへ大男の大沢が威勢よく飛びこんできて、有無をいわせず演説をはじめたものだから、いあわせた一年生は不安そうに黙りこくってしまった。葉子はそんな大沢の大きな背中越しに彼らのおどろいた顔をみて、まるで一年前の自分の姿を見た気がした。

「新入生諸君、君たちはすでに新聞などで知っていると思うが、池田首相は現在の大学のことごとくがアカの温床になっていると公言した。そこで池田首相は、大学を政府の管理下に置くため、大学管理法の制定をすると言い出したのだ。これはとりもなおさず、我われの大学の自治に対する政府の介入以外の何ものでもない。つまりは大学を政府の言いなりにしようとする危険な政治的企みであるのだ」

大沢はここまで一気にしゃべると、急に顔をくしゃくしゃにして愛嬌のある小さな眼で一同をみまわした。その時ドアのあたりから女傑の乾いた低い声が聞こえてきた。

「政府のいいなりになる人間ばかりを大学に残したら、大学の自治は守れません。ひとりひとりの良心のために、学問の独立、自由にために、新入生のみなさん、いっしょに考え、ともに闘いの輪に加わりましょう」

女傑はいつのまに来たのか、背すじをぴんとはった姿勢を崩さず、青白い顔でつけくわえた。大沢の発言にくらべて女傑の話は抵抗なく一年生にも受け入れられたようで、彼らは葉子が渡したビラを手にとると、熱心に読みながら授業に出ていった。

定例に開かれていた隆夫の学習会で、彼はいつにない熱のこもった口調で話し出した。

「池田首相は《大学管理法》制定をおりからの参議院選挙での争点のひとつにしようと図っている。《六十年安保》以来、全国の学生組織は様々な分派に分断し、セクト化している。だが、今こそ政府の大管法に反対する闘争のため、各大学の自治会、学生大会で徹底的に討論をかさね、この機に全国の学生戦線統一に向かって、我われの力を結集しよう」

隆夫のかん高い高揚した声が葉子の全身をつらぬいた。葉子はいつしか大沢らと、これらの運動の前面に躍り出ていた。連日のようにデモが組まれ、学内では大量動員がみこまれた。

運動は隆夫が言ったように全国各大学の自治会、学生大会を嵐のようにとりこみ、燎原《りょうげん》の火のように全国に広まっていった。学生戦線統一の機運が盛り上がり、七月には全国から七十あまりの自治会の代表が集まり、そこでは「核戦争阻止、完全軍縮と独立のために」「大学管理制度改悪粉砕のために」の二つの決議のほか、「学生戦線統一のため」のアピールが採択された。葉子はこれらの運動の渦のなかに身を投じていた。はっきりと自分がやるべき行動の目標が見えてきたのだ。葉子は大沢や女傑とスクラムを組んで、シュプレヒコールを叫んだ。節子やオペラは運動を支持したが、デモには参加しなかった。

その年の長い梅雨が過ぎると、七月一日の参議院選挙の投票日をまえに、学生や教職員たちは全国で「大学の自治を守ろう」の熱い叫びを響かせていた。大阪大学の学長は「首相や文相の気にいるような人間だけをつくるという意味はこまる」とはっきり言い切った。葉子は大沢たちと組になって、心理学科の控え室で、自治会で、大学のあらゆるところで、集会を開き、署名を集めてまわった。

こうした闘いの最中、ある時セツルメントの部屋で、葉子は大沢から重大な秘密を打ち明けられていた。葉子は共産党への入党を推薦されたのだ。

「隆夫さんと僕が、葉子ちゃんの推薦をした。共産党の学生細胞では満場一致、葉子ちゃんの入党が認められた」

まもなく大学の空いた教室で、入党式がおこなわれた。葉子は共産党の学生細胞の幹部の前で入党の誓いを述べた。大沢は大きな体を直立にして、感極まった眼で天井をにらんでいる。葉子は緊張のあまり両手をぎゅっと握りしめ、高く澄んだ声を震わせた。

人間が人間を搾取することのない社会を、人間の尊厳と平等の社会の実現のために、葉子は歴史の小さな石ころとなり、人生のすべてを革命に捧げる覚悟だと、きっぱりと宣言した。

眼の前の隆夫の澄んだ瞳がかすかに潤んでみえる。葉子はその大きな眼に思わず惹きこまれそうな危ういものを感じて、気の遠くなるような悩ましい気分に襲われた。はっと気づいて周囲をみわたすと、

「おめでとう、葉子ちゃん」大沢の湿った大きな手のひらに握手されていた。

「これからは、生涯をともに闘う同志ですね」

隆夫は静かに微笑んで、葉子を愛しそうに見つめている。

「告白の時期だ、ガンバレ、葉子ちゃん」立ち去る隆夫の細い背中を見ながら、大沢が葉子の耳もとに熱い息をふきかける。大沢の厚い唇が、乾いて白くひび割れていた。葉子は野良犬のようにうな垂れ、落ち着かない眼で教室の扉をみた。葉子は脱兎のごとく、猛然と隆夫のあとを追いたい衝動にか

られた。これからは同志として、隆夫とともに同じ道を歩むのだ。ああ、隆夫に婚約者がいなかったら、自分はどれだけ幸せだろう。しょせん叶わぬ恋の夢をみているだけなのかもしれない。断られ傷つくのが眼に見えている。そんな羽目に陥ったら、明日からどんな顔で、彼の前に姿を見せたらいいのだろう。死より辛い日々が待っているかもしれない。

数日がたったある日の放課後、いつもの通り屋上では学生細胞の会合が開かれていた。会議が終わると大沢は大股で階段に向かって歩きだした。彼はふと振りかえって葉子を見つめた。いつもならいっしょに帰ろうと飛んでくる葉子が、隆夫のほうを睨んで真っ赤な顔で立っていたからだ。七月の太陽がコンクリートの屋上に照り返し、白っぽい陽炎のような熱気をただよわせていた。

大沢は黙って屋上から去っていった。葉子の決意のほどが分かった。そんな大沢の視線にも葉子は気づいていない。彼女はひたすら隆夫の首すじの汗を見つめて震えていた。

「望月さん、お話があります……」

ふり向いた隆夫の大きな瞳が、葉子にはまぶしかった。

「わたし、とても言わずにはすまなくなって、……どうにも我慢できなくなって、……わたし、あなたのこと、一年も前から好きで、好きでたまりませんでした」

葉子はやっとそれだけ言うと、卒倒しそうになる体の震えを、かろうじてこらえた。

焼けつくような七月の太陽が、隆夫のおどろいたような顔に汗を噴きださせている。

屋上にはふたりの影しかない。葉子は長い片思いの恋をようやく打ち明けられた興奮に、眼をきらきら光らせていた。

彼は一瞬まぶしげに葉子をじっと見つめていたが、じきいつもの冷静で爽やかな口調で語りだした。

「ぼくには故郷の新潟に婚約者がいます。学生時代からの長い付き合いです。彼女は僻地で小学校の教員をしています」

彼は淡々ときりだした。澄んだ声は多少かんだかく、だが話す口ぶりは会議の時に聞く理性的なものだった。葉子が入り込む余地などどこにも見あたらない。

葉子は彼の冷静さに打ちのめされ、激しい後悔を感じていた。告白などすべきでなかったのだ。彼はK大学のレーニンと尊敬される同志だった。葉子のようなたわいのない恋の打ち明け話が通じる相手ではなかったのだ。このまま黙っていれば、彼を少なくとも失わずにいられたのだ。そばにいて彼と活動に参加することができたのに。自分の感情すら理性でコントロールできなくてどうして共産党員だと胸をはって生きていけるのだ。

葉子は恥ずかしさと後悔のあまり、一歩、一歩後ずさりはじめた。このまま遠くに逃げ出して、二度とふたたび隆夫の前にはあらわれない。彼女は踵《きびす》をかえして走り出そうと男を見つめた。体じゅうが焼けるように熱いのに、じっと握りしめた手のひらに冷たい汗がにじんでいた。

「待ってください。葉子さん、僕にはたしかに婚約者が新潟にいます。でも僕はあなたのことが実はとても気になっていたのです。あなたは素晴らしくチャーミングな女性だ。僕は内心あなたに魅かれる自分の気持ちが恐ろしくなっていた。神田の古本屋で、ロシア語のクルプスカヤの本を見つけて、迷わず買い求めていた。あなたに送って、喜ぶ顔を想像している自分の心におどろいた。このままではいけないと自分自身に言い聞かせて、あなたの成長だけを望むふりをしていたのですが、――少しだけ、ぼくに時間をください。婚約者とよく話し合ってみたいのです」

隆夫の澄んだ眼が、悩ましげに葉子を見つめている。葉子は潤んだ眼を輝かせた。

なんという隆夫の返事だろう。婚約者とよく相談してみよう、って、いったい何を？

だが葉子には、それ以上はいらなかった。彼女は単純に男の言葉に希望をつないだ。たった今まで失恋の淵にいたのが信じられないほど、歓喜がわき起こってきていた。

彼もわたしを好いていてくれた！　それだけで、じゅうぶんすぎるほど彼女は幸福だった。

葉子は自分でも分かるほど恥ずかしさのあまり顔を赤らめた。ぺこりと頭をさげると、長いポニーテールの黒髪をなびかせ、屋上を、燃える太陽の陽射しのなかを、駆けだしていた。


長い夏休みが始まった。大学の構内は急に閑散と静まりかえっていた。地方から上京している学生たちはひとり、またひとりと故郷に帰省していった。心理学科の控え室を根城にしていた大沢の姿も最近ではみえなくなっていた。

葉子はその日心理学科の控え室で節子と待ち合わせしていた。オペラが深刻ぶった顔をぶら下げやって来て、

「大沢なら今日は来ないよ。住み込みの家庭教師の医者の奥さんに気にいられちゃったとかで、夏休みは軽井沢の別荘で缶詰状態。双子の小学生の勉強から子守までやらされて忙しいらしい。宇和島にも帰れそうにないってこぼしていたけど。でも三食昼寝つきで涼しい別荘生活、ブルジョアになった

気分だって、まんざらでもなさそうだったな」

例のテノールで皮肉に嘆いてみせた。そこへ節子が息をきらして入ってきた。オペラをみると眼を真ん丸くして、

「あら、帰省したんじゃなかったの？」人のいい声で無邪気に聞いた。

「今年は帰らないつもりなんだ。鎌倉にでも行って座禅でも組もうかなって考えている」

オペラはどことなく寂しげに言うと、肩を悄然とさせて出ていった。

「わたくし、悪いこと言ったかしら？　オペラはまだ女傑のこと忘れられないのかしら？」

校門をくぐって近くの喫茶店の窓際に座ると、節子が思いつめたように葉子の顔をみた。

「禅寺にいって修行をしたいって前からもらしていたけど、まさか女傑のせいで悩んでいるのとも聞けないし。それに郷里の山口には、お父さんと義理のお母さんがいらっしゃるけど、あんまりうまくいってないみたい」

葉子は仕方なしに言った。節子はしばらくしょげていたが、紅茶がくると気を取り直したらしく昨夜の電話での続きを話しだした。

「葉子に励まされて、わたくし例のお見合いの相手、哲学科の大学院生の彼にお会いしたの。それで思いきって自分の気持ちを正直に告白したの。そしたら彼はとても残念そうに、『僕はあなたに断られて、でもやっと別の女性と婚約したばかりです』っておっしゃるの。それもつい昨日のことですって、……こんなことも人生にはあるのね」

節子は大人びた口調で口をとんがらすと、丸い眼鏡をはずしてハンカチで眼をぬぐった。葉子はな

にも言えなかった。

「葉子、そんな顔しないで。後悔なんてしていないから。そりゃちょっぴり恥ずかしかったけど、自分の気持ちに正直になれただけでもよかったと思っている」

節子は鼻をすすってわざとらしく肩をすくめてみせた。いまにも節子のため息がもれてきそうな切なさに、葉子は眼をそらせて窓の外をぼんやり眺めていた。

大沢に言わせれば節子への思想的工作は足踏み状態らしい。二年生になって節子は一時セツルメントの活動にも興味を示したらしく大沢といっしょに氷川下の町を歩いていた。大沢が強引に誘って民主青年同盟の学習会にも姿をみせて葉子を驚かせたものである。敬虔なクリスチャンの家庭に育った節子は、大沢の語る世の中の矛盾に誠実に向き合う努力をしていた。大沢の節子に対する評価は高かった。

「これからもずっとお見合いを続けるの?」葉子は重苦しい気分を払いのけるように、茶目っ気たっぷりな眼でにらんでみせた。

「もちろんよ。こんなことでめげてはいられない。それよか、葉子、あなたのほうこそだいじょうぶ? 教育学科の大学院生の望月さんって、婚約者がいらっしゃるんでしょう?」

節子の話には女同士の毒などない。真剣に葉子を案じている眼差しにてらいさえない。

それでも葉子は返事に困って窓の外をながめた。節子は自分の人生の配偶者を母親が選んだ青年のなかから決めようとしている。本人の学歴とか親の資産、こと細かく調査された資料をみて判断するのはある意味で合理的だと笑って主張する。そのことに何の抵抗も矛盾も感じていないらしい。大沢は節子のまっすぐな性格と素直さから、左翼の思想にあと一歩で陥落するといいはる。だけど葉子には節子の別な面が見え隠れする。女としては当然すぎる節子の人生の選択が、時として葉子を苛立たせることも確かだったのである。

「ねえ、あそこにいくかた、望月さんじゃない？」つられて窓の外を見ていた節子が指差した。どれどれ、葉子は胸の動悸が激しくなるのを押さえながら、身をのりだした。

「ほんと、隆夫さんだわ。どこに行くのかしら？」

葉子はちょっと腰を浮かせてじき観念したようにつぶやいた。

「望月さんといっしょにいるかた、わたし知っているわ。たしか哲学科の博士課程の足尾さんっておっしゃったわ。同じ都立高の先輩が足尾さんの婚約者なの。彼女、たしか横浜の貿易商の一人娘、来春には結婚なさるってことよ。でもご両親は足尾さんが片親で収入もない大学院生なんで猛反対されたそうなの。なんとか無事に婚約にまでこぎつけられたって、ずいぶんとよろこんでいらしたけど」

葉子はろくに節子の話も聞いてはいなかった。隆夫の細い後姿を眼で追っていた。ただ隆夫の隣で並んで歩く長身の男には記憶があった。たしか一度隆夫の下宿ですれちがったおぼえがある。あの時の男が足尾であるとするなら、彼はたしか共産党員だと隆夫は言っていた。横浜の貿易商のお嬢さんとの婚約話は意外でもあり、若い葉子には分かりにくい関係に思えるのだったが。

まもなく節子が腕時計をみて立ちあがった。それを潮にふたりは地下鉄の駅前で別れた。

葉子は無意識のうちに隆夫の後を追いかけていた。地下鉄の後楽園で降りると、やがて菊坂町の細い路地裏に入っていった。なかの一軒の裏木戸をくぐり葉子はうかがうように部屋のなかをのぞきこんだ。薄暗い居間に、おばあさんが横向きになって昼寝をしていた。葉子は階段の軋む音を気にしながら、隆夫の部屋にしのびこんだ。

狭い四畳半の部屋には、一畳はある大きな立机が置かれぎっしりと書物が並べられている。おまけに両壁には本棚が天井まで届いていた。隆夫の専門の教育関係の専門書や原書にまじってマルクス・レーニン主義の書物がひと目で判然と分かるように整理されていた。几帳面で綺麗好きな彼らしく、部屋のなかには塵ひとつない。

隆夫は親しくなると潔癖なまでの綺麗好きを発揮して葉子をおかしがらせた。雨が降った夕方、濡れた足で部屋に入ろうとした葉子は、雑巾を持った隆夫にころがされ、足の裏まで丹念にふかれた。

葉子は西日のあたる畳の上にごろりと寝転んだ。この部屋で繰り広げられる隆夫とのつかの間のままごとのような時間が、葉子には楽しくてたまらない。葉子は両手をのばし思いっきり背伸びをした。隆夫はいくら待っても戻ってこない。葉子は今日が隆夫の家庭教師のアルバイトの日であることを忘れていた。夏休みにはいってすっかり曜日の観念がなくなっている。横向きになると本棚の片隅に大学ノートが十冊ばかり並んでいるのがみえた。

葉子は起き上がり無造作にノートを引っぱりだした。近ごろでは博士論文を書いている隆夫の傍らで、葉子は清書をしていた。隆夫は悪筆である。小豆のような小さな字で書く隆夫の字を判読するのは骨が折れる。葉子は持ち前の勘のよさで隆夫の原稿をすばやく読みとった。隆夫は熱中すると昼飯も忘れて論文に没頭する。夕陽が沈んで電灯をつけるころ、やっと顔をあげ大きな眼を輝かせ、葉子の体を愛しげに抱きよせる。痩せた隆夫のどこに潜んでいるのか不思議なほど、隆夫の愛撫は激しく情熱的だった。葉子に文句などなかった。新潟の婚約者とはいずれ話し合いで決着がつく。葉子は隆夫が自分をだましているなど、これっぽっちも疑わなかった。共産主義者の隆夫の理論からして、それはありえないことだった。ただ葉子のほうから婚約者との話し合いの結果を聞くことには抵抗といえうか、一抹の不安があった。自分の幼い恋の体験からしても、隆夫の婚約者がそんなに簡単に諦めきれるのか、疑問だったのである。

葉子は畳にしゃがみこんだまま大学ノートの頁を開いた。おどろいたことにそれは隆夫の日記だった。葉子はノートをパタンと閉じた。いくら隆夫と恋人同士の関係になったからといって、隆夫の日記帳をだまって読むなんて……、葉子はあわてて本棚におしこんだ。

下の階ではおばあさんが眼を覚ましたのか、台所で米を研ぐ音が聞こえてきた。おばあさんはたしか八十を越して一人暮らしだった。軍人恩給をもらっているらしく毎日のんきに近所のおばあさんたちと道ばたで油をうっている。おばあさんが白いご飯を炊くのは週に一回と決まっている。その日は味噌汁も大鍋でつくる。あとは漬物のおしんこが食卓をにぎわせる。おばあさんは決まって階下から「おおい、白米だよ。食べにおいで」と声をかける。たまにアジの干物がついていたりすると隆夫は眼を輝かせ、葉子は歓声をあげるのだ。

まもなく隆夫も戻ってくるはずだ。葉子は棚にしまわれた彼の日記から意識をそらそうと、ふたたびごろっと寝ころんで眼を閉じた。ご飯を炊くにおいがしてきた。味噌汁のかおりがする。おばあさんは茄子の味噌汁が大好きだ。おばあさんがついに階段の下から声をはりあげた。葉子がひとり顔をだすと、おばあさんはニコリと欠けた前歯をみせて笑った。

「隆夫さんが帰ったら、いっしょにおりといで」手ぬぐいを着物のえりにかけておばあさんは言った。葉子はこっくりとうなずいて、「ありがとうございます」と両手をあわせてふきだした。

それから一時間はたっていた。急に空腹を感じて階段の下をのぞきこんだ。葉子は立ちあがったまま本棚に近づいた。つとノートを引っ張り出すと椅子にすわった。一年も前の日付である。

――久仁子、きみは僕の天使だ。おまえの葡萄の房のような豊かな胸に顔をうずめ、僕はあまい恋の蜜のとりこになる。ああ、僕のフィアンセ、久仁子。僕らの愛は永遠だ。おまえに誓っていおう。ぼくは死ぬまでおまえのものだ。僕たちは遠く離れているが、いかなる運命にも負けない。おまえを愛している。

葉子はノートを押しもどした。震える手で真新しいノートを開くと畳の上に膝から崩れおちた。葉子の告白した日の日記が目にとまった。

――久仁子、僕を許してくれるだろうか。僕は今日ひそかにラブしていた女性から愛を告白されたのだ。若い清純な女性から愛を告げられ、僕の心は正直平静ではいられなかった。久仁子、僕のフィアンセ、おまえは僕の不実をなじるだろう。永遠にと誓ったふたりの愛の前で、僕はなんと許しをこえばいいのだ。だがいまでも僕の心には、おまえが住んでいる。おまえとの六年もの長い恋の期間が横たわっている。おまえを忘れることなど、果たしてできるのだろうか。

葉子は階段をかけおりた。おばあさんが大声で呼び止めた。葉子は蒼白な顔でおばあさんを見つめ、

「急用を思いだしたの」と涙で濡れた頬を手でこすった。おばあさんはちょっと心配げに見つめていたが、「あした、またおいでね」としわくちゃな笑顔で言った。

後戻りすることはできなかった。隆夫が自分の心に率直であろうとすればするほど、葉子の傷は深まっていく。告白した瞬間からこうした地獄の苦しみに苛まされることは予測できたのに。隆夫に無断で日記を読んだ罰だ。彼の赤裸々すぎる苦悩の深さが、自分に跳ねかえってくる。六年も彼との愛を信じてきた久仁子という女性の存在がにわかに大きく自分の良心に喰いこんできた。

他人の恋愛を邪魔しようとしたのは私のほうだ。なぜ彼に打ち明けてしまったのだろう。少なくとも私が告白したことで、なんにも罪のない久仁子という女性が隆夫の愛を疑いだしている。信じられないで悶えている。苦悩しているのだ。葉子は勝手に隆夫にゲタをあずけた。優秀なマルクス・レーニン主義者の彼なら、解決の方策を示してくれる。葉子は自ら考えることに怯えていた。卑怯にも指導者である隆夫の陰にかくれて、ひとり責任を紛らわそうと事態を静観していたのかもしれない。そうだ。選ぶのは隆夫自身であり、自分は彼から選ばれるように全力をつくすしかないのだ。

葉子は隆夫の身近にいる強みから、気づかぬうちにすっかり傲慢になっていたのだ。隆夫の下宿で愛撫されてから、この思いはいっそう現実味を増して葉子の自信になっていった。

久仁子という婚約者のことは、日記を読むまでは眼中にさえなかったのだ。でも隆夫は久仁子との六年間の愛の絆を、そうそう簡単には断ちきれないでうめいている。彼は本気で葉子とフィアンセの久仁子との間を彷徨っているのだ。葉子はあらためて久仁子との戦いの前面に、おしやられる自分を感じていた。彼を手にいれるなら、どんなことでもしようと、恋する葉子は盲目的に自分を奮いたたせていたのである。

七

葉子の闘争ははじまった。彼女は相変わらず氷川下の労働者街でセツルメントの活動に従事しながら、全学連の活動家として成長を重ねていった。

全国的規模で女子学生の会が組織され、夏の終わりに東京で全国大会が開催された。

葉子は女傑たちとその準備に忙しかった。やがて各分科会が開かれ、女子学生をとりまく学業、就職といったあらゆる分野における差別の実態が報告された。節子は葉子の誘いに、聖書の研究会の合宿とかちあうからと理由をつけて断ってきた。女傑は研究者として大学院を目指していたが、大学全体に巣食う女子学生への偏見と蔑視に強い怒りをみせていた。彼女の報告は他の大学の学生に拍手で迎えられた。法学部の唯一の大学院生の女性は、博士課程を三年前に卒業したものの、どこにも就職先がなくて教授にも煙たがられていると、眼鏡をずりあげ壇上で言葉をつまらせた。

だれもかれも切羽つまった悩みをかかえている。昼の休憩時には、活動家同志の恋愛の話題が当然のように興味と関心をあつめていた。なかでも有名女子大の同志の失恋話は、同情をもって広がっていった。彼女は将来を誓い合っていたK大の活動家から、ある時突然別れをきりだされたのだ。理由は彼に好きな女性ができたことだという。相手は氷川下病院で看護師として働く活動家の女性だった。彼女は決然と、彼と別れた。葉子は同じく司会をつとめる彼女のおかっぱ頭と化粧気のない土気色の顔を見つめて、複雑な思いにとらわれた。

葉子は問題の氷川下病院の看護師とは馴染みだった。つばの広い帽子から美しく化粧された小さな白い顔がのぞいている。細い体の線をくっきりみせるスーツにハイヒール、同じ活動家でもさまざまなタイプがいるのだ。弁当をほおばりながら、葉子は仲間の女性たちが男の活動家を一様に非難する声を黙々と聞いていた。隆夫とのことも陰ではなんと言われているか、葉子の心は次第に重くなっていった。

だが葉子は、隆夫との仲を公然と隠そうとはしなかった。大沢や葉子の親しい同志には受け入れられたが、隆夫を尊敬してきた学内の共産党の仲間からは冷たい批判の眼にさらされていた。

ある日学内で、葉子は文学部の中国学科四年生の同志に呼び止められた。彼の両親は根っからの共産党員であるといわれ、本人も筋金入りとうわさの男だった。

「あなた、井村葉子さんですよね。隆夫さんのことで少し話があるんですが」

彼はひょうたん池まで葉子を誘うと、ベンチに腰を下ろさせた。彼はあくまで隆夫の親友としての立場から言うのだがと、慎重に前置きしてしゃべりだした。新潟に婚約者がありながら、一方で葉子とも恋人同士の関係にある隆夫の行動に、近ごろでは党内にも非難の声があがっているというのだ。

「六年もの長い間彼らはたがいの愛を育んできたんです。隆夫さんのこと本当に愛しているなら、彼を解放してやるべきです。彼は学内でも非常な尊敬を勝ちとっている指導者です。その彼が、会議でも肩身を狭くしているなんて、僕にはたまりませんよ」

彼はあくまで穏やかに微笑んで、葉子の行動を自粛すべきだと、誠実そうに説いた。

隆夫が針のむしろに座らされている。うすうす感じてはいたが面と向かって言われるのは始めてだった。葉子はさすがに考えざるを得ない状況に追いつめられていた。それほど隆夫の存在は学内では影響力が大きかったのだ。

彼は未熟な葉子に読破すべきおびただしいマルクス・レーニン主義の書物をあたえた。教育学者の卵の彼は、自らの理論のためにも葉子の教育に精力的だった。葉子は持ち前の勘のよさでみるみる頭角をあらわしていった。党内でも重要なポストを与えられもした。だがそんなめざましい葉子の成長ぶりも、背後に隆夫の存在が大きいと、組織の間では勘ぐられもする。その厭わしさを払いのけるためにも、葉子は二十四時間を闘いのなかで過ごした。

葉子の日常からは、次第に隆夫の婚約者の存在は忘れられていったのである。

年の暮れ、葉子は帰省する隆夫を上野駅まで見送った。

「婚約者とよく話をしてきます」

雑踏のなかで隆夫の澄んだ声がまぶしい。葉子はこくりとうなずいて、隆夫の腕にすがって歩いた。夜行列車を待つ長い乗客の列が、駅員に誘導され狭いホームに押し込まれていく。

今度こそ隆夫は婚約者との話し合いに決着をつける気だ。二十歳になった葉子には隆夫の言葉が明るくひびいてくる。これでもう誰かれの冷たい視線にさらされる心配もなくなるのだ。発車のベルがひしめきあう人垣に鳴りわたる。葉子はデッキに立つ隆夫の手をにぎりしめた。このまま列車に飛び乗って隆夫の故郷にいってしまいたい。せつなくて眼が潤んでくる。葉子は隆夫の帰省に、自分たちの祝福される未来の愛をたくした。彼が葉子に朗報をもってかえる。隆夫にすべてをまかせて、おとなしく我慢していよう。葉子は長いポニーテールの髪をゆらし、闇のなかに消えた夜汽車に手をふりつづけた。

一週間がたった。隆夫からは電話一本かかってこない。暮れの間は家業の和菓子屋の餅つきやお供えをつくる手伝いで、朝から晩まで働きづくめだったが、電話が鳴るたび、葉子は飛びつくように受話器をとった。

正月になった。暮れの餅つきが嘘のように三が日は静かだった。葉子は電話の前で日がな一日本を読んでため息をはいていた。仕事始めの四日の五時、早朝の空気を破るように製造場の餅つき機がドカン、ドカンと地鳴りのような音をあげた。二階で寝ていた葉子は飛び起きた。

早くも七日、七草がゆをあわただしく食べて、葉子は店番をしていた。町を通る人の群を眺めながら、葉子はようやくじりじりしてきた。隆夫と約束した日である。彼は遅くともこの日までには帰ってくると、かん高い声で約束したのに。

夕方節子から電話があった。十回目の見合いの相手とひどくウマがあってと、めずらしく惚気ていた。「相手は東大理工学部の大学院生、未来のエンジニア、ハンサムで、とっても無口だけど、たった一言、お付き合いさせていただきます、ってね。帰りがけに言うのよ。おかしいでしょう」節子は鳩のようにくっくっと喉で笑うと、「あなたどんなお正月だった?」気づかうように言い添えた。

葉子はその夜、夜行列車に飛び乗った。母には節子の家に泊まると安心させて、葉子は脱兎のごとくボストンバックをかかえて走り出していた。

眼がさめて列車がホームにのろのろと入る。高田の駅は雪にうもれていた。一年の冬、体育の単位をとるため蔵王のスキー場で雪をみた。これで雪をみるのは二度目だった。

雪は音もなくふりしきっている。改札を出て時計をみると、まだ朝の六時だった。駅前の商店街は早くもめざめていた。通りを歩く人の姿もどこかゆったりとしている。だが商店街は長くは続かなかった。灰色の空からはおびただしい雪が次からつぎと舞いおりて、葉子のオーバーのフードにはいっていった。

まもなく人家がとぎれて急に視界が悪くなってきた。ふきだまりに落ちたのか雪は葉子の膝下にまでくいこんでいる。突風が雪の嵐を顔面にはたきつける。眼をきつく閉じ、唇に襲いかかる横なぐりの雪をかんで、葉子は雪のなかに崩れおちた。

もう一歩も足が出ないほど両足の感覚もなえている。空も地面も境界がなく灰色の世界がうなりをあげている。見知らぬ土地にたったひとりで閉じこめられた、そんな恐怖に全身が凍りついた。このまま死んでしまうわけにはいかない。隆夫に会いにきたのに、その隆夫の家の近くで、方向音痴の自分はふがいなくも泣き叫んでいる。

葉子は必死で記憶の道をたどった。商店街のアーケードを離れていくらも歩いていない。時間にしても二、三十分のところだ。強い横殴りの風が立ちあがった葉子の細い体をふき飛ばした。フードの雪をはらって葉子はよろよろと歩きだした。あたり一面吹雪の粉が舞いしきる道を、手さぐりで葉子は恋しい隆夫の胸に抱かれることだけを念じて、歩きだした。

微かに灯かりが見えてきた。凍った手ぶくろで顔の雪を払いのけ、葉子は眼をこらして足をふんばった。商店街のアーケードが、不意に雪のなかから見えてきた。

公衆電話から隆夫に電話した。腕時計はやっと七時をさしている。隆夫は、葉子が高田の駅構内にいることを告げると、絶句した。まもなく息をきらしてやって来た隆夫は、ずぶ濡れの葉子をみて眼を丸くした。冷たく凍りついた頬を両手にはさみ、

「僕の友だちがやってる旅館が近くにある。少し時間が早いけど休ませてはもらえるから」葉子の耳もとに熱い息をはきつけた。

隆夫の同級生の男は、葉子をみるなり好奇心と非難の入り混じった妙な目つきをした。

「狭い町だから、どんなささいなことでも町じゅうの噂になる」

隆夫は薄く笑うと、凍えて震える葉子を炬燵のなかにおしこんだ。

「どうしてこんな無茶したの？」葉子の身体を愛しそうに抱きながら、唇をおしあてた。

「だって、電話もないし、手紙だってくれなかったでしょう。心配で、心配で、いたたまれなくなって来ちゃったの」

障子に雪明りが白んだように浮かぶ。葉子は今朝の武勇伝を自慢した。隆夫は葉子のオデコをなでながら、唇のはしで笑った。葉子は隆夫の眼をのぞきこんだ。婚約者との話し合いの結果を一刻もはやく聞きたがった。まだ朝方なのに障子の外は夕暮れの気配がたちこめていた。隆夫は炬燵に寝ころんだまま天井の粗い節目を眺めていた。葉子はしびれをきらして、隆夫の胸に顔をうずめてささやいた。

「ねえ、隆夫さん、婚約者の彼女に会って、ちゃんと話したの？」

「……まだ会っていない。話をするには僕のほうから彼女の家に出かけていくことになるし」隆夫の返事はにえきらない。

「彼女は隆夫さんの家に、お正月でもご挨拶にこないの？」葉子は切り口を変えた。

「ぼくの母親は、彼女を嫌って家に来るのを嫌がっている」

「隆夫さんのお母さんって、そんな難しい人なの？　あたし、困ったわ！」

葉子は毒のある口調で隆夫を暗になじった。

「たぶん、彼女が一人娘で、養女だからかもしれない……」隆夫は口ごもって眼をふせた。

「そんなこと理由にもならない。あなた三男でしょ、お母さんと将来同居するわけでもないでしょう」

葉子は憤然と身を乗り出して隆夫の大きな青い瞳を食い入るように見つめた。

隆夫は若い葉子の鋭い舌鋒《ぜっぽう》に苦笑いした。深い、深いため息のあと、彼は言葉を選びながら重い口を開いた。

「ふたりが大学生だったとき、初めておふくろに彼女を紹介した。ちょうど葉子ちゃんと同じ二十歳だった。おもてむきは若すぎる、ってことだけど、姉貴だってその年には結婚していたからね。多分理屈じゃなくて、好きになれない、ウマが合わない。そんな訳の分からない感情的な問題だったと思う。……この町は古くからの城下町で、ここに住む人々は昔からの慣習のなかにいまも生きている。買い物も産まれてから死ぬまで同じ店しか使わない。肉も魚を野菜まで親子代々おんなじ店でまかなう。葉子ちゃんには可笑しくて考えられないだろうな。でも、おふくろはこの町で産まれ、小学校の先生をしながら僕たちを育てあげた。親父はぼくの小学校の三年のとき、妹の節子が産まれてじきに病気であっけなく死んでしまったし。おふくろの苦労は子ども心にも焼き付いているんですよ」

宿の若主人が食膳をはこんできた。隆夫は律儀に家に帰って、まだ出直してくると言って出かけていった。

旅館の客は、おそらく葉子ひとりに違いない。二度目に隆夫が家に帰ってしまうと、薄暗い部屋も廊下もひっそりと冷えていた。布団にもぐりこみ手足を長々と伸ばすと、残っていた隆夫の温もりに肌が火照った。隆夫にまた一歩近づいた、そのよろこびに、涙が布団をしめらせた。朝からの疲れが重たくからだを縛りつけて、ひどく睡眠をほしがっているのに、こみあげる歓喜の渦と不安にさいなまされる激情に、身を焦がすような焦燥感を味わった。

葉子にはまだ会ったこともないこの雪国に住む婚約者の久仁子の面影が、白い豊かなその裸身が、隆夫の日記のなかから妖しく浮かんでは、執拗にからみついて、まんじりともできないでいる。長い冬のあいだ、どんより雲に覆われた雪国の街で、久仁子はもう何年も隆夫の愛だけを信じて生きてきたのだろうか。重たい布団を顔まですっぽりおおうと、葉子の眼から大粒の涙が溢れでた。眠りはなかなか訪れない。明け方、ようやく夢のなかでまどろんだ。障子越しに、薄っすらと鈍い日差しが葉子の重たい布団に、光を落としていた。

翌朝、葉子は隆夫の同級生の探るような野卑な笑いに見送られ旅館をでた。隆夫の家は駅からすぐの商店街の一角にこじんまりと建っていた。このあたり一帯の家は、道路を挟んで旧くからの造りの二階家が、同じ背丈で似たような格子戸を構えていた。隆夫は家の前までくると、急に痩せた背筋を伸ばして葉子を振り返ってみた。

「これが隆夫さんの産まれた家なのね！」葉子は折からの薄い陽射しのなかで、こぼれるように白い歯をみせて微笑んだ。朝日が雪に光ってまぶしかった。

「あら、隆夫兄さん、どこ行くの？　……おきゃくさま？」

隆夫の家の玄関がいきなり開いて、若い娘が飛び出してきた。隆夫にそっくりの細い華奢なからだに、大きな瞳が愛らしかった。

「智子！　おまえこそ慌てて何処に行くんだ？」

「兄さんこそ、お客さまなら早くお入りなさいよ。わたし、妹の智子です」葉子もつられて白い歯をみせた。

「東京からたった今、夜行列車で着いたばかりなの。わたし、井村葉子といいます。隆夫さんの大学の後輩です」よどみなくすらすらと嘘が口からついてでた。

「まあ、東京から！　葉子さんって東京に住んでいるの！　わたしお母さんに言ってくる。東京からのお客さまだって」

智子は長いお下げ髪を跳ねあげながら、お母さん！　って叫んで、家に駆け込んだ。隆夫は一瞬呆然と葉子の顔を見つめたが、おりからの風に葉子のおでこがさっとむきだしになると嬉しそうに笑った。葉子の胸はひとりでに高鳴った。気難しい隆夫の母親との対決が葉子を奮い立たせる。普段は案外シャイで人見知りする性質の葉子だったが、愛する隆夫のまえで試練に立ち向かうのは嬉しかった。節子の頓狂な声に玄関先にすがたを見せた隆夫の母親は、姉さんかぶりの手ぬぐいのまま、そっくりかえるほど背中をしならせ、隆夫そっくりの大きな目玉をむき出しにしたまま、あぜんと葉子を見すえていた。

豪雪地帯に住む人々は逞しかった。だが一家の男たちは、どこか寡黙で控えめだった。ふたりの兄は一様に体が大きく筋肉が強く張って、隆夫には似ていなかった。長兄だけは結婚して中学の教師をしていたが、おとなしく一家と同居していた。家業のハンコ屋は次兄が継いでいた。

葉子は東京からの遠路の珍客ということで、三日も滞在することになった。飾り気のない葉子の率直さが何故か母親の敵意をそいだらしい。次の夜、葉子は母親と智子と銭湯にでかけた。白い湯気のなかで、汗をダラダラ流しながら、葉子は母親の背中を丁寧にこすった。湯船に沈んで智子が秘密をうち明けた。高校を卒業したら上京して、美容師になるのが夢だとささやいた。葉子の協力を取りつけようと、お湯をかけながら駄々っ子みたいにはしゃいだ。隆夫との未来が現実味を帯びて葉子の若いからだを漲らせる。智子と隣りあわせに敷かれた布団の端を引っぱりあいながら、葉子は幸せをたぐりよせた勝利に酔いしれた。婚約者は無残にも意識の淵からも追い落とされていた。

東京の下宿に戻って、葉子は茶目っ気たっぷりな瞳で隆夫に問いただした。

「お母さん、わたしのこと、何かおっしゃっていた？」

「えっ、いや何も」

「そんなことないわ。一言ぐらい聞かせて」

「そういえば、もう少し色が白かったらね、と言っていたかな」

ふたりは顔を見合わせ、同時に噴き出した。母親の肌は褐色を通り越して浅黒かった。

「おふくろは嫁にきてからずっと色黒を苦にしていた。祖母が厳しいひとで、面と向かって言われ続けたようだし……。だから、本当は、肌の白い女性は嫌いなんだ、きっと」

隆夫の横顔は、どこか寂しげにみえた。

八

葉子は二十歳のその年を、倍の速度で生きた。葉子には過去を振り返る余裕もなかった。葉子は沢山の本を片手に行動した。社会を、人間を、未来に向かって開放するのだ。そう、未来は自分たちの力で勝ち取るのだ。その責任の重さに葉子は、「太陽のない町」の氷川下の印刷工場の労働者の街で、子どもたちのなかで、一日の大半を過ごしていた。隆夫は葉子の前を進む偉大な指導者、太陽そのものの輝きを取り戻していた。葉子にとって、恋することすら、日常の闘いの一部だったのである。

年が明けて統一地方選挙の告示を待ちかねて、葉子たち共産党の学生細胞は、氷川下の街で選挙のビラ張りや支持者の家をまわって票固めに精をついやした。電柱に政党のビラを張るのに、四人がかりでチームを組んだ。ふたりがビラを刷毛で糊づけするのを、あとのふたりが前後から見張りをする。遠くから私服警官のすがたを見つけるや、仲間に合図を送って、猛スピードで逃げまくる。一目散に、あとも振り返らず、ひたすら仲間と息をきらして駆けまわる。大通りから路地へ、再び大通りへと拠点を変えて、夜中までビラを抱えて歩きまわった。葉子ら女性たちは、捕まる確率の低い見張り役にされた。それでも警官といたちごっこで一日に一度は肝を冷やして逃げ惑う。

ある日の九時ごろ、葉子は大沢たちと大通りを歩いていた。網を張られていたのか、その夜の捕り物は大掛かりで、学生たちは完全に狙われていた。そうとは知らず、おもむろにビラを取り出し、通りの目立つ電柱に刷毛を忙しく動かせる。その夜は学生の動員数も三十名と多く、夜目にも目だっていたのかもしれない。誰かが突き刺すように悲鳴をあげた。

「逃げろ！　おまわりだ！」声は一ヶ所だけでなく、あちこちから一斉に起こってきた。

大沢が持っていた糊の入ったバケツを放り投げて、すくんだままの葉子の手を力いっぱい引っ張った。大勢の怒声やら罵声が、葉子たちの背後や路地、路地から包囲するように押し寄せてきた。走って、走って、息が完全にあがるほど、葉子は駆けた。駆け続けた。いまにも細い首筋を、ムンズと掴まれそうで、葉子は恐怖に目を吊り上げ、あらん限りの力を振り絞って、大沢の強い腕につかまれ逃げ惑った。

「隆夫さんがつかまった！　警察にしょっ引かれたのは、五人だ、いや、六人かもしれない！」

診療所に逃げ込んだ仲間の学生たちが興奮して騒ぎたてていた。みな青い顔をして、息も絶え絶えに、ぶるぶる震えていた。

「隆夫さんなら大丈夫だ。筋金入りだし、完全黙秘を貫く人だ。葉子ちゃんが心配することないよ」

大沢は葉子の肩を抱いたまま、何度も何度も繰り返して言った。

学生たちは、弁護士をともない警察署の前で、気勢をあげた。

「不当逮捕に反対！　逮捕した学生を即時釈放せよ！」

葉子は涙でぐちゃぐちゃになった頬を引きつらせ、大勢の仲間と声を合わせて叫んだ。

隆夫を返せ！　わたしの恋人を、いますぐ返せ、とこぶしを突きたてた。

警察署に勾留された仲間は六人だった。下着や弁当の差し入れが始まった。弁護士をとおして少しずつ、なかの様子が分かってきた。接見した弁護士の話では、一週間たって誰一人動揺するものもなく、六人は完全黙秘を勝ち取っていた。

葉子たちは握り飯のなかに、「ガンバレ」と書いた小さな紙を入れ差し入れた。隆夫の下宿に飛んでいって、下着やら着替えを風呂敷に包んで階段を降りると、下から見上げていたおばあさんにばったり出会った。大きな包みをかかえて憔悴のあまり蒼ざめた葉子をみて、おばあさんは何にも言わずに裏木戸をあけてくれた。葉子は涙をこぼしながら菊坂の路地をくだった。

二週間たっても隆夫たちは釈放されない。そのうち妙な噂が仲間うちに漏れ出した。

葉子は心理学科の控え室の前で、大沢からぐいっと腕をつかまれ人気のない教室に連れていかれた。なかには数人の仲間たちが深刻そうに頭を抱えて話し合っていた。

「特殊教育学科の大学院生のSさんが、どうやら危ないみたいだ。下痢をして体調を崩したところへ激しい刑事の取調べに、精神的に参っているらしい。このままじゃ、内部の組織のことも白状させられそうだと、弁護士が危惧している。そんなことになれば、就職が決まっている四年生だって内定取り消しになる。いずれにしても重大事件だ」

「あともう少しだというのに、何とか頑張ってもらわないと、実際被害が大きい」

四年生の活動家は、就職後の企業や職場の活動を考えて、ビラ張りだの個別訪問だの、目だった動きは禁じられていた。それだけに拘留中の仲間の動揺は予測もしていなかった事件であった。

「Sさんって、女傑の付き合っている彼氏？」葉子は小声で大沢にささやいた。大沢は重苦しくうなずいて、眉をしかめた。そういえば女傑は近ごろめっきり元気がない。痩せてブラウスからのぞく腕がやけに細くなっていた。頬がこけて目の下にこい隈が見えていた。Sさんはもともと胃下垂で薬を常用していたらしい。葉子は痩せた隆夫の体が厳しい尋問に耐えられるか不安だった。それでも隆夫の責任感、意思の強さは仲間うちでは伝説的に語られている。ある時など風邪で三十九度も熱があるのに、会議ではまったく平常どおり発言をし、意見をまとめていた。葉子は仲間の羨望を集める隆夫の存在に、嬉しさをかくせないでいた。

ただ暗い警察の留置場で、隆夫はなにを考えているのだろう。弁護士の情報では、隆夫はいたって冷静で、逮捕された仲間たちを事あるごとに激励しているという。大沢はそんな隆夫の強靭《きょうじん》さに尊敬のまなざしを隠そうともしない。大きな手で葉子の肩をたたくと、

「ほらね、葉子ちゃん、何にも心配なんかいらないだろ」真っ白な歯をみせて笑った。

葉子は正直、子どものころから閉所恐怖症だ。隆夫が警察に逮捕されてからというもの、毎晩悪夢にうなされ続けていた。夢のなかでは葉子は死刑囚のような独房に入れられている。窓もなく誰もこない真っ暗な闇のなかで、次第に周囲の壁がせばまってくるのだ。恐怖にかられて葉子は泣きわめく。その自分の悲鳴におどろいて、真夜中に飛び起きる。ねっとり冷や汗が寝巻きをぬらしていた。葉子は夜になるのが心底恐ろしかった。

Sさんも含めて、隆夫たちは何とか勾留期間を持ちこたえた。完全黙秘で検察は起訴できなかった。もともと起訴することが狙いではなく、自白させることで情報を手にしたかったのかもしれない。いずれにしても隆夫は帰ってきた。Sさんは痩せて蒼ざめた頬をヒクヒク震わせ、情けなそうに目を伏せていた。女傑に腕を支えられて、おぼつかない足取りで立ったまま、仲間たちに頭を下げた。隆夫は珍しく無精ひげを生やしたまま、葉子を見つけると近寄ってきた。葉子は無我夢中で隆夫の胸にとりすがって泣いた。

「ありがとう、差し入れ嬉しかった。葉子ちゃんからだと、すぐ分かった」

隆夫の眼が微かに潤んで光っていた。隆夫は飛びこんできた細い体を抱きしめて、葉子の頬をつたう涙を愛しそうに見つめていた。

九

季節はいつしか駆け足で秋を迎えていた。恒例のアカハタ祭りがおこなわれるという前日のことだった。葉子はいつものとおり隆夫の下宿で博士論文の清書をしていた。不意に顔をあげた隆夫が、とうとつに思いつめたように切りだした。

「明日のアカハタ祭りには来ないでくれますか。新潟から婚約者が来るんです。僕の煮え切れない態度にしびれをきらして、上京するって手紙で言ってきたのです。たしかに彼女の言うとおりかもしれない。僕たちは明日よく話し合うつもりです」

隆夫の長いまつげがふせられて葉子を見ようともしない。葉子は一瞬自分の耳を疑った。今さら話をするって、いったい何を？　……葉子は震える手もとを見すかされないように無言でうなずいたが、内心では隆夫の言葉にひどく傷ついていた。

「新潟の実行委員会のメンバーだから、やって来るのは当然なんです」

隆夫は涼しい顔つきで当然のように言いはなった。

葉子は一瞬みじめな気分におそわれた。党の任務だから、彼女と会うのだ。——婚約者と会うにも合理的な理由をつけようとする隆夫に、葉子はかすかに嫌なものを感じた。

そういえばあれ以来葉子は久仁子の存在を忘れていた。それほど葉子は日常的に隆夫と行動をともにしていた。隆夫の言うとおり明日は残念だけどひとりで過ごそう。隆夫がいよいよ久仁子と話し合いをするという。いやしびれをきらした久仁子がついに上京してくるという事態なのだ。葉子はその夜、まんじりともせず明け方まで眠れないでいた。

アカハタ祭りの当日、葉子は眠い眼をこすりながら思いっきりカーテンをあけた。爽やかな秋晴れの空が広がっている。葉子は入念にポニーテールに髪を結い、鏡の前で軽くターンした。淡い蓬色のパステルカラーのワンピースが、二十一歳を迎えたばかりの葉子のほっそりした清潔そうな姿態に、妙に艶めいた女らしい色香を漂わせていた。

葉子は鏡のなかの自分の顔に微笑んだ。広いおでこを軽くカールした前髪が爽やかにたれさがっている。隆夫は葉子の広いおでこが好きだった。風に吹かれて葉子の前髪がさあっと舞いあがる瞬間、隆夫は歯をみせて笑いだす。「デコチャン！」隆夫は無邪気におでこをなでる。隆夫に愛されていると感じる幸福な瞬間だった。葉子はつとめて明るい顔で微笑み返すと、真新しいアイボリーの靴をはいた。

会場は大勢の人ごみでごったがえしていた。全国各地から同じ思想に燃えた同志たちがこの地を埋めつくしている。さまざまな模擬店には家族連れが楽しそうに群がっている。

葉子が会場に来ることは仲間の誰も知らないはずだ。「なんでこないんだ。大沢にも、「明日はいかれそうにないの」と断ると、彼は露骨に指をたててブーイングした。「でも来たくなったら、こいや」仲間の厳しい批判の眼にさらされている葉子を思いやるように、妙に陽気に言った。わけは？」大沢は怪訝そうな表情をみせたが、黙ってうなずいた。

大沢の優しさにはいつも癒《いや》される。その大沢にも今日だけは会いたくなかった。彼女は人ごみを歩きながら肩越しに隆夫の姿を眼でおった。

昼時を過ぎると混雑は一層ひどいものになった。中央の演台では大音響をあげた音楽にのって劇団の踊りやら歌が艶やかに繰り広げられていた。葉子は次第に不安になってきた。広い会場は見渡す限り人、人の群で沸きたっている。葉子は人の流れるまま途方にくれて歩いていた。

来るな、と言われて一旦はあきらめた。隆夫が婚約者と話し合う機会を奪うことは許されない。だいいちそれは葉子の願いでもあったのだ。だが朝布団のなかで思いっきり手足をのばすと、葉子の気持ちはきまっていた。隆夫の婚約者、安東久仁子の姿を、ひと目だけでも見てみたい、そんな衝動につきうごかされていた。隆夫に知られたら、ちらっと不安がよぎったが、好奇心の前にはふき飛んだ。

内心では久仁子に会って、直接対決しても、隆夫の本心を確かめたい気持ちにかられていたのだ。危険な賭けかもしれない。隆夫は葉子を許さないかもしれない。僕を信じられないのかと、軽蔑されるかもしれない。愛する資格さえ疑われ、隆夫を失うかもしれないのだ。

葉子にあるのは若さだけかもしれない。相手は六歳も年上の社会経験も豊かな魅力的な女性なのだ。葡萄の房のような豊かな乳房の大人の女、葉子は戦うまえから早くも少しずつ後ずさりしていた。会わないほうが幸運かもしれない。会ってすべてをぶち壊すより現状維持でいくのだ。模擬店のおでんやの前で、葉子はささやきかける理性に途方にくれていた。

見上げると高い空に鷲のような豪快な雲が悠然と漂っていた。葉子はその雲に誘われるように、地面を蹴って踊るように歩きだした。

雲も空も風も葉子には懐かしかった。学校の夏休み、故郷の濃尾平野の田舎道の木の梢が葉子の隠れ家だった。暑い真夏の午後、葉子は木によじ登り、どこまでいっても田んぼや畑しか見えない平野を背伸びしながら見渡した。海を見てみたい、山に登って見下ろしてみたい。いつか濃尾平野の果てるところまで、この空を駆け抜けていこう。葉子は少女のころの果てしない夢のなかを歩いていた。目の前に隆夫のびっくりした大きな瞳が真っ青な空の色を映し出して、不安げに葉子を見つめていた。

安東久仁子は雪国の女だった。白いむっちりした肌理の細かい肌が葉子にはまぶしかった。隆夫のぎこちない紹介に、久仁子は一重まぶたの優しい眼で葉子をさりげなく見つめると、ソプラノ歌手のような美しい声で、「はじめまして」とつぶやいた。

三人はゆっくりと歩きだした。隆夫と久仁子は故郷の新潟の友人たちの噂話に懐かしがっていた。葉子はひとりだけ遅れがちにのろのろと歩いた。ふたりの間から時々起こる秘めやかな笑い声が、風にのって葉子の耳もとに疑惑を運んでくる。この場から立ち去る勇気も決断の理性も、いまの葉子にはなかった。痩せた隆夫の背中が咳をするたびに前かがみにゆれた。隆夫の困惑し、動揺を隠そうとするときの奇妙な癖。ふたりは振りかえらない。久仁子が小さな声で労働歌を歌いだした。隆夫が甲高い声で唱和した。高い、高い、澄んだ透明な合唱。葉子は大沢が言っていた隆夫の新潟大学時代のエピソードを思いだしていた。

隆夫は郷里の高田の高校を出ると新潟大学の教育学部に籍をおいた。三年生のとき、運動を通じて当時女子大にいた久仁子と知り合い恋におちた。久仁子は豪雪地帯で有名な飯山市の出身でそのころ大学の寮に住んでいた。夜毎、久仁子の寮の部屋のしたで、セレナーデを口ずさむ隆夫の噂は、あっというまに女子寮に広まった。

大沢はにやにや笑いながら隆夫にまつわるエピソードを話した。いまさらロメオとジュリエットでもあるまいし、子どもじみている。葉子はつられて涙がでるほど大笑いしながら、隆夫ならやりかねない、きっと傍目なんて気にもしない、それが隆夫だと思った。

大沢は、隆夫さんはいまどき珍しい純粋な魂の持ち主だぜ、葉子ちゃん、彼はいい男さ、彼を射止めろ、と真剣な眼で葉子を見るとニヤッと歯茎をみせて笑った。

何処をどう通って家まで帰ったか、葉子は記憶を失っていた。高田馬場で降りたのか、新宿までやり過ごしたのか、とにかく気がついてみると葉子はたったひとりで歩いていた。

街の雑踏が、肩を触れあわんばかりの繁華街の喧騒さが、葉子には優しかった。通りすがりの人の顔が一瞬の出会いの気まずさを救っていた。誰もかれもが葉子には懐かしく知った人の顔に見えた。路地には迷いこみたくなかった。人気のない薄暗いすえた臭いの路地裏に葉子の心を癒すなにものをもなかった。葉子は泡だつ雑踏の流れが、自分をどこか知らない遠い過去の街に運ぶ瞬間を夢想した。映画館の看板が葉子に親しみをこめて微笑んでいた。大沢とふたりで初めて見た『ゼロ地帯』の映画のラストシーンが懐かしかった。

ユダヤの少女が収容所で最後の死の瞬間、ドイツの将校に抱かれながら、自分はユダヤ人であることを告白し、ユダヤの神に祈りを捧げた。少女の大きな瞳に絶望はなかった。収容所で、若い肉体を餌にドイツの将校を牛耳った少女が、死に瀕して神に祈る光景は、十八歳の葉子の心を鷲づかみにして離さなかった。大沢の説得で、葉子が大学のセツルメントの運動に入っていったのも、この映画の衝撃があったといいえた。

葉子は涙で薄汚れた顔を駅の公衆便所で見つめた。蓬色のワンピースの袖のボタンがとれかかっている。おろしたてのアイボリーの靴が泥で黒く汚れていた。

しかし魂の崩壊は若い葉子でなく安東久仁子を襲っていった。一ヶ月ぐらい経って、葉子は隆夫の下宿で彼の日記を盗み見した。几帳面な彼は一日として日記をかかさない。彼は整然と日記帳を本棚の隅においたままだ。葉子が目に触れてもおかしくないところに。隆夫の人間にたいする純粋な信頼が、無防備なまでに葉子の前にさらされている。

久仁子はあの晩、東京の旅館に泊まった。

「可愛らしいひと！　私にはひとめで分かったわ。彼女があなたの好きな女性、葉子さんね」

久仁子は突如身悶えて泣きだした。貧しい旅館の襖戸から、鈴のような泣声が闇を這って廊下に流れていった。隆夫の大きな眼から血のような涙が久仁子の豊かな胸の谷間にこぼれおちた。久仁子は旅館にひとりで置いていかれるのを嫌がった。久仁子は隆夫の変心をなじって、こぶしで男の胸を何度も叩いた。律儀で貧乏な隆夫は、終電に遅れるからと断ってひとり下宿に帰っていこうと立ちあがった。久仁子は恨めしげに、突然わめいて叫んだ。

「あたしにだって、プロポーズしてくれる同僚がいるの。彼はいつまでも、あたしがその気になるまで待つ、っていうの……」言ってしまうと、久仁子は放心したようにその場にへたりこんだ。隆夫は悲しそうに久仁子の肩を抱いた。帰りの夜道を、いつかの晩のセレナーデを口ずさみながら、隆夫は自分の影法師を踏んで歩きつづけたのである。

新潟に帰った久仁子の日常が狂いはじめている、と、隆夫と久仁子の新潟時代の親友が知らせてきた。彼の手紙によると、久仁子は東京から帰ってまもなく毎晩のように酒を飲みだした。浴びるほど飲んで、正体もなく倒れこんで、家にも帰らず友人宅を転々としている。勤め先の小学校には何とか出ているが、活発で面倒見のいい、かつての教師の面影は消え去り、どこか投げやりな態度が父兄の非難を浴びるようになっている。久仁子を救えるのは君しかいない。新潟に帰って久仁子と結婚をしたらどうか、隆夫の親友は心配しつつも腹立たしげに、最後にこうも書いて送ってよこした。久仁子は東京で小学校の教師をすることに不安をいだいている。新潟の僻地の小学校で教鞭《きょうべん》をとっている久仁子には、都会の生活は恐ろしかった。とうてい都会の小学校の教師がつとまるとも思えず、だいいち簡単に勤め先が見つかるとも考えられない。隆夫と久仁子の間にまたがる最大の難関であった。永すぎる婚約時代の背景には、おたがいの抜き差しならない事情が横たわっていたのだ。

葉子は隆夫の経歴を思いうかべた。彼は学者になりたがっている。新潟大学を卒業して東京のK大学の教育学科に学士入学して、そのまま大学院に進み今は博士課程の三年であった。このまま大学に残り教授になるのが隆夫の目標であったのだ。久仁子は都会に馴染めない。貧しい隆夫は奨学金とアルバイトで学業を続けていた。

葉子は日記をバタンと閉じて畳の上に寝そべった。隆夫は家庭教師のバイトで今夜も帰りは遅い。電球の黄色い光を見つめながら、葉子はさっきの日記の箇所を思いだしていた。

久仁子が壊れかかっている？　葉子はアカハタ祭りでみた久仁子のほの白い顔を思いだしていた。ふたりの女はあの時はじめておたがいの顔を見つめあったのだ。

葉子は久仁子の前に、ひるんで思わず後ずさりした。肩をよせあい睦まじく並んで歩く隆夫と久仁子の後ろから、葉子は次第に遅れがちになっていた。隆夫にふり向いて声をかけてほしいのに、彼らとの距離は広がっていった。

だが、あの時立派に大人の女を演じてみせた久仁子の魂が、恐ろしい勢いで崩れようとしていた。

葉子は眼をつむったまま、なぜか涙がまぶたにふくらむのを感じていた。ほっと安堵するとともに、意外な久仁子の脆《もろ》さに戸惑っている。隆夫と久仁子の間を阻む暗い隔たりが、葉子の闘争心を萎《な》えさせ、別の苦痛を感じさせたのだ。久仁子の気弱さに安心するとともに、同じ女として久仁子の意気地のなさに勝手に腹をたて苛立った。葉子は自分が久仁子にあたえた打撃の凄まじさを、わざと気づこうとしなかった。逆に葉子には、隆夫から久仁子を奪うという意識は薄かった。決めるのはあくまで隆夫であり、久仁子の恨みつらみは隆夫に向かうべきだとさえ言い切って、身勝手に納得してさえみせた。葉子は恋する男への自信から、一段高い場所から久仁子に冷ややかな一瞥《いちべつ》をあたえ、かろうじて自尊心を守ろうとした。生まれ故郷を捨てられない甘ったれた女、自分の殻に閉じこもり打ち破ろうとしない身勝手な女、自業自得だ。愛する男の願望に無頓着な女は、たとえ婚約者であっても愛を失うのは当然のことだ。勝ち誇った葉子は傷ついた久仁子に容赦しなかったのである。

葉子は隆夫の帰りを待たずに、階段をトントンと音をたてておりた。白い手ぬぐいを襟にまいたおばあさんが横向きに寝ころんだまま「おやもう帰っちゃう？　真っ白なごはんと白菜の漬物、久しぶりだから、たべておいきよ」と歯の隙間からシュッと音をたてて笑った。

今日ばかりは、天真爛漫なおばあさんの笑顔に向きあって、ごはんをご馳走になる自信などない。知らない他人がみたら今夜の葉子は悪魔のように醜く歪んでいるだろう。葉子は十も老けたような虚しさにうちひしがれた。ユダヤの少女のように、自らの罪を、神に告白せずにはいられない。

四畳半の隆夫の下宿は三人も入れば一杯だった。葉子は目の前で、細いからだを長々と投げだしたまま酔いつぶれている、望月隆夫の骨ばった姿を無残な思いで眺めていた。隆夫の親友で哲学科の博士課程にいる足尾が静かに酒を飲んでいた。

「望月の新潟にいる婚約者が結婚してしまった。なんでも同僚、小学校の教師らしい。彼はこのとおり堅物で真面目な男です。ほら、すっかり伸びてしまっている。女の人は残酷ですね。望月は一途に愛していたのに、……葉子さんも望月を心配して来てくれたんですね。今夜は悲しい酒だ。飲みましょう、いっしょに。だけど、望月の心の傷は僕らには消せない。友情なんかじゃあ、埋められない。そうじゃあ、ありませんか？　あなたは僕らより六つも若い。慰めてやってください。若い女性の力でやつを元気づけてやってください」

足尾は眼鏡をはずしてハンカチで目もとをぬぐった。ふたりは入り口のところで、肩をすりあわさんばかりに身を縮めて座りこんでいた。隆夫は呼吸が止まったように身動きひとつしない。うつ伏せたまま、死体のように転がっていた。

足尾ははずした眼鏡を鼻にかけると、酒くさい息をはきかけてきた。

「葉子さん、じつは僕も婚約者の彼女に逃げられたばかりですから、望月の痛みが身にしみて分かるんです。貿易商のお嬢さんは、いつまで経っても働きのない僕に愛想をつかして、とうとう大病院の医者の息子と結婚する道を選んだ。いつまで待ったら教授になれるの？　って、女の人ってトコトン残酷なことを、可愛い顔してしゃあしゃあとおっしゃる。彼女は教授の地位に恋して、僕を愛してなんかいなかったに違いない。そりゃあ、僕だっていずれどっかの教授になってみせる。いや、それ以外につぶしが利かない、とっぷりはまって身動きがとれないんだから。彼女のために地方の大学の助教授の口も考えていた矢先の裏切りですからね。僕にとっては都落ちもいいとこ、それでも愛する人との生活のためには止むを得ないと真剣に悩んでいたというのに……。彼女は地方に出るのをいやがった。望月のもきっとそれですよ。研究者の悲哀っていうやつ、葉子さん、若いあなたに僕や望月の悩み分かってもらえますか？」

足尾の愚痴とも本音ともとれる話が葉子の意識のそとで聞こえてくる。それは隆夫への挽歌のように虚しくひびいた。久仁子の結婚という現実が、理性的な隆夫の正体をむごいすがたでさらしている。葉子は自分の初恋を、隆夫への生涯の愛を、今のいままで疑ってもいなかった。男というものの正体に気づきもせず、一途にひた走ってきた。心理学科の控え室で大沢が葉子を部屋の外につれだすと、「葉子ちゃん、ビッグニュースだ。隆夫さんの婚約者が新潟で結婚したらしい」興奮したように厚い唇で笑いかけた。

葉子は駆けた。地下鉄にのり菊坂の路地裏を走って、隆夫の下宿に飛んできたのだ。隆夫の胸に飛びこんで、もう誰にもなんにも言わせない、ふたりの愛の障害はなくなったと、瞳を輝かせ熱い口づけを期待した。葉子はついさっきまでの歓喜がみるみるなえて、自分の感情が崖っぷちに追いやられるのを茫然と感じていた。

「葉子さん、あなた、もしかして望月、……隆夫を好きなんですね！」

不意に足尾が酒臭い息を吐きつけ葉子の顔をのぞきこんだ。葉子ははっと現実にひきもどされ顔をそむけた。電灯の鈍い光に足尾のてかてかした顔が、細い眼が、迫ってきている。

葉子はうつむいたまま、下唇を小さくかんで、ただ頭をこくりとふった。

「可愛らしいひとだ……葉子さん、あなたは……」

足尾は上体をくねったようにすりよせる。右手が這うように葉子の尻に触れてきた。

葉子は身じろぎひとつしない。足尾の存在も、目の前で正体を失くし酔い潰れている隆夫のことですら、葉子の意識からぐんぐん遠ざかっていく。久仁子への未練と執着に打ちひしがれ、忘我の淵に身を沈めた隆夫の本心が、若い葉子には納得がいかなかった。

いまさら隆夫に儒教の聖人君子であることを望んだりはしない。久仁子にも葉子にも誠実でありたいと苦しんだ隆夫は、女々しくともより人間的と言えるのかもしれない。

しかし、ふたりの女にとって隆夫の誠実さは、より残酷な結果を強いる何ものでもなかった。久仁子は隆夫を諦めるのに、別の男と結婚するという決別のしかたで、隆夫の気持ちのなかに残酷な愛を刻みつけようとしたのだろうか。葉子への復讐のために？　――久仁子は隆夫への愛の恨みのため、生涯葉子のまえに、その豊かな白い裸身で立ちはだかろうというのだろうか。

さっきまでの高揚した気分が、とうとう恋する男を勝ち得た勝利者の自信が、みじめな敗残者のものに変わっていく。葉子は初めて隆夫の無防備な姿をまのあたりに見た。隆夫は葉子の指導者であり、決して、決して隙をみせない特別の男のはずであったのに――。

葉子は途方にくれた。前にもうしろにも、葉子がすすむべき道はなかった。あれほど執着した自分の恋の感情に、はじめて戸惑いを感じている。自分の愛した男が、他の女への愛着、未練ゆえ、こともあろうか腐った死体のように畳の上にころがっている。

狭い四畳半には酸えた酒の臭気がよどんでいる。隆夫と足尾は昼間から酒をあびるように飲んでいると言う。足尾の手がさらに大胆に葉子の尻にふれてきた。葉子はぴくりと腰をうかせたが、そのまうつむいて顔だけそむけた。葉子の胸に、わけの分からない自暴自棄の怒りが、ふきだしてきた。自分の愚かな感情に翻弄される屈辱に、葉子はほとんど逆上しかかっていた。葉子は必死に自分を立て直そうともがいた。何がどうなっているのか、葉子の幼い体験でははかり知れないことだが、自分には恋する男の真心を知る権利があるのだ。負けたくない。自分が恋した感情がなえていくことなんか、どうにも許せない。

葉子は手で胸をおさえると、その場に小さくうめいてうずくまった。葉子の耳に大沢の太い農夫のような声が朗々と響いてきた。大沢は出口のない恋に苦しむ葉子の最も身近な理解者だった。恋する葉子に自分の恋愛観を笑って話してみせる、優しい男それが大沢だった。

「恋は自分ひとりでも成り立つ感情さ。自然に泉のように湧きだすものかもしれない。つまり、ひどく本能的なものかもしれない。でも、恋愛は、恋する気持ちだけでは成り立たない。愛が必要なんだよ、愛がなければ、恋愛は成就しない。相手を丸ごと信頼し受けとめる愛の存在こそが、ぼくの考える恋愛の本質。ちょっと青臭いかな」

大沢の言葉は傷ついた葉子の胸に優しく浸みとおる。

それでも葉子の惨めさはぬぐえない。久仁子に最後の土壇場で、うっちゃりを喰らったような、後味の悪さが不愉快であった。久仁子の白い肌に、葡萄のような豊かな乳房に、葉子はうずくような嫉妬と敗北を、はじめて味わった。革命も、恋も、転がった隆夫の骸《むくろ》のように、ただ悪臭を放ってみえた。

大沢の言うように自分は本当に隆夫を愛していたのだろうか？　偉い指導者としての隆夫に、自分の未来をあまく重ねて、ただ粋がって恋に恋していただけの愚か者ではなかったのか？　久仁子への未練を抱きながら、若い葉子のひたむきな一直線の愛の初々しさのまえで、途方にくれ苦悩し続けていた隆夫……。

そうだ、そんな隆夫の矛盾した優しさを承知で好きになったのに。自分の都合で、他を安易に切り捨てようとしない、窮地に陥った隆夫を信じて葉子は生きてきたのだ。しかし意地悪くいま一度考えてみれば、隆夫は自分ひとりでは結局、どちらの女も選択できなかったのではなかろうか。久仁子の無念の決別がなかったら、隆夫という男は、永遠にふたりの女の間で揺れ続けていたのではなかろうか。

葉子は眩暈《めまい》がした。久仁子に先を越されてしまったというのか？――違う！　違うのだ！　葉子はあくまで若く傲慢であった。隆夫以外に、別の選択をすることなど、最初から考えてもいなかったのだ。葉子ははじめから、自分は恋の勝利者になるべき運命だったと、かたく信じてきた。そう思うことで、葉子はかろうじて自尊心を守ろうとした。しかし、勝利の美酒は苦渋に満ちて、葉子はいぜん敗残者にすぎなかった。

足尾はそんな葉子の放心した様子を食い入るように見つめていた。わざと尻にふれたままの手をひっこめもせず、足尾は無防備な葉子に顔を近づけていく。

「可愛らしいひとだ、あなたは！」つぶやいた足尾の長い腕が、やにわに葉子の肩を強く抱きすくめた。足尾はそのまま葉子の頬に、眼に、唇を押しあてようと、身体ごと覆いかぶさってきた。酒臭いにおいが、強く激しい勢いで葉子に迫ってきた。葉子は身じろぎもせずに、白んだ顔で隆夫をいちべつした。

そのとき、足尾がびくりと腕の力を抜いた。酔っ払い正体をなくし気絶したように横たわっていた隆夫が、突然すっと身を起して、口を開いたのだ。

「葉子ちゃん、送っていこう」その眼は酔ってなどいなかった。

隆夫は細いからだを普段どおり伸ばし、何事もなかったように立ち上がった。足尾は仰天し、罰が悪そうに顔をそむけると、足早に階段を転がり落ちて駆けていった。下宿屋のおばあさんが物音に驚いて、下の部屋からぬっと皺だらけの顔を見せた。隆夫は静かに微笑むと、「すみません、お騒がせして」と低くつぶやいた。

菊坂町の路地をふたりは無言で歩いた。細い坂道を登ったり下ったりするたびに、月が不安げにあとを追いかけた。長い影が途絶えると、遠くに後楽園の地下鉄の明かりがぼおっとそこだけ明るく見えた。ふたりは何ごとも無かったかのように、いつもどおり手を上げて別れた。

地下鉄の轟音が葉子を待っていた。乗客は、葉子のほか二、三人しかいなかった。明日からはまた自分との闘いがはじまる。愛も、革命も、しょせんは自分自身との闘いのなかにある。なにを理想として自分の理性が、感情がさわぐのか、問われるのは隆夫ではない、葉子自身の魂のなかにこそ、それはあるのだ。

久仁子の犠牲で、隆夫の愛を手に入れた、偶然の結果タナボタしきに愛をつかんだ、そんなふうに自分を卑下することはたやすい。だがそれは真実の愛とは呼べない。愛を高めるのも葉子自身の成長のなかに、隆夫との未来も輝いていくのだ。

地下鉄がいつか地上を走っていた。葉子は轟音のなかで夜空をみあげた。かみそりの刃のような月が、空の闇を切りさいていた。

第二部　青春の奔流

一

新幹線のビュッフェで富士の山を間近にみた。雪を抱いた山頂がくっきりと車窓にあらわれると、居合わせた乗客のあいだからは、歓声とも溜息ともつかぬどよめきが、いっせいにわき起こった。

井村葉子はこの三月に大学を卒業した。明日四月一日、葉子の赴任するT株式会社名古屋工場の入社式が待っていた。T株式会社からの求人は葉子の大学では始めてだった。担任の教授は、破格の条件とりわけ高給に眼をみはり、新規就職先として推奨した。名古屋工場ということで葉子の大学からは他の学生の応募もなく、筆記試験も面接も順調に進んだ。

葉子の恋人望月隆夫は最初地方ということで難色を示した。しかし、葉子の両親は、名古屋から名鉄電車で二十分ほどいったところの農村の出である。単なる地方でなく故郷であった。

隆夫は葉子の説得に素直に折れた。二年ぐらいは葉子の気の済むように自由にさせるから、そのあとすぐ結婚しよう、と、葉子に固く誓わせた。隆夫は葉子の通ったK大学の学生運動のリーダーであり、党の組織の指導者であった。すべてに理詰めの隆夫は自らの行動に厳しく、当然のように葉子にも要求した。二年は君の自由だ、思う存分やりたまえ、隆夫の激励は絶対的である。

いつの間にか眼の前から富士山が消えていた。葉子は幸せな気分でスパゲッティをクルクルとフォークに絡めて頬張った。たっぷりかけたチーズの濃厚な味が葉子の食欲をそそる。隆夫との別れも感傷も、新しく赴任する職場への夢で掻き消えていた。葉子は興奮のあまり頬を赤らめ窓の外を見入った。濃尾平野が早春の日差しのなかに果てしなく続いていた。木によじ登り、男の子たちが棒切れの先に蛇を巻きつけ、振り回す光景が懐かしく葉子の目の前をよぎった。社会人になる、故郷の地で。葉子はまどろんだ。明日からはたったひとりで社会に乗り出すのだ。隆夫も友だちもいない、新しい社会でその一歩を踏み出すのだ。

葉子は突然騒々しい声にはっとわれに返った。不意に酒臭い臭いがして、

「お嬢さん、こちらの席に座ってよろしいですか？」紺色の背広姿のふたりづれの男が、意味のない笑いを浮かべて葉子を舐めつけるように見下ろしていた。

「ええ、どうぞ」

「お嬢さんのスパゲッティを食べるすがた、先ほどから見ていましたが、美しい！」

ふたりの男はいずれも似たような体型で、背広からのぞくネクタイは地味なものだった。五十ぐらいか、もう少し年がいっているのか、葉子は見当もつかない。

「どちらまで行かれるの？」年配らしき男が聞いた。

「名古屋です」葉子は伏せ目がちに答えた。

「これは奇遇だ。われわれも名古屋までです。丁度よかった。旅は道づれと昔からいいますよね。ごいっしょしましょう。やあ、楽しい旅に出会えたな」

ふたりづれは勝手に意気投合すると、ふざけて乾杯などしてみせた。葉子は、いつのまにか酒臭い男たちの旅の道づれにされ、地方まわりの旅芸人の一行のような気恥ずかしさに困惑していると、

「名古屋になにしに行くの？」いくぶん若いほうの男が無遠慮に聞いた。

「明日、会社の入社式があります。就職したんです」

「なに、新入社員なの！　こりゃあ愉快だ。大学に入ったばかりのお嬢さんかと思ったら、……これは失礼いたしました。われわれと同じ、社会人ってわけですね」

「はい、そうです。社会人になりました」

男たちは腹をかかえて笑い出した。年かさの男が顔を真赤にしたまま、眼鏡をはずしてハンカチで涙を拭った。葉子は周囲の視線が気になってにわかに落ち着きを失くした。急に黙りこくって俯いた葉子に、ふたりは慌てて機嫌をとった。当たり障りのない世間話がひとしきり続いた後で、ようやく場内アナウンスが名古屋への到着を告げた。葉子は解放された気分でほっと溜息をついた。ふたりは急に身づくろいを正し真顔になると、葉子の眼を見ていった。

「お嬢さん、ありがとう。今日は本当に楽しかった！　でも、今日のこの場の出来事は、新幹線を降りたら忘れてください。われわれは知らぬ顔をして別れましょう。広い名古屋の街でいつか偶然出会っても、まったく関係はありません。いいですね、お嬢さん！」

葉子は混乱してうなずいた。旅の仲間から急に秘密めかしの口止めをされて、わけもなく緊張して

頬をひきつらせた。若いほうの男が耳もとでささやいた。

「われわれは、あの大きな銀行の重役なのです。お嬢さん、分かりましたね、さようなら」

葉子は思わず男の指差した方向をあおぎみた。巨大なビル群のなかでもひときわ目立つT銀行本店の文字が葉子を圧倒した。重役たちは背広のバッジを葉子に見せて、胸を張って人ごみのなかに消えた。一瞬の出来事だった。葉子は呆然と後姿を見送った。旅芸人が銀行の重役に豹変する。社会人とは妙な世界に生きる、特別な感覚の人種かもしれない。それでも葉子は社会人を相手に無事任地まで辿りついた興奮に、思いっきり背筋を伸ばして歩きだした。急に大人びて成長した気分に襲われ喜びが全身にみなぎった。とうとう社会人になれるのだ。葉子は自然に口元をほころばせ、踊るように駅の階段を降り、ちょうど来合わせた列車に乗り換えた。

二

名古屋市南区にあるT株式会社名古屋工場はいわゆる紡績工場である。工場の規模は大きく従業員の数は二千人を超えていた。主力は東北、九州からの女工たちであり、彼らは中学を卒業すると工場に送られてきた。地方には専属の募集人の男たちが、中学校をたえずまわっては女工の数を確保していた。募集人の男たちは女工たちを工場に配置したあとも、彼女たちの故郷の父や母、幼い兄弟たちの消息を嗅ぎまわり工場に伝えてきた。女工たちの家は貧しく、ささやかな給料の大半を仕送りして故郷の家計を助けていた。家族からの手紙に涙して、募集人の男から聞く父や母の感謝の言葉にうなずいて、女工たちはけんめいに過酷な労働に耐える。まだやっと十五、六の少女たちが朝は四時から起きて、二交代の労働をこなす。早晩と遅番の労働が一週間ごとに繰り返される。早晩は午前五時から午後一時四十五分まで、遅番は午後一時四十五分から午後十時三十分まで、その間四十五分の食事の時間を抜くと、高温多湿の息苦しい現場で、立ちっぱなしの過酷な労働が延々と続くのだ。

葉子は彼ら女工たちの寄宿舎の舎監として採用された。新規採用された舎監は、葉子をふくめて三人、すべて国立大学の心理学科の卒業生が条件であった。入社式のあと寄宿舎の一室にあてがわれた舎監室に荷も解かぬうちに、葉子たち三人の新米舎監たちは、紡績工場で女工たちの労働のすべての工程を、研修という名目で体験させられた。わずか一週間の労働で葉子は悲鳴をあげた。

大学四年の秋に、葉子は風邪をこじらせ高熱で寝込んだあと、ある朝目覚めて、ベッドから転がり落ちた。左足が真赤に腫れあがり、動けなくなっていた。医者は急性多発性関節リュウマチだと診断を下し、すぐさま入院を勧めた。就職も決まったあとであり、卒論の最終追い込みの時期でもあった。通院し副腎皮質ホルモンの投与を受けることで医者は渋々承知した。多量の投薬の影響か、リュウマチ熱のせいか、まもなく心臓弁膜症を併発した。いまでは毎日の副腎皮質ホルモンの注射が欠かせない。

凄ましい轟音と熱気、綿ぼこりのなかでの工場の作業は、病んだ葉子の体を極度に痛めつけた。女工たちの笑顔だけが唯一の救いで、彼女たちの信頼を勝ち得るためにも弱音は吐けなかった。小柄な葉子は女工たちの人気者でもあった。葉子は懸命に働いた。胸が潰れるように痛く、激しい動悸に額の汗を拭う余裕もなかった。組長の若い女性がタオルで葉子の汗をそっと拭いた。

「葉子先生、あたしたちと同じ歳にしか、見えない」白い歯をみせて葉子に笑いかける。

女工たちは誰もかれも優しい。真夏でもないのに喉が渇いて、葉子は思わず倒れそうになった。

機械は瞬時も葉子をまってくれない。眼を離すことも、手を離すことも、一切できない。一時間、二時間、三時間と、時を刻むにつれて、激しい疲労と緊張の連続をしいられた肉体が、悲鳴をあげる。女工たちは汗を拭おうともせず、懸命にノルマをこなす。終了時間の五分まえには、一日の成績がハンクメーターにより調べられるからだ。幼さの残る女工たちは、脂汗を流しながら、寸秒の余裕もなく働かされる。しまいには、足がガタガタ震えだして、立っているのがやっとであった。葉子は、一週間の研修でこの過酷な労働から解放される。しかし、女工たちは一週間ごとの二交代の厳しい労働を、最低でも五年は強いられる。

会社の採算のためだと労務の係長はいう。葉子たち大学の心理学科出身を舎監として採用したのも、係長の島田の発案だという。女工たちから期待できる最大の労働の利潤をあげさせるため、最低でも五年の労働期間を不満なく快適に勤めさせる必要があった。女工たちの不満の芽を摘み、不穏な言動を押さえ込んで、工場の辛い労働に耐え得る質のいい労働力の確保のため、葉子たちは採用された。

ある時は彼女たちの姉として、信頼できる友として、会社にひたすら忠実な労働者を作り出すための、教師にもなるのだ。過酷な現実からの甘い逃避の手段として、戦前の女工哀史の暗いイメージを払拭するためにも、働きながら企業内学院を卒業して、料理も裁縫も、華道、茶道までも楽しく身につけて、幸福な結婚をしましょう、とささやきつづける。夢を与えることで、女工たちの持てる労働力の限界以上を絞り出し、生産の効率を高めること、舎監である葉子たちに課せられた職務であった。

労務係長の島田は、アメリカの大学院で心理学を学んで工場に赴任した。本社の重役の甥っ子とかで、将来を嘱望されていた。心理学科の卒業生で実験を施し、立派な成果を手土産にエリートの道を驀進《ばくしん》する、島田の考えで葉子たちは工場に迎えられた。

島田は痩せたカマキリのような男だった。子どものころ悪戯っ子の男の子たちが、カマキリを切り刻み、ひねり潰して振り回していた。なかから紐みたいな黒いものがミミズのようにでてきて、葉子は悲鳴をあげて逃げた。島田の細い眼は、その時のカマキリの黒い紐のように、冷たく不気味な光を放っていた。

三

工場での一週間の苦役から開放された明くる日、葉子たち三人の新米舎監は労務課の歓迎会に出ることになった。舎監長の石黒から、会社の保養施設の建物に案内された。三人のなかで一番体格の良い山本弘美が先頭に立ち、葉子がその後を追う。高知出身の福山淳子はのんびりとふたりより遅れて歩く。

「ずいぶんと遠いんですね。これじゃあ帰り道が分からない」弘美が真っ先に舎監長の石黒に食ってかかる。石黒はにやにや笑うだけで取り合わない。石黒は「禅さん」の愛称で寄宿舎では人気があった。岐阜の山間の禅寺の次男坊だということで、どことなく笑った顔に悟りきった愛嬌がある。カマキリの冷たさに比べると、禅さんは憎めない。早くも弘美のお気に入りになっていた。弘美は新潟大学の心理学科を卒業した。父親も同じ大学の医学部をでて、新潟市内で皮膚科の開業医をしていた。左手で患者の患部に触れ、右手は愛妻のためにとってある。父親の言葉だそうだ。弘美のユーモア好きはきっと父親の遺伝子のせいにちがいない。葉子は弘美のことをヒロと親しみをこめて呼ぶ。たった一週間を過ごしただけで、三人は互いのことを、葉子、ヒロ、お福、と、気心のしれた相棒みたいに打ち解けて声を掛け合う。春の宵闇が、暖かい風を運んできた。三人は禅さんの大きな背中を見ながら、久しぶりに工場から外に出られた開放感に酔いしれた。

「いや、驚いた！　まさか、紡績工場で糸紡ぎの仕事をさせられるなんて。実際、死ぬかと思った。あれは人間のすることじゃない。まるでチャップリンのモダン・タイムズそのものの世界だわ」ヒロの言葉に、葉子は真剣な眼でうなずいた。ふたりからいつも一呼吸遅れて反応する、万事に控え目なお福までが「ほんと、シンドかった！」とあいづちをうった。

「早番、遅番の二交代も辛い。早番なんて、朝の四時よ、まだ真っ暗だっていうのに、起床のサイレンが鳴ったかと思うと、妙な歌謡曲がスピーカーから大音響で鳴りだす。信じられないよ。一日中、寝た気がしないで、ひどく疲れるわ」ヒロは思ったことを遠慮なく口にする。めずらしくお福が愚《ぐ》痴《ち》って、

「あたしは遅番が嫌なの。夜十時半まで働いて、お風呂に入ってお洗濯して、あっという間に消灯時間。不眠症だからなかなか眠れない。二、三時間もすると早番の寄宿舎から歌謡曲が鳴って女工たち

がドッと工場に駆けていくの。早くも疲労困憊《こんぱい》して倒れそうだわ」

お福もイライラが嵩《こう》じているらしく、口を尖らせている。

工場の労働は、たんに葉子が病気を抱えているからだけでなく、健康なヒロやお福にも過酷であるのだ。葉子は目の前をさっそうと歩く、ヒロの背筋を張った背中を美しいと思った。ヒロのように早く健康になって、自分のやるべきことを考えてみたかった。

風呂場でヒロは、鏡のまえで筋肉質のからだを自慢気に葉子に見せびらかす。素っ裸のまま、くるっと回転してみせて誇らしげに両腕を腰にあてる。鰓《えら》の張った美しい顔立ちのヒロは、女工たちから熱い視線をあびている。

「逆三角形よ、わたしのからだ、見事なプロポーションでしょ！」

葉子は素直に感嘆の声をあげる。

「葉子の筋肉は、鍛え甲斐がない。お福なら弟子にしてあげてもいいけど」

「えっ、わたし？　スポーツ一切駄目なのよ。これ以上色黒になったら結婚できないし」

お福は顔をくしゃくしゃにして、ヒロの言葉をかわす。高知の太陽は洋服を着ていても全身を焼くそうだ。お福は真ん丸い眼の可愛い娘だが、本人も自認するように、小麦色を通り越して浅黒い肌が光っていた。ふたりに比べると、心臓を病んでいた葉子は、風呂に入るのもひと苦労の騒ぎだった。寒い夜でも湯船に肩まで浸かれない。腰からみぞおちあたりが限界だった。心臓の高さまでは、いくらもがいても沈めない。

風呂からでてヒロの頑丈そうな肉体を見るたびに、葉子は羨望を感じた。かつて走り幅跳びと短距離の選手だった葉子は、恨めしそうに壊れた自分の体をみつめた。ヒロはそんな葉子に付き合って、バレーボールの相手をしてくれる。一回ボールを突くたびに葉子は胸を押さえてうずくまった。ヒロの涼しい眼は優しい。葉子は毎日苦痛をこらえて自転車に乗る。町の医者でリュウマチの治療の注射を打って、帰ってくると、ヒロがボールをトスしながら待っていた。三十分でたった五回しかボールを打てない葉子を、ヒロは無言で見つめながら、ゆっくりとボールを空に飛ばす。早く、健康になりたい、ヒロの友情に応えられないもどかしさに、葉子は唇を噛み締めながら、頼りない足どりでボールを追いかける。

「さあ、着きましたよ。今夜は思いっきり飲もう！」ヒロは父親ゆずりの酒豪だ。南国土佐のお福も酒にかけてはうるさい。葉子は楽しくなった。リュウマチにアルコールは厳禁だ。でも今夜はきっと愉快な新入社員歓迎会になる。コップ一杯ぐらい神さまも大目にみて許してくれるはず、葉子もビールは大好きだった。

畳二十畳はある和室の二間をぶち抜いて、宴会はすでに始まっていた。労務課の名称は工場にふさわしい。実際には経理と人事部、寄宿舎の労務部担当があわさっている。総勢ざっと三十人以上の顔ぶれが酒に酔いしれていた。葉子たちの到着を待たずとも歓迎会は佳境に入っていた。ほとんどの顔がはじめて見るものだった。ヒロは一向に物怖じもせず、労務課長から順繰りに酒をついでまわった。お福は普段どおり、気負うこともなく好きな日本酒を飲んでいる。ヒロの如才ない振る舞いにも無頓着だ。話かけられれば答えるくらいで自分から相手の機嫌をとる気など毛頭ないらしい。お福の両親は、高知で小学校の教師をしている。お福の泰然としたようすに葉子は感嘆した。ヒロが隣に戻ってきたころは余興の真っ最中だった。

五十がらみのふたりの男が、素っ裸でいわゆる五右衛門風呂に入る温泉芸だという。男たちは、中央の大きな布を五右衛門風呂に見立て、布の両端を互いに引っ張りあいながら、裸のすがたを意味ありげに隠したり晒《さら》したりして、卑猥《ひわい》な会話を繰り返す。盛んに囃《はや》し立てる野次の渦が、奇妙な興奮の連鎖を呼んで、余興は何時まで経っても終わりそうにない。

葉子は次第に息苦しくなり、背中に冷たい悪寒が奔るのを感じた。とても見ていられない。あまりの醜態に葉子はこの場から逃れたくなった。ヒロの腕をつかんで顔を見た。ヒロは笑いこけて、目尻には涙さえ浮かべている。お福は「いやあ！　気持ち悪い」とつぶやきながらも、やっぱり腹をかかえて転げまわっている。葉子は我慢して膝小僧を両手で握り締めた。

ようやく座興が変わった。今度は経理課の若い女性たちが、民謡を歌いながら、身振り手振りの鮮やかさで踊りだした。腰を露骨にくねらせて、豊かな胸を揺すりながら十人もの若い娘たちの舞踊は、さながらエジプトの女たちの裸体を思わせる官能的な仕上がりだった。

これには葉子も眼をみはった。健康的なエロチズム、太古の大らかさとはこんな踊りをいうのだろうか。座は一気に興奮の頂点に達し、歓声が湧きおこった。すると待っていたとばかりに、娘たちが一斉に観客に背を向けた。女たちは、むっちりした大きな尻を突然男たちのまえに突き出すと、そのままの姿勢で腰を大きく左右にくねらし、狂ったように尻を振り続けた。

葉子は唖然としたまま、言葉を失った。地方の閉鎖された工場の決まりきった宴会の出し物、男たちは卑猥な野次を飛ばし、女たちは屈託なく愉快げだ。素直に楽しめない自分が偏屈なのか、葉子は再び激しい胸の痛みに襲われて、慌てて席を立とうと腰を浮かした。はずむかいで薄ら笑いを浮かべていたカマキリが、やにわに葉子の手をつかんで命令した。

「葉子くん、このあと課長の話がある。残って指示を待ちなさい」ヒロが怪訝そうにカマキリと葉子を見比べた。禅さんは残っていた酒をぐいっと飲み干し、眼を伏せた。

小走りに廊下に出た。窓を開けると夜風が火照った頬をなぶった。

病気のせいで、普段より神経が過敏になっているのだろうか。始まったばかりのここでの生活が、ふと不安になる。しっかり病を治して職場にくるべきだった、隆夫の忠告がいまさらのように葉子の心に染みこんだ。

隆夫の胸に抱かれて思いっきり泣きたい。ヒロもお福も健康でたくましい。涙が零《こぼ》れそうになるのを必死でこらえた。

夜風にあたったせいか、幾分気持ちが楽になった。すると葉子が病を押してまで紡績工場への入社にこだわった訳が、胸にこみあげてきた。セツルメントで氷川下の労働者の実態に触れた、だがそれ以上の経験はない。紡績工場はかつて女工哀史の歴史とともに今も存在する。労働者階級としても最も貧しい女工らによって成り立っている。そこに舎監として入れる。願ってもないことだ。そう決意して、工場に潜入した。それも、やっと一歩を踏み出したばかりではないか。葉子は自分を鼓舞《こぶ》した。すると気のせいか、胸の痛みがおさまった。

席にもどると宴会は終わって、ただならぬ気配に座が動転していた。ヒロが葉子の肩を抱いてささやいた。

「工場長が本社から突然帰ってみえて、課長もカマキリも大慌てなの。なんでも一日早いご帰還なんで、……課長なんか色黒なのに真っ青になって、カマキリに怒鳴りちらしていたわ。いい気味」ヒロは薄ら笑いを浮かべて葉子に帰り仕度をうながした。禅さんがふたりに目で帰れと合図した。

「でも、課長が、話があるから残るように、カマキリから言われているの」葉子は急にカマキリの命令を思い出して言った。

「葉子は本当に鈍い。禅さんがこっそり忠告してくれた。課長は新入社員のなかから、気に入った女性を愛人にする悪い癖があるんだって、葉子なんて、可愛いんだから気をつけな。でも、課長の奥さんもこの社宅に住んでいる。なんでも二十も年下で、課長の愛妻家ぶりは有名なんですって。変だよ、この会社は、……誰もかれも狂っている」

お福が赤い顔でやって来た。三人は工場の寄宿舎に帰るのに、散々迷子になってうろついた。名古屋は両親の故郷だといえ南区ははじめてだ。方向音痴の葉子の案内で、完璧に工場を見失っていた。運良く流しのタクシーを拾って守衛所の門をくぐると、門限をはるかにオーバーしていた。舎監の葉子たちに、守衛たちは大目にみてくれた。一歩工場の敷地に入ると、たとえ舎監でも、許可なく出ることもできない。紡績工場は管理が厳しい。葉子は再び息苦しくなった。病気のせいとも、あながち言えない。機械はさすがに唸りを止めていた。

あと数時間で女工たちは、眠い目をこすりながら機械のまえに立たされる。単調な労働が、間段なく続けられる。人間と機械が一体となって、労働は果てしなく女工たちの精気を奪いつくす。葉子は無意識に腕時計をみた。今週は早番だ。夜が明ければ、じき女工たちの起床時間だ。仮眠をとって葉子は今日も働きだす。

「おはよう！　今日も一日、元気で頑張ろうね」葉子は工場の生産のために、労働の成果をあげさせるために、女工たちに声をかける。優しい笑顔で、姉のように、母のように！　今日も彼女たちを、現場に追い立てるのだ。

四

工場の敷地の奥まった一角に、女工たちの寄宿舎が二階建ての長屋のように軒を連ねている。十五畳の部屋に八人の女工たちが寝起きしている。各自の押し入れに、布団やら着替えの服がささやかに押し込まれている。生活に必要なすべての物が整理され片付いていた。

一週間に一度の割合で、舎監による検査がこまめにおこなわれていたからだ。鰻の寝床のような長い寄宿舎の通路よりには、舎監の部屋があてがわれていた。ここだけは特別に、六畳の個室と三畳の控えの間がついていた。一棟全体に、百名を超える女工たちが寝起きをともにする。葉子たち舎監は各棟に配属され、あてがわれた一室で女工たちの生活を管理、監視することである。寮生たちは日常的に舎監の部屋にやって来て、故郷の親のことや自身の悩みを洩らしていく。定着率を高めることが、舎監の手腕につながった。ひとりでも問題のある女工をだせば、カマキリの叱責は避けられない。いや直接、昇給や賞与の査定につながると訓戒される。カマキリのやり方は、舎監同士の競争意識を煽ることでもあった。舎監が交代で執務する事務所の机の配置換えで、カマキリは舎監の成果を暗に評価した。舎監同士の感情的反目を引き起こさせ情報を収集する、アメリカ仕込みらしい。禅さんだけは、苦虫を噛み潰したように唇をへの字に曲げ、腕組みしたまま黙りこくっている。禅さんの心配は今のところ杞憂《きゆう》だ。葉子たち新米の舎監は、カマキリを嫌っていたので、表面は穏やかな友情を保っていたのである。

「えろお難しい大学から、採用しはったっていうから、どない恐い子たちかと思うてましたけど、なんや、えろう可愛い子たちばかりで拍子抜けしたわ」

先輩の舎監の村雨静子が関西弁でまくし立てる。工場きっての美貌の持ち主で、奈良の大学を卒業して舎監歴は一番長い。二十八歳になっていたが、噂ではカマキリの愛人だという。白磁のような白い肌にくっきりした目鼻立ち、クレオパトラか楊貴妃か、凄い美人であることは衆目の一致するところであった。ただ声がひどい。まるでカラスのような騒がしい低音で、おまけに関西弁で口が悪い。葉子はヒロとこっそり綽名をつけた。ナニワの楊貴妃、異論もあったが東洋風ということで落ち着いた。断じて小野小町の楚々とした風情ではない。

その楊貴妃が、葉子らをまじまじ見つめて、喉の奥で笑いながら言った。

「年が違う、あたしたちには美貌はなくても、若さがあるのよ」

ヒロがすかさず楊貴妃の痛いところを突いた。お福は歯茎をのぞかせ、にこにこしている。

そのふたりにも内緒にしていることがある。

葉子は一度だけ、体育館でカマキリと楊貴妃の抱き合う姿を目撃した。楊貴妃の白い喉元が喘ぎ、真紅の唇から洩れる溜息が悩ましかった。悪夢としか思えない。

職場の男たちは、禅さんも含めて皆妻帯者である。女性たちはもちろん独身の女性ばかりだ。独身の女といえば、忘れてならない人がいる。葉子たちの四年先輩に、松平りん子というひどく肥満した舎監がいた。彦根あたりの出身で、世が世であれば松平家のお姫さまだという。りん子姫は、なにしろインスタント・ラーメンを朝食に常用している。毎朝、あのコッテリしたラーメンを汁まで飲み干すといううわさである。本人は、近いうちに見合いがあるとかで悩んでいる。りん子姫は三十四歳、瑞穂区の大病院の娘だそうだ。肥満度に比例して気もいいらしい。カマキリがなんといっても無頓着である。屈託なく笑い飛ばす。風呂場で見事な裸身をさらしながら、ひそかに股ずれを気にする可愛い女である。カマキリが赴任するちょっと前の、縁故による中途採用らしい。カマキリはりん子姫が大嫌いだ。暑い時期になると、傍に寄るのも嫌がる。りん子姫の大汗かきに比べて、カマキリは真夏でも冷たい額をしていた。カマキリは新人の葉子たちに、りん子姫へのうっぷんを晴らすように、期待を寄せていたのである。

早番の女工たちを職場に見送って、葉子は軽く仮眠を取った。九時からは、遅番の女工たちへの学院の授業がまっていた。学院の授業がないときでも舎監の事務所での交代の勤務が組み込まれている。私生活はあって無きにひとしく、女工たちと同じであった。

事務所のガラス戸から、丸い愛嬌のある顔が葉子をみて笑っていた。葉子は机の上から目を離しガラス越しに手招いた。上田トミ子がおずおずとなかに入ってきた。

「コケシちゃんどうしたの？」葉子はトミ子を椅子に座らせると丸い眼を優しくみた。コケシはトミ子の愛称である。言われてみれば、顔立ちもずんぐりした体つきまでコケシ人形にそっくりだった。

「葉子先生、元気？」勢いよくガラス戸が開いて、小柄だが筋肉質の女工が姿をみせた。

「コケシ、探したんだよ。おまえが相談したいことがあるって言うから、テレビ室で待っていたのに。ちゃっかり、葉子先生のところにいるんだもの」

「ゴメン、ひばりちゃん、だども、おらあ……」コケシはどもりながら口ごもる。

「責めてなんていないさ。コケシが心配なだけだ。気にすんな」

ひばりと呼ばれた娘は、伸びのあるアルトの声で歌うようにコケシに言った。ひばりの本名は杉本ミキ、美空ひばりの大のファンで、彼女自身、別名歌姫とも噂されている歌唱力の持ちぬしだ。女工になってすでに七年目、姐御肌の気っぷうのいい気性で、女工たちの信頼は厚かった。コケシは、葉子とひばりに同時に見つめられ、両手を膝に乗せたままモジモジしている。ひばりに言わせると、コケシは多少知能が遅れている、そうだ。

「コケシは畑さで産まれたで、――産婆さあ、こねえうちにおっかあが産気づいて、そいで、コケシはちいっとばかし、頭が足りんようなったわけだ」

ひばりは母親のように事もなげに葉子に話して聞かせた。コケシは無邪気に白い歯をみせて、ニタニタ笑っている。コケシは何やら心配ごとがあって来たらしい。しかし、コケシはいつになく強情で、片意地はった妙な自信を全身からみなぎらせている。だいいち葉子の眼をまともに見ない。コケシはひばりにも言いにくい悩みがあるのだろうか。今夜あたり葉子の部屋に呼んで、ゆっくり話を聞いてみるのがいいかもしれない。しかし、コケシはお福の担当寮生だった。お福の領域を侵すようで、葉子は躊躇《ちゅうちょ》した。

お福は女工たちの心をつかむということも、仕事の一環としてしか考えていない。相談に来れば応じるけど、自分のほうからはあえて動こうとはしない。

葉子は最初の一週間で、自分の寮生百名の写真と名前をにらみながら、故郷の家族構成にいたるまで丹念に記憶した。ガラス戸を通る女工たちに、覚えたての名前を愛称で呼んで驚愕させた。葉子はもともと、人間の顔と性格に興味があった。さほど苦もなく、むしろあらんかぎりの想像力を逞しくして、女工たちの生い立ちを理解しようと努めた。

ひばりは山形の寒村で、母と幼い兄弟四人を彼女の給料で養っていた。父親は長く心臓を患い、寝たきりのまま数年前に死んだ。母親ひとりでわずかな土地を耕していたが、暮らしは極端に貧しかった。ひばりは学校の弁当の時間になると、こっそり教室を抜け出して裏山に登る。美空ひばりの歌を歌って時間をやり過ごすのだ。ひばりの歌を歌っていると、空腹も気にならない。あたしは弟や妹に、ご飯を腹いっぱい食べさせてやりたいだけ、かあちゃんも喜ぶし、――二十二になっても結婚どころじゃないのさ。ひばりは古参のボスと悪口いわれても平気で笑い飛ばす。葉子の寮の部屋で、ひばりの歌がすすり泣くように胸にしみて、葉子はうちのめされる。学生運動の理念も何も、吹っ飛ぶ現実が横たわっていた。

葉子は無力な自分を恥じた。目の前の現実から、せめて逃げない生き方をするしかない。自分に何ができるかなんて、思わないほうがいい。葉子の力はあまりにも小さく、弱い。でも、弱い力でも集まれば、世の中の正義が貫かれるのかもしれない。でもそれは、一体いつの時代のことだろう？　すべての人間が尊厳を失わずに生きられる、社会は来るのだろうか。

五

久しぶりの帰省だった。土曜日が早番で月曜日が遅番、最低でも一泊はできる。家には帰らず、葉子は一目散に隆夫の下宿に向かった。おばあさんが薄暗い部屋で昼ねをしていた。

葉子が階段をこっそり昇ると、眼をさまして大きな口を開けて声をかけた。相変わらず前歯が欠けたままで、シュッ、シュッ、シュッと息が洩れる。

「美人《べっぴん》さんになったね！」と葉子の花柄のブラウスを褒めてくれた。

「べっ甲のかんざし、お土産よ！　はじめてのお給料で買ったの」おばあさんは顔をくしゃくしゃに歪ませて、慌てて手ぬぐいで鼻水をかんだ。

「ありがとう。モンブランの万年筆なんて、高かったろう？」

隆夫はていねいに包装紙をたたむと、万年筆を箱から取りだした。早速インクをいれると、色白の頬を赤く染めてノートに詩を書きだした。ミラボー橋の詩を――。

アポリネールは隆夫の好きな詩人のひとりであった。ふたりは連れ立ってご馳走を食べに、いつもの中華やさんに出かけた。

「野菜炒めライス、ふたつ！　きょうはわたしのおごりよ。お給料もらったばかりなの。お金持ちなんだから」

馴染みの若い店員が、葉子には大盛りで持ってくる。店員はニコリともしないで、そのままうつむいて皿をがしゃがしゃ音をたてながら洗っている。隆夫は苦笑しながらも気づかないふりをする。わざと無愛想に澄ましているけど、葉子にだけは特別に、一品多かったりする。店員の贔屓《ひいき》が可笑しくて、ふたりは笑いを堪えるのがやっとだった。食の細い葉子は、店員が後ろを向いた隙に、隆夫の皿にヤサイイタメを乗っけてやる。葉子はその度に胸をどきどきさせる。店員が見たら、どんなに悲しむだろう。

「案外元気そうで、安心したよ。どう工場の仕事は？」

「予想以上に管理が厳しくて、まるで息がつまりそう。昔ながらのかごの鳥、四、六時中見張られているみたいで、気がぬけないわ」

店員は葉子のブラウスを珍しそうに眺めながら、学校、卒業したんだと、小さく呟いた。

「労働者はいつの時代でも、搾取、収奪されて生かされている。時間そのものも監視され、自由がない」透き通った隆夫の声が、狭いラーメン屋に場違いにひびく。

「でも、女工さんって、明るいの、飛びっきりね。辛い労働をがまんして、脂汗流して働いて、給料の大部分を家に仕送りしているの。それが生き甲斐なんだって。健気すぎて、聞いているこっちが泣きたくなるのに、逆に励まされて。羨ましいほど逞しい人たちよ」

「そうだねえ。環境が人を強くする。逞しくなければ生き抜けないからね」

「わたしなんか、頭で考えているだけで、すぐ感傷的になり悲観してしまう。彼女たちには、逃げ道なんかないのよ。選択の余地なんて、はじめから与えられていないのだから」


ふたりは滅多に入らない喫茶店に寄った。隆夫は貧乏を恥じていなかったけど、贅沢は一切禁じていた。新潟出身の彼は、酒だけは滅法強かった。下宿やのおばあさんと、ほんの時たま、故郷の越の寒梅を飲むらしい。隆夫の長兄が年に一度だけ、おばあさんにと送ってくる。雪国の男は寡黙《かもく》だが、義理に厚い。

「足尾さん、京都の女子大の助教授の口、決まったの？」冷たいおしぼりが心地よい。

「最終的には断ったって聞いている。どうやらお母さんの強い反対があったらしい」

隆夫はめずらしく口ごもり、歯切れが悪い。足尾は哲学科の博士課程を二年前に終えて、いまはK大で助手をしていた。

「わたしが就職決まったって言ったら、ひどく喜んで、近いうちにぼくも京都にいくから、どこかでデイトしよう、なんて張り切っていたけど。――足尾さん、どうしたのかしら？」

懐かしいモーツアルトの、ピアノ・ソナタが狭い店内に流れていた。

「ぼくにも彼の真意は分からない。ただお母さんの望みは、あくまで足尾がK大学の教授になることだったらしい。そのために、人生のすべてをお母さんは賭けていらした」

「足尾さんもいい年して情けない。そんなんじゃ、婚約者も逃げだすの当然だわ」

「お母さんのせいと言うのは、口実かもしれない。足尾自身の本音だとぼくは思う。K大学の教授になりたいと思うのは、ぼくだって同じだもの」

隆夫はグラスの氷を、音をたてて噛み砕いた。

「しかし、時代はわれわれにとって、とても不利だ。文部省は、産学協同の名のもとに、大学を筑波に移転して、政府に都合のいい研究学園都市を作る構想を崩していない。いまのK大の教授陣は、日本でもそうそうたる進歩的な人たちが結集している。政府にとって、これほど怖いことはない。筑波への移転は、おそらく民主的な教授陣の踏み絵になると思う。民主的、革新的な教授たちを一掃するのが、真のねらいだからね。ぼくたちにもその影響は計り知れない。足尾もぼくも、内心では穏やかではいられないんだ」

隆夫は澄んだ眼で宙をにらんだ。厳しい現実にさらされているのは、決して自分だけではないのだ。葉子は隆夫の言葉に素直にうなずいた。リュウマチの痛みが、気のせいか少しだけ薄らいでいく。久々に隆夫に会えて、葉子は胸に込みあげる熱い想いに酔いしれた。


下宿に帰る道すがら、葉子は生真面目でいかにも学者の卵然としていた足尾の顔を思い浮かべていた。足尾の母親は、著名な学者だった夫を長崎の原爆で亡くした。当時疎開地の岡山にいた母と足尾は無事だったが、夫の身を案じて、母親は幼い足尾の手をひいて、長崎の町を捜しまわった。その後は教員をしながら女手ひとつで足尾を育てあげた。いまでも夫と暮らした長崎で一人暮らしを続けている。気丈な母親だと隆夫は言った。

足尾が婚約者に逃げられたのも、母親の頑固な反対にあったらしい。自分を取るか、母親をとるか、と婚約者にせまられ、足尾は極端に女性不信におちいったらしい。

二年前、葉子はそんな足尾の屈折した一面を、はからずも隆夫の下宿で見せつけられた。唖然としながらも、葉子はなぜか足尾が憎めなかった。あの時、葉子は傷を負ったもの同士、泣き明かし、夜通し飲んだくれてしまいたかった。隆夫が新潟に残した婚約者の結婚に絶望して、浴びるように酒を飲み、正体不明に酔いつぶれてしまったあの夜、足尾はやにわに葉子に襲いかかってきた。隆夫の婚約者が、別の男と結婚せざるを得なかった背景に、葉子の隆夫への激しい恋の執着があったことを知りながら、足尾は崩れるように葉子の胸に抱かれたがった。

「足尾さん、あれで案外すみに置けないひとだから、新しい恋人でもできたでしょう?」

雑念を振り払うように、葉子は眼を輝かせ隆夫の手をそっと握った。

「以前は近くの女子大のお嬢さんで失敗したから、今度はK大の東洋史学科の進藤珠子さん、大変な才媛を選んだ。この前簡単に紹介されたけど、眼鏡をかけた地味な印象のひとだった。これならきっとおふくろも気に入ると、喜んでいた。足尾も朴訥だし、お似合いのふたりかな。もっとも足尾は完全に、尻にしかれていたけどね」

喫茶店をでた。あたりはすっかり夜になっていた。隆夫はお気に入りの詩を朗読した。アポリネールのミラボー橋の詩を、

ミラボー橋の下をセーヌ河が流れ

われらの恋が流れる
わたしは思い出す
悩みのあとには楽しみがくると

葉子は笑いながら隆夫の手に指をからませて、澄んだ声をひびかせた。

日も暮れよ　鐘も鳴れ
月日は流れ　わたしは残る

薄暗い下宿の路地に入った。おばあさんが葉子にと、真っ白なご飯を炊いて待っていた。アジの干物がついた、豪華な夕食に、隆夫は目を丸くして正座した。

六

工場の生活は、慣れるとひどく単調だった。名古屋の夏はとりわけ暑い。寄宿舎で毎年恒例になっている海水浴の引率に、葉子たち新米の舎監が当然のように行くことが決まった。

地元の医者は、葉子から話を聞くと、無謀だと猛反対した。「あんた、死にたいの？」言葉は悪いけど葉子の病状を真剣に心配してくれる。引率だけで、決して海には入らない、医者は葉子に厳重に約束させ、渋々許可をだした。

　葉子は内心ほっとした。カマキリは、近ごろ目だって苛立っていた。行事に参加を断れば、どんなことになるのか、結果は火を見るより明らかだった。

　七月に入って葉子は、原因不明の高熱にうなされた。事務所には休むと電話で断って、そのまま寝こんでしまった。カマキリが血相変えて葉子の部屋に飛んできた。

「葉子くん、休んでは駄目だ。一年経たなければ、有給休暇はとれない。君たちは将来の管理職になる人材だし、就業規則に違反してもらっては困る。少しだけでも顔をだしてくれたまえ。ぼくの管理責任が問われることになって、まずいんだ」

　ヒロの根気のいる協力で、葉子は見違えるほど体力を回復させていた。二交代の勤務は辛かったが、女工たちの労働に比べれば遥かに自由があった。あとはつまらない不注意でカマキリに文句を言われないことだ。

　葉子は砂浜に寝そべって、久しぶりに青い空と遥かな海の沖合いに白く泡立つ波を眺めながら、隆夫のことを思い浮かべて微笑んだ。医者はリュウマチには安静が第一と、葉子をベッドに縛りつけようとする。大学四年の秋、発病してからの一週間を、葉子は医者に言われるまま、ベッドに安静にして寝て暮らした。しかし、痛みは治まらず、からだがどんどん動かなくなる。葉子は恐怖に駆られて、自分なりに病気と闘う覚悟を決めた。

　医者の言うとおりに寝ていたら、体の器官は硬直してしまうに違いない。動かすのだ。歩くのだ。心臓の位置から上に、腕がどうしても上がらない。ヒロとバレーボールをすることで、葉子は回復しつつある。あと一歩、もう少しの努力だ。早く健康を取り戻しヒロと女工たちと砂浜を駆けまわろう。

「葉子先生、ダレダ！」葉子は突然柔らかい手で目隠しされた。

「コケシちゃん？　そうでしょ？」弾けるような笑い声がして、葉子のまわりには何時しか女工たちの輪ができていた。ひばりとコケシが音頭をとって、葉子を盛んに海に誘う。

ヒロが見かねて遠くから、怒鳴って威嚇《いかく》した。

「葉子先生は海に入れない。お医者さまに禁止されている。無理に誘ったら駄目です」

医者！　の言葉に、コケシがびくりと、からだを震わせた。慌てて自分の腹を隠し、しゃがみ込んでしまった。ひばりが心配そうに、コケシを見つめている。

「コケシちゃん、どうかしたの？　顔色が悪いけど」葉子は無意識にコケシの体を眺めていった。コケシはもともと肉付きがいい。豊かな胸元がはちきれそうに揺らいでいる。

「先生、今夜ふたりで部屋に行ってもいい？　コケシのことで相談にのってほしい」

ひばりは声をひそめて、あたりをきょろきょろ見まわした。葉子は怪訝そうにうなずいた。

コケシは肉づきのいい頬を赤らめて、腹をかかえてのろのろと砂浜を歩いていった。

葉子もつられて立ちあがった。わけの分からない不安のせいか、手足の関節に痛みがはしった。体中から白い砂がこぼれ落ちて、海に向かって駆けだしたい衝動にかられた。

コケシは妊娠していた。元来が肥っているため、誰も気づかない。相手は近くの紡績工場の職工だった。コケシはやっと十六歳、職工も十八歳の子どもであった。

「ひどい男だ！　コケシをこんな目にあわすなんて、――許せないよ。コケシ、おまえ遊ばれたんか？　だまされたんか？　正直に言ってみろ」

ひばりは小鼻を膨らませ歯をむきだした。葉子も眼をつりあげ、ぼう然とコケシの腹をみつめた。コケシが自分に話があると、事務所におずおずと顔をみせたのは四月のことである。あの時葉子は、コケシの担当舎監がお福であることで、遠慮して悩んだ結果、お福に話をまわした。コケシはそれ以来、葉子の顔をみてもニタニタ笑うだけで朗らかにみえた。

油断していた。コケシの不安やら悩みに気づかず、舎監の仕事に鈍感になっていたのだ。経験とは、慣れとは、恐ろしく緩慢に正常な精神の作用を、弛緩《しかん》させるものらしい。

コケシはさすがにしょげて、右手で畳のホツレをしきりに引っ張っている。

「コケシちゃんは彼のこと、愛しているの？　あかちゃんを、産みたいと思っているの？」

コケシには気の毒な質問かもしれない。葉子はコケシの肩を両手でそっと抱きながら、耳元でささやいた。コケシはうつむいたまま顔をあげない。

「コケシ、しからないから、本当のこと言うんだ。好きなら好きと、正直に言いな」

ひばりが唾を飛ばしてコケシの膝をこづいた。コケシは肩で大きく息を吐きながら、

「好きだ。おらあ、耕ちゃんが、好きでたまんねえ。あかちゃんも、おらあ、産みてえ……」

葉子は頭を抱えて黙りこくった。

「コケシの気持ちはよく分かった。だども、耕ちゃんって男は、ほんきか？　コケシをだまして、赤ん坊さこしらえたら、逃げだすような腰ぬけじゃあないのか？」

ひばりの口からついてでる言葉は、ぐいぐいと核心に迫ってゆく。

今西耕二はコケシと同郷、秋田の貧農の次男坊である。コケシの話では、ふたりは結婚してあかちゃんを産みたいとちかいあった。誰にも相談できなくて、今日まできてしまったと、コケシは顔をあげニコニコ笑いながら、妙に大人びた眼で葉子を見つめて言った。

ここにきて、コケシは腹が座ったか、笑顔も何もが妙にふてぶてしい。下駄を預けられた格好の葉子は思わずうめいた。難問である。悪夢のような出来事を押しつけられて困惑した。

コケシはわずかに残っていた羞恥心もかなぐり捨てて、ほとんど目立たぬ腹をわざとらしく両手でさすって、ニタニタ笑っている。ひばりは年をくっているだけに、葉子とコケシの顔を変わりばんこに見ながら、不安げに眉をしかめていた。

「葉子のバカ！　お人よし！　なんでそんな面倒に巻き込まれたの。お福にまかせればいいじゃない。お福ならカマキリに言って、コケシは即刻クビになり故郷に追い返される。それ以外、私たちに何ができるというの？　ふたりとも結婚には親の承諾がいる、十六歳と十八歳のまだほんの子どもじゃないの。赤ん坊を産んで、一体全体どうやって育てていくの？　そんなことまで責任負わされたら、たまったもんじゃない。舎監のやる仕事じゃないからね」

ヒロは心配のあまり、珍しく興奮して葉子に突っかかってきた。ヒロの言うとおりである。言われなくとも葉子にも、痛いほど無謀さが分かる。コケシをふしだらな娘として、故郷に放逐《ほうちく》したほうが、はるかに無難な選択であろう。しかしコケシの人生はどうなる。秋田の寒村の貧しい親は、身ごもった娘をどんな顔で迎えられるのだ。会社にも未成年者を預かる責任の一端はあるはずだ。禅さんは渋い顔をして、腕組みしたまま眼を閉じている。お福は風邪気味で寝込んでいたところを呼び出され、あきらかに不満げに眉をしかめて椅子に座った。禅さんはヒロに滅法弱い。禅さんはまだ三十二歳の若さだが、すでに五人の女の子の父親だ。コケシの腹の子を、降ろしてしまえ、とは人情的にも言えない。幸か不幸か、カマキリは東京本社に出張中である。禅さんの判断が、さし当たって重要になる。

「けがらわしい」お福は、はき捨てるように言うと、横を向いて鼻をかんだ。

「会社にも全く責任がないとは言えません。相手の男性を呼んで真意を確かめ、その上で両親と相談させてはいかがでしょうか？」

葉子は禅さんに伺いをたてるように静かに言った。ヒロが葉子の脇腹を思いっきり小突いた。禅さんが眼をあけて、大きな手で葉子の肩をたたいた。

「係長には明朝報告する。多分、葉子くんの意見に落ちつくと思う。そのときは葉子くん、すまないが君に頼むことになる」

ハンカチで口元をおおっていたお福が、憮然と立ち上がって事務所を出ていった。ヒロは怒っているのか振り向きもせず、長い廊下をぐんぐん大股で歩いていく。コケシの笑顔がなかったら、――自分にも荷が重過ぎることなのに。

隆夫は最近葉子が名古屋に帰る夜、決まってささやく。

「ぼくたちの赤ちゃんが欲しいね。早く、早く結婚したい。葉子をこのまま、どこにも行かせたくない」

青空のように澄んだ隆夫の眼に、コケシのオドオドした丸い眼が重なった。葉子は工場に入ってまだやっと半年である。結婚も子どものことも、隆夫ほど切迫して考えられない。

「遠くに離れていると不安になる。葉子は多分自分では気づいていないけど、男を魅入らせるコケテッシュなものがある」隆夫の真剣な眼差しに葉子は白い歯をみせて笑った。

「嘘じゃないさ。ぼくだけの思い込みではない。足尾もそう言っていた。彼は、葉子ちゃんは危険な女だ。早く結婚して子どもでも産ませないと、あの女性は君の手の届かないところに行ってしまう」

「足尾さんに、あたしたちの何が分かるって言うの。隆夫らしくない。あんな人に翻弄《ほんろう》されるなんて」

葉子は傷ついた。隆夫の愛撫を逃れて、葉子は硬い布団を顔までひっぱりあげ微かに泣いた。隆夫の最初の婚約者は、新潟の僻地で小学校の教師をしていた。隆夫はいまでも、婚約者とうまくいかなくなったことの言い訳に、たがいを隔てる距離を考えるほど愚かではないはずだ。足尾のことを引き合いにだしたことも、不愉快だった。

葉子は疲れた体を引きずって寮に戻った。廊下沿いの三畳の間に、料理のトレイが置いてあった。ナプキンをとるとドライカレーとスープ、サラダが盛り付けられてある。小さなカードがついていた。

「大好きな葉子先生へ！　料理の実習で作りました。たくさん食べて元気になってね。富士子」葉子は大粒の涙を零しながら、小林富士子の浅黒い顔と強い光を放つ眼を思い浮かべた。

七

寄宿舎と舎監の事務所を隔てた先に、高等学院がある。工場の作業のない時間帯を遊ばせないために、女工たちはここで高校程度の教科の学習や、花嫁修業の真似事を習う。専門の教師が必要に応じて招かれ、授業が終わると帰っていった。午前中の授業は終わっていた。

葉子は学院の事務室で女工たちに書かせた作文を読んでいた。かすかにピアノの音がする。葉子は廊下伝いに、ピアノの置いてある部屋をのぞきこんだ。小林富士子の豊かな黒髪が、秋の日差しにつまれ煌《きら》めいていた。葉子は背後からそっと近寄ってピアノの音色に聞き惚れた。トルコ行進曲の軽快なリズムに葉子は胸を膨らませた。

「あっ、葉子先生！」気配に気づいた富士子が飛び跳ねるように立ち上がった。

「富士子ちゃん、上手になったわね。ちゃんと曲になっている」

富士子は牝牛のように逞しい背中を見せながら、ピアノのふたを閉めた。

「このまえのドライカレー、美味しかった。富士子ちゃんはまるで万能選手ね。なにをやっても優秀だわ。ピアノだって、まったくの独学で楽譜を読んで弾くんだもの。かなわない」

富士子は普段から寡黙である。最初の一言が、うまく出てこない。同じ単語を二度発音するから、つまりは軽くどもってしまう。故郷はたしか青森だ。両親と双子の小学生の弟がいる。父親は女優の山本富士子の大ファンだった。女の子が生まれると、迷わず富士子と名づけ美人になることを願った。目鼻立ちの大きな富士子の容貌は、どことなく山本富士子の美貌を微かにしのばせる。同時に富士子は、母親から頑丈な体格を譲り受けた。

　富士子の夢は、高校を卒業して保母さんになることだった。富士子の作文は決して上手くないが、優しさに溢れている。富士子の牝牛のような背中に、小さな子どもたちが群がる様子を思い浮かべると、葉子はしあわせな気分になる。なんとかして、高校の卒業資格が欲しい、富士子のたった一つの願いであった。故郷の募集人の男は、工場で働けば高校卒業の資格がとれる、と富士子に断言したそうだ。落とし穴である。求人のパンフレットには、企業の学校で高校生になったつもりで学業に励もう、習い事をして女性を磨こうと書いてある。微妙な表現である。富士子が働きながら、高校卒業の資格を手にすることができると思ったとして、あながち早とちりともいえない。紡績工場のなかには、教師陣を完備させ高校卒業の資格を与えている工場もあるからだ。

　女工のなかでは、富士子は図抜けて頭がいい。体格が立派なこともあって、十七歳で組長に選ばれて現場の部署の責任者にもなっていた。名古屋市の郊外に母親の妹がいるということで、葉子はふたりの休日に、こっそり示しあわせて落ち合った。名古屋市の喫茶店にはじめて入った富士子は、目を輝かせ、店内をキョロキョロみまわした。

　名曲喫茶では、サラサーテのチゴイネルワイゼンの甘い曲が流れていた。音楽好きの富士子はうっとりと聴き惚れた。富士子は華奢な葉子を姉のように慕って、貧しい農村に暮らす双子の弟を、せめて高校に通わせたいと打ち明けた。自分だっていつか高校卒業の資格を取って、保母になる夢を捨ててはいないとも言った。富士子には、二十人ばかりの部下がいる。富士子と同じ考えの女工たちもいた。葉子は富士子に、女工たちのさまざまな要求を話し合う場を持とうと、提案した。どんな些細なことでも、たがいに胸のうちをさら曝け出すことで、決して独りではないことを、仲間がいることを知ろう。

富士子は女工たちの集まりを、ひそかに葉子に伝えてきた。葉子の舎監室でひそやかに話し合いは続けられた。

カマキリは事務所の机の配置換えをした。葉子の席は後方に押しやられ、ヒロがカマキリの横に座った。ヒロは自慢げに葉子をみて笑った。女工たちの人気が高まるにつれて、葉子は逆に追いつめられていく息苦しさを感じていた。長い廊下を歩いて一番奥の舎監室に帰るとき、葉子は気のせいか背後に人の気配を感じて、何度も立ち止まり振り返って見た。

照明灯がぼんやりあたりを照らしていた。葉子は痛む足を引きずって寮に駆け込んだ。

どこかで誰かに見張られている、不気味さが、鍵のかからない部屋の障子を通りぬける。部屋の電話が激しく鳴った。葉子は慌てて受話器をとった。

「葉子ちゃん、おれ、足尾。いま京都にきている。例の大学の助教授のことで、先方から急に会いたいって請われてね、仕方なくやって来たわけ」電話は意外にも足尾からだった。

「隆夫さんの話では断ったたって聞いたけど」葉子は恨めしそうに足尾に言った。

隆夫からの電話など、来るはずもないのに期待した。無駄遣いができない隆夫の生真面目さが、ちょっぴり歯がゆかった。

「一度はね。でもかなり執拗で、破格の条件を提示してきた。ぼくもこれ程必要とされているかと思うと、悪い気がしない。どう、明日の日曜日、名古屋で途中下車するから会わない？　隆夫からも、じつは頼まれた用件がある」

「隆夫さんから？　何かしら、いま言ってみて」

「電話で言えることじゃないさ。とにかく会おう。お昼をいっしょに食べよう。知り合いの小料理屋があるから、そこで待っている」足尾は早口に自分の言いたいことだけ言うと、さっさと受話器を置いた。

隆夫からの伝言ということが無ければ、葉子は足尾の誘いに乗らなかった。重苦しい寮のなかでひとり読書して過ごすのも、気が滅入ることは確かである。葉子は工場からでられるだけで、心が癒された。思いきって足尾に会うのも気分転換にいいかもしれない。布団にもぐりこんでも、眠りは容易に訪れない。葉子は眼を閉じたまま、コケシのことを考えた。寮の庭にコスモスの花が咲き乱れる寸前の九月の初め、コケシは正式に工場を辞めた。もともと肥って胴回りが太かったコケシは、妊娠七ヶ月の身重でも誰にも気づかれなかった。

工場の守衛室の隣に小部屋がある。八月に入ってまもなく、葉子は小部屋で今西耕二を待った。コケシはいざとなると、恥ずかしがってしり込みした。小走りにやって来た耕二は、痩せた小柄な体を緊張のあまり小刻みに震わせていた。こうなると、かえってコケシは度胸が据わる。終始コケシに圧倒されがちで、

「責任はちゃんととる。結婚してあかちゃんを産む」耕二はどもりながら、やっとこれだけ言うと、

首に巻いたタオルで顔の汗を拭った。

「コウちゃんが、あかんぼ、産めるわけねえ」

コケシは母親のように耕二の頭を小突いて笑った。

「結婚するとしても、耕二くんは会社の寮に住んでいるのでしょう？　住むことか、お金のことか、どんなふうに考えているの？　結婚して子どもを育てるのは、大変なことなのよ。よく考えての決心かしら」

耕二には、名古屋の西区に運送業を営む叔父がいた。両親の説得も叔父をとおして取りつけた。ゆくゆくは大型免許をとってトラックの運転手になるつもりだと、外見に似合わずきっぱり言った。ふたりは手を握りしめ顔を見合わせた。耕二はコケシの肩に腕を廻しながら、コケシの腹をていねいにさすっている。

「あとは、コケシちゃんのご両親の同意ね。耕二くんから正式にお話ししてみたの？」

「叔父さんに、みんなまかせてある」

耕二は幾度も振り返り、コケシに手で合図して帰っていった。

若い恋人同士の結婚は、耕二に理解のある叔父がいたことで、予想外の速さで、急展開の結末を迎えた。重たい荷をひとつ降ろして、葉子は一息いれた。コケシの眼は無心の愛に輝いていた。人を愛することを、こんなにも素直に喜べるふたりが眩しかった。

足尾の指定した小料理屋の名を告げると、タクシーの運転手は黙って車を急発進させた。粋な門構えの旅館をかねた料理屋で、客のほとんどは車でやって来た。約束の時間まで十五分ほどある。葉子は道路を隔てた路地の横で、足尾を待つことにした。昼時とあって客が何組か出入りした。みな高級そうな装いで、葉子は思わずたじろいて後悔し始めた。足尾と高級な小料理屋は似つかわしくない。隆夫の親友は貧乏学生ばかりだと信じていた。いったい隆夫は、なにを足尾になんか頼んできたのだろうか。疑惑を抱きながらも隆夫のことが少しでも知りたかった。隆夫の知らせを届けてくれる人なら、足尾でも我慢ができた。

葉子は東京の隆夫の下宿を恋しく思い出していた。そのとき目の前でタクシーが止まって客があらわれた。葉子は思わず身をすくませ、慌てて路地に逃げ込んだ。車のなかから色白の美しい女が、すらりとした脚を折り曲げ軽々と降り立った。続いて金を払って痩せた男がすがたを見せた。女は慣れた様子で男を待たず、女王さまのように料理屋の暖簾をくぐった。

葉子は凍りついたように、その場に立ちつくした。女王は無論、ナニワの楊貴妃である。カマキリは一瞬あたりを鋭い目で窺うと、一気に店に入っていった。葉子は呆然と今しがたの光景を思い浮かべて、背筋を震わせた。食事だけで、わざわざこんな料理屋を使ったりするのだろうか。ふたりの関係を知っている葉子には、何となくこの場が不愉快に思えてきた。足尾の長身のすがたが見えてきた。葉子は飛び出すと、足尾の腕を強引に引っ張って言った。

「この料理屋さんは駄目よ。たった今、工場の怖い上司が入っていったばかりなの。鉢合わせでもしたら、一大事だわ。別なお店に行きましょう」

不審がる足尾を尻目に葉子は歩きだした。一刻も早くこの場を立ち去りたくて、葉子は大通りにでると、丁度来合わせたタクシーを止め、乗り込んだ。

「名古屋で一番有名な、鳥料理のお店を紹介するわ。足尾さんもきっと気に入る。何しろとても美味しくて、やみつきになるわ、きっと」

足尾はあきらかに機嫌をそこねて、さっきから憮然と押し黙っている。

舎監同士の親睦会で、りん子姫ご推奨のこの店に葉子は来たことがある。相変わらず満員で席は埋まっていた。足尾はそれみたことかと、苦虫を噛み潰したように口端をへの字に曲げたまま突っ立っている。

「奥の座敷でしたら何とか都合できますが」女将が愛想良く葉子に聞いてきた。

足尾は拗ねた素振りで女将のあとに従った。こじんまりした小部屋で、床の間には桔梗の花が楚々とした風情を漂わせていた。料理が運ばれ地酒を飲むと、足尾の眼が早くも据わって饒舌になった。

「葉子ちゃん、隆夫は心底あなたを愛している。東京に帰って、一刻も早く彼と結婚してやってくれ。彼の悩み、不安はぼくにもよく分かる。葉子ちゃんだって、隆夫をひとり東京に残していたら心配だろう？　どんなに愛していても、遠くに離れていたら誤解も起こるだろうし、ほかに好きな人に出会ってしまうかもしれない」

足尾は細い眼で葉子を眩しそうに眺めると、やおら酒をあおった。葉子は話のさきを知りたかった。隆夫はなにを足尾に頼んだのか、足尾の愚痴だか説教は堂々めぐりで聞き飽きた。

「足尾さん、隆夫からなにを頼まれたの？　電話じゃ話せないって言ってたけど、隆夫になにかあったの？」葉子はしびれをきらして詰め寄った。足尾は濁った眼で葉子を見すえた。

「葉子ちゃん、ぼくの話、なにも聞いていない。隆夫の悩みをぼくは言った。それこそ隆夫の本心だ。帰ってきて、ぼくの子どもを産んでくれ、隆夫の呻きが分からないの。葉子ちゃんは残酷だよ。隆夫を婚約者から奪っておきながら、こんどは隆夫を焦らして苦しめる」

葉子は震える手で箸をおいた。

「隆夫はあたしを信じている。足尾さんの言うような不安は、あり得ない。おたがいを信じるのに、距離なんて関係ない。かりに、感情的なすれ違いが生じても、ふたりで乗り越えられる。恋人同士の愛の絆って、そんな弱いものじゃない」

「葉子ちゃんはまだ若いから、そんな青臭いこと言えるんだ。いや、葉子ちゃん自身、なにも気づいちゃいない。女は存在自体が魔性を秘めている。男は呑みこまれ、堕落させられるのがオチだ」

足尾は眼鏡をずらして舐めるように葉子を見ながら、浴びるように酒を口にした。

「なにを今さら、明治の文豪みたいな古臭いこと言わないで。足尾さんみたいな進歩的知識人を自認するひとが言うことかしら。そんな女性蔑視みたいなこと言っていたら、東洋史学科の才媛、珠子さんにも嫌われますよ」葉子は苦笑しながら足尾をにらみつけた。

「もうとっくに嫌われています。彼女は大学院に進学する。ぼくが京都の大学の助教授になるって言ったら、では別居結婚ですね、と澄まして言う。冷たいね、女性は!」

足尾は眼鏡をはずしてオシボリで顔を拭いた。葉子は笑い出したくなるのをこらえた。

足尾は隆夫の名をかりて、葉子に愚痴りたいだけだったのだ。おそらく隆夫からは頼まれごとなどないに違いない。案外シャイな足尾に葉子は同情した。

「女は永遠の誘惑者だ。誘っておいて、手のひらを返したように冷たくもなる」

「珠子さん、尊敬します。あたしも珠子さんのような強い意志をもちたい。足尾さんは幸せ者よ。珠子さんのような理知的なお嬢さんと結婚できるのですもの」葉子は心底思った。

足尾が頬を引きつらせた。急に静かになり、薄ら笑いを浮かべた。

「あなたは、誘惑者だ。あなたは男を堕落させる、魔性の女だ……」足尾はろれつがまわらなくなった舌で呟いた。座椅子にだらしなく体をもたれかけ、荒い息を吐いて眼を閉じた。


「隆夫の下宿でぼくはあなたを襲った。ぼくにも、何がなんだか分からない衝動だった。あなたを突然、抱きたくなった、卑怯にも、自分の欲情を抑えられなくなって、気がついたら危ういところだった。……葉子ちゃん、ぼくは、あの日から、どうかしちまった。きみが好きで、好きでたまらなくなった。隆夫の恋人だって分かっていながら、どうにもならない。いっそ、さっさと隆夫と結婚してくれたらいいのに、なんて身勝手に思ったりする。葉子ちゃん、助けてくれ、頼むよ、ぼくを見捨てないでくれ!」足尾の長い手が葉子の腕を掴んだ。葉子は慌てて足尾の手を振り払うと、立ち上がった。

足尾は座ったまま、呆然と宙を見つめている。葉子を追いかけようともしないで、ひたすら放心したように、悄然と肩を落としてうな垂れていた。

八

世が世であれば松平家のお姫さま、舎監のりん子姫の結婚が決まった。来月二月からは有給休暇にはいる。りん子姫のお相手は、三十九歳の内科医である。病院長の椅子と莫大な持参金が手に入るとあって、話はトントン拍子に決まったという。りん子姫から写真を見せられたナニワの楊貴妃は、「持参金で男を釣った」と悔しそうに影で悪態をついたとか。

工場ではひとしきりこの噂で持ちきりだった。ひばりはコケシが寄宿舎をでてからというもの、休みのたびにコケシのアパートに入りびたり、母親のように世話をやいていた。

コケシの赤ん坊は順調で、新年を迎えた一月には、幼い夫婦のもとには幸せが訪れるはずであった。大きな腹を突き出したコケシは、頑丈そのものにみえた。ところがある晩、うたた寝をしながら耕二の帰りを待っていたコケシは、突如鳴り響いた電話をとろうと鏡台の角に体をぶつけて転倒した。大量に出血したコケシは、まもなく耕二が呼んだ救急車で病院に運ばれた。コケシは一命をとりとめたが、赤ん坊は助からなかった。運転免許のない耕二は叔父の運送会社ではなく、零細の紡績工場の職工をしていた。耕二はコケシの体を案じて、たまたま早く帰れそうだったので家に電話してきたのだ。優しさが裏目にでた。酒に弱い耕二が酔って深夜に帰るようになった。アパートの玄関で、正体もなく酔いつぶれる耕二のすがたに、コケシは自分も機織りの仕事を始めることにした。機織りと職工をいれても三十名ほどの紡績工場に、ふたりは同時に勤めだした。歩いて五分の距離に古びたアパートを借りて、ふたりは悲しみをこらえて働いた。ひばりはコケシに会いにいっては、葉子の部屋に忍びこんできた。

「コケシはめげないさ。また母ちゃんに金送れるようになったって喜んでた。コケシは頭が弱いけど、逞しいよ。耕二と仲良く働いて、また赤ちゃんつくるんだって張りきってた」

正月に帰省できる女工はいない。会社はさまざまな行事を企画し、女工たちの興味を惹きつけようと躍起になっている。女工たちに不満を抱かせないように、空いた時間を与えないために、寸暇を惜しんでお楽しみ会とか、卓球大会とか工夫をこらした行事がひしめいた。葉子たち舎監は、週に一度の休みも返上しておびただしい行事に駆りだされた。

小林富士子と仲間の女工たちは、葉子の部屋でひそかに会って本などを持ち帰って読んだ。寄宿舎の持ち物検査の前日までには、葉子のもとに再び戻るように女工たちは用心した。

富士子たちは、知識を渇望していた。工場の窓は閉ざされ、機械は寸秒の狂いもなく運転される。同じ動作、同じ作業が延々と果てしなく続けられる。あらゆる思考が、疲労と緊張のため停止される。

富士子は毎日の労働を、屈託のない笑顔で淡々と葉子に話す。

「夏はまだいいけど、冬の今ごろの時期になると、朝の四時起きは辛いのよ。手も足も体じゅうがしびれて、長い廊下を寒風がビュウビュウ吹きまくるなかを、冷え冷えとした現場に駆けていくの。午前五時の始業のベルの三十分まえには、現場にはいって機械の前で待機してないと怒られる。朝ごはんまでの三時間、お腹がペコペコで目が回りそうになる。午後一時四十五分の終わりのベルがひたすら待ち遠しい。でも、早番も嫌だけど、夜の十時半まで続く遅番の仕事に比べれば、まだましかもしれない。夜の十時半、遅番の作業を終えて、どっと風呂場に駆け込んで、油汗で肌に吸い付いた下着をようやく脱いで、風呂に入るの。体がいうこと聞かなくなって、このままずっと風呂場から出たくないって思う。でも、洗濯は欠かせない。作業服なんかを洗って、部屋の布団に入るともう夜中の午前零時だったり、一時だったりする。でも少しウトウトすると、もう早番の寄宿舎が騒がしくなって、完全に睡眠不足になる。どっちにしても一週間交代の現場の仕事はきついなんてものじゃないの。体の頑丈な子も数年で磨り減ってしまう」

普段口が重い富士子が葉子には素直に話した。富士子のような女工は、少数派であった。工場のノルマから開放されると、学院での習い事をそそくさと終え、つかの間の楽しみを娯楽室で、菓子をほおばり歌番組のテレビを見て笑いきょうじる。平均的な女工の生活である。

それ以外になにを求める。女工たちに何を考えさせるのだ。それでなくとも、彼女たちは、過酷で忙しい日々を送っているのだ。

ヒロもお福も、いまでは舎監の生活にさして不満を持たなくなっていた。三人のなかで一番経済観念の発達したお福は、堅実に貯金をしているという噂である。ヒロはしょっちゅう「カネ　オクレヒロ」と母親に督促しているらしい。ヒロには新潟大学人文学部を卒業した同い年のボーイフレンドがいる。東京の一流商社に勤めている彼のもとに、ヒロは月に一度の割合で会いに行く。豪華なホテルで彼とのデイトを重ねるヒロは、月の半ばで給料を使い果たしてしまう。ヒロには中部電力に勤める二番手のボーイフレンドがいた。彼とのデイトでは、ヒロは女王だそうである。二番手だし、彼はあたしにぞっこん惚れているの。ヒロの理論はいつだって明快だ。だが寄宿舎の行事が立て込むとヒロもさすがに苛立ってきた。

ヒロと葉子が遅番の夜、珍しくヒロが葉子の部屋に顔をみせた。舎監の時間制はもともと不規則で、最近では特にたがいの部屋を行き来する機会も減っていた。ヒロは炬燵にもぐりこむと、レコードから流れるモーツアルトのレクイエムの曲に薄く笑った。

「なんだか暗いね。あたしのいまの気分だわ」ヒロは自嘲気味《じちようぎみ》に言った。恬淡としたヒロには、似つかわしくない。

「東京の三井物産の彼が、ちかごろ妙に冷たいの。何をいっても煮え切らない。以前ほど感激してくれないし、会ってもどことなくうわの空。今度のデイトも仕事が忙しくって会えないかもしれない、なんて電話をかけたら言うの」

「東京の彼って、ヒロと結婚の約束しているんでしょう？」

「大学出るときはね。でも彼は、いまは結婚なんて考えられない。仕事のことで余裕なんかない。少なくとも、仕事が軌道に乗るまで、最低でも五年は無理だって言うの。そんなに待ってナニワの楊貴妃の歳までこんな仕事して、カマキリの愛人だなんて寒気がする。彼、ずるいのね、きっと。あたしが五年も待つ女だと思っていないから、平気で言えるのよ」

ヒロの端整な横顔が、蛍光灯の明かりに蒼く歪んでみえた。

「彼も大変なのね。一流商社に就職した友達が言っていたけど、壮絶な競争社会ですって。生き馬の目を抜く世界に投げ込まれて、彼も精神的には相当まいっているんじゃない。本音を言えるのは、ヒロだけかもしれない。五年先でもいいじゃない。その間、ヒロだって待つだけの受身の人生を生きるわけじゃない。彼と働く場所は違っても、心さえ結ばれていれば、無駄にはならない。待って、待って、愛しぬいて、その結果、結婚できなかったとしても、後悔しないのが愛というものかもしれない」

葉子ははにかんでヒロをみた。

「葉子は理想主義者だから、あんたはバカ正直だから、待つかもしれない。でもそういうのって案外脆《もろ》いかもしれない。観念で愛したいって、愛したいって、思い込んでいるだけなんじゃないの。あたしのほうが、ずっと正直よ。駄目なものは、何時まで待ってもダメなのよ。理屈なんていらない。そんな奇麗ごと、信じないからね！」ヒロはごろりと畳の上に寝転んで、天井をにらんだ。

「新しい恋人でもできたっていうなら、まだ許せる。そんな余裕もないなんて、馬鹿にしている。そんなに仕事が命なの。恋人を避けなくちゃならないほど、自分が大事なの？　彼は変わったわ。東京だか三井物産だか知らないけど、あたしの入る隙もない。恋人に必要とされないなんて、……そんな男、あたしのほうからお断りよ」

葉子も寝転んだ。レクイエムの曲が妙にこの場の空気に馴染んで悲しい。ヒロの溜息がかすかに頬をなぶる。ヒロが起きあがって葉子の脇腹をつついて笑った。端整な眼が気のせいか潤んでみえた。

「葉子、心配しないで。あたし、決めたの。中部電力の彼にプロポーズされた。彼と寝たわ。もう引き返さない。あたしはクイーン、女王さま、逞しいナイトがふさわしいのよ。中部電力の彼は、大学時代ラグビーの選手だったの。痩せこけた誰かさんとは違う」

今夜のヒロは、饒舌《じょうぜつ》だ。弱みをみせないヒロの快活さが、葉子にはヒロの心の傷の深さを感じさせた。ヒロは東京の彼を、心底愛していたに違いない。その彼との絆を、自らの意思で断ち切るなんて、勇気のいることだ。ヒロの陽気な冗談が、明るすぎるだけに辛かった。

「葉子、禅さんが言っていたけど、あたしたち代休が取れるんですって。お正月休みも返上して働いてきたんですもの、当然よね」

「本当？　何日くらい休めるの」葉子はヒロの長い指を握って眼をみはった。

「三日、すごいでしょう。葉子、先に取らしてあげる。彼と会いたいでしょ。禅さんに断ればいいみたい。明日にでも禅さんに言いなさいよ。どうせ、お福は休みをもらっても、高知には帰りたくないって言っていた。お福のご両親は小学校の先生だけど、うまくいってないみたい。このまえそんなこと呟いていた」

あと十五分もすれば遅番の女工たちが寮に戻ってくる。ヒロは慌てて自分の寄宿舎にひき返していった。富士子や仲間の女工たちが、今夜もこっそりやって来るはずだ。

「あたしの時代に、夢がかなわなくてもかまわない。あとから工場にくる子たちのためにも、高校の卒業資格を取らせてあげたい」

ある晩富士子は、黒目がちの大きな眼で葉子を見つめながら言った。

「それに、勉強はいまでもできる。たくさん、本を読んで先生のようになりたい。先生だってあたしの歳には、布団にもぐりこんで親に見つからないように、懐中電灯の明かりで勉強したって言ったじゃない。」葉子はふきだした。

「つまらない話よく覚えていたわね。でも富士子ちゃんは真似しては駄目よ。現場の労働が厳しいから、無茶して事故にあったり、体を壊しては何にもならないわ」

富士子は素直にうなずいて、葉子の顔をまぶしそうに見つめて言った。

「葉子先生の親は名古屋の百姓の出で、小学校もろくに出ていないって聞いて、あたし嬉しかった。先生も、あたしたちと同じなんだって、だから先生は、あたしたちの気持ちが分かるんだって思った。

先生の親は苦労して、菓子屋の店を持ったから、子どもにも勉強する暇があったら、店を手伝えと言って、勉強することに反対したんだよね。もったいないからって電気を消したり、文句を言ったり、家の父ちゃんとまったく同じなんだ」

富士子は懐かしそうに目を細めて一瞬押し黙った。それからきっぱりと顔をあげて、葉子に笑って言った。

「葉子先生がそんな苦労していたなんて、……あたしも頑張れば、先生のように夢がかなうかもしれない。先生と話していると現場の辛さも吹っ飛んで、勇気がでてくる」

富士子はそっと障子を開け、あたりをうかがうように見まわすと、寒風のなかを駆けていった。富士子が去ってまもなく、時刻は深夜の二時、労務課の男の警備員が寄宿舎を見まわる靴音が、闇のなかで無機質にひびく。葉子は布団にもぐり息をつめた。富士子の率直さに、逆に励まされもする。この子たちとともに、歩いていこう。道は果てしなく遠く、葉子には荷が重過ぎるけど、もはや立ち止まるわけにはいかないのだ。

九

翌朝、葉子は禅さんに代休を申し入れた。しかし、りん子姫が有給休暇にはいったため、後任の舎監が赴任した三月下旬になって葉子の休暇は実現した。埼玉の両親のもとに顔をだして、隆夫の下宿に駆けつけた。おばあさんは珍しく、町内の老人会のバス旅行に出かけて留守だった。隆夫が下宿した六年間で、たったひとつの出来事だった。

「おばあさん、べっ甲のかんざし嬉しそうに挿して、子どものようにはしゃいで出かけた」

隆夫は嬉しそうに、葉子の背中に腕をまわしながらささやいた。

ここだけは、何も変わっていない。おばあさんも手拭いを着物の襟にかけて、下町の年寄りと陽気に暮らしている。学生時代、隆夫と過ごしたこの下宿が、なぜか懐かしかった。隆夫の懐に抱かれて、葉子は社会という現実をみていた。紡績工場の寄宿舎は、戦前は女工哀史の世界であった。「カゴの鳥より監獄よりも、寄宿ずまいはなおつらい」女工小唄が盛んに歌われた温床である。戦後二十年以上が経過して、民主化の名のもとに紡績工場も近代化を余儀なくされるはずであった。二交代の女工たちが、ふたりで一つの布団に交代で寝る悪習は、さすがに今の時代にはない。工場は、寄宿舎は、女工たちの夢を与える場になりつつある。東北や九州の農村地帯の中学校には、会社の労務課の募集人が、たえず新しい活力を求めて歩きまわる。新しい血を、質のいい労働力を求めて、嗅ぎまわるのだ。

隆夫は葉子の話を、感心したようにうなずきながら聞いた。富士子と仲間たちの行動には目をみはって喜んだ。考える芽が少しずつ育っていた。

「あと一年もしたら、組織が造れるだろう。焦らないで着実に、話し合いの場を持つのだ」

隆夫は静かに言うと、目を伏せた。彼は自分の進路のことで悩んでいたのだ。大学院の博士課程を卒業した隆夫に、担当の教授は冷たかった。K大に残ることは口ぶりからも無理だった。「○○先生みたいに万年講師になるのかな」隆夫に連れられて、葉子は東大の教育学の聴講を受けた。夜六時から地下の教室で、白髪の○○先生の厳粛な講義を聴いた。三、四十名ちかい学生が、誰一人咳払いもせず、水を打ったように張り詰めた緊張のなかで、先生の講義に耳を傾けていた。葉子にはさっぱり理解できない難解なものであった。優秀な学者である先生は、思想的な問題を問われ、万年講師の身に甘んじておられるのだ。隆夫の淡々とした声に、葉子はあのときの緊張を思いだして背筋をこわばらせた。

重苦しい沈黙が狭い四畳半の部屋の空気を押しこめた。

「教授はね、関西の大学の講師の口なら斡旋してくれるそうだ。葉子ちゃんも名古屋から当分離れないのなら、ぼくもそっちに行こうかと……」

めずらしく隆夫が自嘲気味につぶやいて、葉子を畳の上にころがした。葉子は隆夫の首筋に両腕をからませると、涙で潤んだような隆夫の眼を見つめた。春は、もうすぐそこまで来ているはずなのに、狭い部屋には冷気がただよっていた。

休みはあっけなく終わった。寄宿舎に戻った葉子は、翌日労務課の課長のもとに呼ばれた。部屋の扉を開けると、窓際に整列した十人ばかりの労務課の男たちが、一斉に葉子を見た。中央には、筋肉質で体格のいい労務課長が、苦虫を嚙み潰したような顔で、仁王立ちに立っていた。課長は元陸軍将校である。その一歩後ろにはカマキリが薄笑いを浮かべてニタニタ笑っていた。何とも妙な雰囲気に、葉子はおずおずと課長の前に立った。

課長がぐいっと胸をそらし、大音響をあげた。

「井村葉子、労務課舎監。本日づけを以って、就業規則違反により、懲戒解雇に処す。ただちに荷物をまとめて、寄宿舎を退去せよ！」

雷が落ちたような大声に、葉子は震えあがった。だが何のことか分からない。とっさに禅さんを見た。禅さんはカマキリの後でうなだれ、眼をきつく閉じて、葉子を見ようともしない。一瞬目まいがした。危うく倒れそうになるのを、かろうじてこらえて、葉子は、キッと正面の労務課長の浅黒い顔をにらみつけた。

「ただいま課長は、就業規則違反とおっしゃいましたが、身に覚えがありません。もっと分かりやすく説明してください」

大声をはりあげたつもりが、情けないほど喉にからんで、悲鳴のような、かすれた声だけがもれた。

すかさず課長の罵声が、あたかも軍隊の突撃命令のように、葉子の全身に突き刺さった。部屋の空気がピリピリ鳴って、窓際に一列に整列した労務課員らが、おもわず直立不動の姿勢をとった。

「おまえは、労務課の管理職として、過ちを犯しながら、なお平然と口答えをするのか！　恥を知れ！　恥を！　即刻出ていけ！　強制退去を命ずる」

課長は労務課の天皇陛下と異名をとっていた。普段からその高圧的な態度に、労務課員は怯えきっている。誰もが頭を下げ、雷の去るのを待つのに、カマキリだけはせせら笑っている。その顔を見た途端、葉子は怒りがこみあげた。

「就業規則の何に違反したのか教えてもらえないのなら、不当労働行為として訴えます」

すかさずカマキリが、葉子をキッとみすえると、

「三日間の無断欠勤だ。休みを取る場合は、文書で許可をとらねばならない。口頭では駄目だ。就業

規則に明記してある。労務課の警備員が寄宿舎に同行する。ただちに荷物をまとめなさい」勝ち誇ったような口調で、あらん限りの声をはりあげた。

三日間の無断休暇？　そんな馬鹿な！　あれは禅さんが許可したことだ。

「舎監長の承諾で休めると聞きました。禅さんだって、分かった、ゆっくり休んでこいって、おっしゃったじゃありませんか！　それがどうして就業規則違反にあたるというのですか」

葉子は鋭く禅さんを指さすと、禅さんにかけよろうとした。その葉子を、労務課の男の職員が背後からつかみかかる。カマキリが嘲るように、

「ただちに、荷物をまとめて出ていくんだ！」扉の外を指さした。

それを合図に、労務課長を先頭に労務課員が整列して廊下に出ていった。

葉子は、廊下で待機していた労務課の警備員ふたりに両脇をはさまれ、寄宿舎への長い廊下を歩かされた。

謀られた！　巧妙にワナをかけられた。あの善良そうな禅さんも味方ではなかったのだ。

舎監の事務所のガラス戸越しに、ヒロの美しい背中が見えた。

葉子は警備員をおしのけると、小走りに事務所に駆けこんだ。

「ヒロ、わたし首になった！　見張りがいる。詳しくは何も話せない。明日、日曜日よね、ヒロ、お願い！　名古屋のいつもの喫茶店に午後一時にきて！」

葉子の蒼白な顔を見て、ヒロはぽかんと口を開けたまま、とりあえずうなずいた。

荷物といっても着替えの洋服と書籍だけだった。富士子は、早番で工場のなかに閉じこめられてい

る。遅番のひばりは学院で洋裁の授業の真っ最中だった。

葉子は自分の舎監室の電話で、はじめて党の組織に電話した。寄宿舎のなかから電話をすることは禁じられていたが、突然の解雇通知にどう対処すべきか、指示をあおぎたかった。

党の連絡員は受話器のなかで絶句した。「ちょっと待って！」ガチャガチャと雑音がして、「ただちに寄宿舎を出なさい。身の安全を確保して……気をつけてください。いまは闘えない」声をひそめて言った。

警備員と守衛所に来ると、守衛たちは何も知らされていないのか、のんびり葉子に挨拶した。守衛所の小部屋から、組合の笠原がそっと手招いた。笠原とは食堂で何度か顔をあわせていた。

「葉子先生、残念です。組合は先生の不当解雇に、抗議しないことになりました。組合長が執行委員会にもはからず、労務課長の指示を受け入れました。先生、すまない。申し訳ない！　先生のことは女工たちばかりでなく、俺たちも好きだったのに、助けられなくて、力になれなくて、許してください」笠原は目をしょぼつかせ、肩を落として逃げるように立ち去った。

＋

名古屋駅の地下街の喫茶店にヒロが姿をみせた。ヒロは狭い店内に入ってくるなり、警戒するようにあたりを見まわした。ヒロはコートの襟を立て、めずらしく帽子を深々と被ってサングラスまでかけていた。葉子と目があうと、足早に近寄って座った。

「だいじょうぶ。尾行されていないから」

席に着くなりコートを脱いでサングラスをはずすと、葉子に小声で言った。

「尾行？　なんのこと？」

葉子はいぶかしげに、ヒロがコップの水を飲み干すのを待ちかねて聞いた。

「昨夜、禅さんをとっちめて聞きだしたの。代休を取れって言ったのも禅さんだし、葉子に真っ先に取らせろって勧めたのも彼。俺に断れば休んでいいって請けあったのも、じつは禅さんなのよ。葉子をハメたのは、彼に間違いない。でも黒幕は勿論カマキリと労務課長。——葉子、驚かないで聞いてね。あたしたちには、外出のたびに尾行がついていたのよ。手紙も女工たちと同じく、全部開封されていたの。だからあたしが東京の彼とホテルで泊まったことも、中部電力の彼と交際していたことも、みんな筒抜け。葉子の東京の彼のこともすべて調査ずみで、葉子はかなり早くから危険思想の持ち主と要注意されていた。葉子は女工たちの人気もあって、カマキリはかなり焦って首を切る機会を狙っていた。ところが葉子は、なかなか尻尾をださない。しびれをきらして、禅さんに指示して巧妙に首にしたっていうわけ。——禅さんも、多少後ろめたいのか、昨夜は酒を飲んで荒れていた。あたしが問い詰めたら、しぶしぶ白状してしまった。まさかあたしが今日葉子と会って、何もかも喋ってしまうとは、禅さんも思ってもいなかったでしょうね」

葉子は暗澹《あんたん》たる思いに、思わず唇を噛みしめた。

「これも禅さんの話だけど、カマキリが工場に来る前の年、七年も勤めたベテランの舎監が、女工たちを組織して待遇改善の要求を、会社側に突きつけた事件があったんですって。結局女工たちは負けて、舎監も主だった女工も懲戒解雇されてしまった。そこでカマキリが労務対策のために、特別に工場に派遣されてきた。厳しい監視体制は、その時以来さらに強化され、警戒中のところに葉子やあたしたちが採用されてきたっていうわけ」

ヒロは煙草をとりだしライターで火をつけた。美味そうに吸うとフウッと煙を吐いた。ヒロの目の下に黒い隈ができていた。葉子も昨夜は一睡もしていない。名古屋市郊外の叔父の家に泊まったものの、悔し涙に一晩中まんじりともせず、自分の不甲斐なさに泣いた。しかし聞けば聞くほど、ヒロの話は衝撃的だった。戦後二十五年近くも経った今日、手紙の開封だの警察まがいの尾行だの、どこの世界にそんな非人間的なことが通用する。何が、民主主義の世の中だ。労働組合も会社のための御用組合に甘んじている。女工たちの置かれた劣悪な環境に、葉子は闘いを挑む前に押し倒され葬られてしまった。

「ヒロ、お願い。ヒロは女工たちに人気がある。こんな仕打ちされて黙って引っ込めない。力を貸して、ヒロの協力がどうしても必要なの」葉子はヒロの暖かい手を握りしめていった。ヒロは目を剥いて、脅えたように葉子の手を振り払った。

「葉子、あたしはあんたが好きよ。でも会うのは今日限りにしよう。葉子は好きでも葉子の所属する政党は正直よく分からない」

「ヒロ！　……分かったわ。ヒロにはこれ以上迷惑かけられない。ではせめて富士子に、来週の日曜日、例の喫茶店にいるって伝えて。お願いだから」ヒロは一度言いだしたら決して意見をひるがえさない。富士子は何も知らされず、突然消えた葉子を心配しているだろう。

「葉子、目を覚まして！　手紙の開封のことも尾行のことも、あたしの立場でまさか富士子に言えるわけがない。富士子は会社から目をつけられ監視されている。あの子はのん気に葉子に会いにくる。尾行されていることにも気づかないで。その結果、富士子も解雇される。仲間の女工たちも解雇されて泣きながら故郷に帰されるのよ。葉子はいいよ。解雇されても資格がある。でも富士子も女工たちも機織しかできないのよ。家に仕送りするために、辛抱して辛い労働に耐えているのに、可哀そうだと思わないの」

ヒロは悲しそうに葉子の眼をのぞきこむと、自分に言い聞かせるようにうなずいた。

「葉子、きついこと言ってゆるして。でも大企業相手に闘うなんて、しょせん無理なのよ。あたしたちが、民主化とか女工の人権を守ろうって、大声をはりあげて叫んでも、企業は企業の論理とかで簡単に踏み潰してしまう。葉子の気持ち分かるよ。でも、東京に帰って彼と結婚して、もっとまともな仕事を見つけたほうが利口よ。正直、あたしだって、何時まで工場に勤めていられるか、自分でも見当がつかないの」

ふたりは同時に顔を見合わせた。別れの瞬間が迫っていた。無二の親友のヒロが、美しい背中を張って去っていった。

十一

日中友好協会の会員で、自身も紡績工場を経営する門倉の工場に、葉子は事務員として雇われた。

正確に言えば、党の組織の連絡員の指示で身柄を預けられたのだ。

名古屋の西区にある門倉の工場は、機織の女工と職工、事務員をあわせても三十人ばかりの零細企業である。唯一のちがいは、社長が労働者の味方と思われていることであった。

組織の連絡員は岐阜の大学をでた二十六歳の藤川梅子という才媛だ。上背のある華奢な体格で、低い声でボソボソと喋る女であった。梅子の三畳の部屋で、葉子は二つに折り曲げられ布団を背に細かい指示を受けた。梅子の父親は、岐阜で高校の校長をしているらしい。押入れもない狭い梅子の部屋は、本に埋まり足の踏み場もなかった。

梅子のメモを頼りに葉子は場末の門倉の工場を訪ねた。白髪の顔の造作の大きい門倉は、支持者らしく葉子に握手を求めると、何度もうなずいて採用を決めた。

近くの不動産屋にいき一番安いアパートを契約した。小さな窓がひとつあるだけの四畳半の部屋は、天井が斜傾した屋根裏部屋だった。西日があたって茶色に変色した畳から、陽炎のような熱気がただよって、四月の上旬だというのに早くも夏が思いやられた。給料はふたりいる経理の事務員と同じといわれたが、まえの会社の三分の一だった。

初めての出勤日、事務員が葉子を工場に案内した。狭苦しい工場内の機織の機械をすりぬけるようにいくと、葉子は眼をむいた。なんと、そこにはコケシがいた。

「コケシちゃん、あなたここで働いていたの？　耕二くんもいっしょなの？」

葉子はおどろきのあまり、急きこんで聞いた。

「コウちゃんは、いねえ！　おら、ひとりだ」

事務員があわてて葉子の腕を引っ張って、工場の外へ連れだした。

「葉子さん、あの子の知り合い？」

葉子は軽くうなずいた。事務員はあたりをきょろきょろ見ると、声を低めて言った。

「耕二はあの子を置いて出ていったわ。そりゃ当然よ。だって、コケシはここに古くからいる職工、独身の四十男に、アパートで犯されたの。おまけにその男は色男ぶって、工場で自慢した。それもあの子のほうから抱きついてきたとか、男に飢えていたとか、散々いやらしいこと言って、とうとう耕二と大喧嘩になった。ナイフを振りまわし男を殺そうとした耕二はクビになり、中年男は堂々とここに残った。でも、いまはあの子じゃない、もっと若い子に目をつけて、せっせと貢いでいる。だから葉子さんも、口には気をつけてね」

狐のような目をした事務員は、肩をすくませそそくさと事務所に戻っていった。

耕二に逃げられたコケシは、いまでは寄宿舎で女工たちと生活していた。狐目の事務員は、情報通でお喋りな痩せすぎの女である。葉子は工場の仕入れや在庫の帳簿をにらみながら、日がな一日話しかけてくる狐目に閉口した。三十五歳の狐目は強い香水を振りまきながら、

「社長の中国のお土産なの。葉子さんにも一つさしあげる」意味ありげに机の引き出しから黒のストッキングを取り出した。あたりを見まわして、もう一人の年輩の事務員のいないことを確かめると、すばやく葉子に手渡した。狐目は社長のお気に入りらしい。メイド・イン・チャイナのストッキング、見れば狐目は、四月だというのに黒のストッキングをはいている。

葉子は憂鬱な気分で安アパートに帰った。家具といっても小さな机がひとつだけ。黄ばんだ畳に座

ると、葉子は隆夫からの手紙を開けた。

――工場を解雇されたのは、葉子の落度ではない。大企業の卑劣な首切りだ。恥じることはない。しかし、これ以上名古屋に留まる意味が、果たしてあるのか、ぼくには疑問だ。葉子には東京に戻って仕事をしてほしい。葉子にふさわしい労働があるはずである。ぼくの進路の相談もあるから、明日の夕方、葉子のアパートに行きたい。

葉子は起き上がった。慌ててホウキで畳の上を掃き、雑巾をきつく絞って拭いた。隆夫は無類の綺麗好きである。毎日、洗濯も掃除も欠かさない。葉子は溜まっていた洗濯物を共同洗面所で洗った。部屋のなかに干すと、やっと一息いれて本を読みはじめた。神経がたかぶっているせいか、活字が踊って行間に落ち込んでいく。隆夫と会える興奮のせいばかりでなかった。コケシは汗ばんだ顔を葉子に向け、ニタニタ笑っていた。工場の機械の唸りが、埃っぽい湿った熱気を女工たちに浴びせる。コケシは動作が鈍い。子どもを産んでそのままの体型だ。額の脂汗が、脇の下の酸っぱい汗が葉子を打ちのめした。十六歳の若さで結婚して、コケシの人生は本当に幸せだったのだろうか。もっと別の選択がなかったのだろうか。

葉子は本をバタンと置くと寝ころんで、節目だらけの天井を暗い思いで見つめた。

事務所の時計は止まったように進まない。夕方の六時、葉子は終業のサイレンと同時に工場の門を飛びだした。駆けて、息があがるほど駆けぬけて、葉子はアパートに着いた。

隆夫が大きな眼を眩しそうに細めながら、本を読んで立っていた。

葉子は駆けより隆夫の腕にしがみついた。隆夫はおどろいたように顔をあげ、葉子をまじまじと眺めた。古アパートの部屋に入ると、隆夫は眉をひそめてつぶやいた。

「何にもない部屋だね。葉子ちゃんは、こんな殺風景なところに住んでいるの」

不満げな口調のまま、隆夫は葉子に視線を走らせ、

「それに、黒いストッキングは、フランスでは売春婦が着けるものだよ。下品だ。葉子ちゃんにはふさわしくない」はきすてるように言うと、顔をそむけた。

屋根裏部屋も、葉子のみすぼらしい事務服も、隆夫には気に入らない。神経質で綺麗好きな隆夫は座布団もない汚い畳に座るのすらためらった。葉子は恥ずかしさのあまり、顔を赤らめうなだれた。四月とはいえ、夜はまだ寒い。たった一組の狭い布団にもぐりこんで、隆夫に抱きすくめられながらも、背筋に冷たいすきま風が忍び寄るのを、葉子はこわばった表情で感じていた。

「東京に帰ろう。葉子の役割は終わった。ここにいる理由がない」

隆夫のかん高い声が耳もとでした。葉子にとっては絶対的な命令にちかい口調である。

「でも前の工場の富士子やひばりと、なんとしてでも連絡をつけたい。偶然いまの工場に、コケシがいたの。コケシはひばりとは姉妹のような関係だし、突破口になるかもしれない。いまが大事なときなの。分かって」

隆夫は裸電球の下で、煤けた天井を見つめたまま黙りこくっている。

「あと一年、場合によっては半年で、名古屋の組織の梅子さんに引き継げるかもしれない。彼女たちは困難な状況で待っている。このまま黙って逃げ帰ることはできない」

「葉子の気持ちは分かる。雪辱《せつじょく》を果たしたい悔しさも理解できる。しかし、いまの状況はあまりに不利だ。外部から工作の手を差しのべても、限界がある」

「雪辱！　自分の汚名をそそぐ？　そんなこと考えていない。隆夫は、工場のなかの恐ろしい現実を知らないのよ。女工たちの辛さがピンとこないのよ。なかで毎日いっしょに働いたものしか、実体は分からないのよ」葉子は布団を跳ねのけ、裸電球のもとで立ちつくした。

「ごめんなさい。あたしが悪かった。隆夫さんに当たったりして、恥ずかしい」

隆夫も起きあがって静かに布団に座った。青白い横顔に寂しげな影が過ぎった。

葉子はこれまで、ただの一度として隆夫に逆らったことはない。隆夫は葉子の恋人であり、絶対の指導者であった。

隆夫は穏やかに沈黙を破って微笑んだ。

「足尾さんは、とうとう京都の女子大の助教授の口を蹴《け》った。条件は良かったのに、お母さんの反対があって直前で断ったらしい。担当の教授には大目玉くらったらしい。あと一回は紹介状を書きますが、それで駄目なら勝手になさいって、最後通牒《つうちょう》を突きつけられて弱りこんでいた」ふたりは勝手に足尾のことを思い浮かべ、苦笑した。

「でも、珠子さんと離れ離れにならずにすんで良かったわ」

「そうだね、足尾は恋人同士が遠くに離れ離れで暮らすなんて信用できない。期限でもあれば別だけど、それにしても嫌だと言っていた。あれで案外、根は寂しがりやだ。内心では、ホッとしているかもしれないね」

翌朝、隆夫は東京に帰っていった。老朽化した工場の塀の脇で、葉子は隆夫の後姿が見えなくなるまで立ち止まって手を振った。あとを追っていきたい衝動を必死でこらえた。

君の名古屋での役割は終わったのだ。隆夫の言葉は葉子の胸に、錐のように突き刺さった。たった一年で、葉子は工場を追い出される屈辱を嘗《な》めさせられた。

雪辱！　隆夫の言うとおりかもしれない。あまりの不甲斐なさに、惨めさに、葉子は針の筵《むしろ》に座らされた居心地の悪さを味わっていた。

東京の仲間たちに、どんな顔をして会えというのか。隆夫が葉子を守ろうとすればするほど、葉子の傷は深まった。隆夫の存在がなかったら、葉子はしょせん、ひとりでは闘うこともできなかった、それほど未熟な存在だったのだろうか？

そんなはずは無い。自分は精一杯工場で、女工たちの力を信じて、小さな話し合いの輪をつくりながら前進してきたはずだ。芽は若く小さいけれど、女工たちは語り始めている。仲間を求めて集まり始めている。小石を池に投げ込んで、小さな波紋が水面に広がっただけかもしれない。静寂さだけが水面に漂う、そんな不確かな葉子の行動であるかもしれない。

隆夫の言葉に素直に従えないもどかしさに、葉子は不安と困惑を覚えた。でも、コケシのもとに、ひばりは必ずやって来る。待つのだ、ひばりが工場を出て葉子の前に姿を見せるまで、辛抱してここで暮らすのだ。

その夜、葉子は隆夫に手紙を書いた。布団にもぐると隆夫の残した匂いを探した。裸電球を消すと、堰をきったように涙が溢れでた。歯をくいしばり嗚咽をこらえて、暗い天井の闇を見つめた。富士子と仲間の女工たちの真剣な眼差しが、ぼおっと葉子の眼の前にまえにあらわれた。葉子はこらえきれずに泣きじゃくった。明け方、葉子はやっと眠りについた。

十二

門倉の紡績工場には、中国からの帰国者の少女が働いていた。「マオ・ツゥー・トン」と毛沢東の名を叫びながら、赤い毛沢東語録を振りかざす十五歳の女工は、工場では人気者であった。人呼んでマオチャン、誰も正確な名前など知らない。大人びた体格に幼い顔が不釣合いで、妙な色気があった。コケシを犯した中年男がさっそく目をつけて、女の子が喜びそうな安物のバッグや指輪を買い与えて誘い出そうと狙っていた。マオチャンはそれを知ってか、平然とプレゼントを受け取りはするが、誘いには全くのらない。下心といっても、言葉が全然通じないのだからお手上げである。綺麗なもの、高価なものには眼をみはり、例の「マオ・ツゥー・トン」の頓狂な叫びをあげ、毛沢東語録をかざすと、さっと持っていってしまう。さすがの色男も形無しで、工場じゅうの笑いものになっていた。そのうち機械に挟まれ怪我をしたとかで、今では病院のベッドで看護婦を口説いているらしい。

コケシは相変わらずニタニタ笑いながら、葉子に手を振って陽気だ。五月に入ると工場のなかは、早くも暑さと湿気が充満し、コケシの首筋には汗疹が赤く噴き出してきた。

そんなある日の夕方、明日は日曜とあって工場も事務所もどことなく活気づいていた。葉子もひさしぶりに機嫌よく帰り支度をしているところに、ひよっこり、ひばりが顔を出した。

葉子を見ると、まるで幽霊でもみたような、ふしぎそうな顔で後ずさったが、次の瞬間、「葉子先生！」と、叫びながら駆けだしてきた。

「先生、ほんとに先生だよね……」ひばりは葉子にとりすがると、おいおい泣きだした。

「ひばりちゃん！　会いたかった。黙って工場を出て、ごめんなさい」

葉子は飛びこんできたひばりの肩をなでながら、あふれる涙をすすりあげた。

寄宿舎のコケシの押入れの前で、三人は昔のように向かい合って座った。懐かしさがひばりの小さな顔を赤く染めていた。コケシは腰を揺すったり脚を投げ出したり、落ち着かない。それでもひばりの顔を見て、ブツブツつぶやきながら、幸せそうにひとりうなずいていた。

「葉子先生、病気もうよくなった？　心配していた。会社じゃ病気で家さ、帰ったって。でもこんなとこで会えるなんて、たまげた」ひばりはさえずるように眼を輝かせて言った。それから、ふと気づいたようにコケシの顔をのぞきこむと、

「おめえ、コウちゃんはどうした？　なんで、おめえ一人寄宿舎なんかにいるんだ？」

ひばりはまだ何も知らされていないのだ。耕二が工場をクビになりコケシを置いて出ていったことを。コケシはニヤッと歯をみせて、照れ笑いしながら首を左右にふると、

「いねえ。コウちゃんは、ここを追い出されたんだ」

ことの顚末を葉子から聞かされて、ひばりは青筋たてて、コケシの膝をたたいた。

「ゆるせねえ！　そんな男、おれがやっつけてやる。コケシの仇うってやる！」

「ひばりちゃん！」コケシは肥った体をひばりにこすりつけ、身悶えしながら、おんおんと泣きわめ

いた。ひばりは太ったコケシに体当たりされ、顔をゆがませたが、それでも腕をしならせ必死でコケシを抱きかかえている。

葉子は胸がつぶれそうに動揺した。こんなコケシの身も世もない泣きくずれたすがた、葉子はただの一度も見たことはない。コケシはどこか愚鈍《ぐどん》で、そのせいか自分の運命にも動揺しない。いつもニタニタ笑ってやりすごしている、そう思っていたコケシの心の底にある深い悲しみを、自分ははたして気づいていただろうか？　思いあがりの傲慢な眼で、コケシの強さも、魯鈍《ろどん》さのせいだと、勝手に決めつけ驚嘆していただけなのか。

何も分かっていなかった。労働者の幸せのため闘う？　工場の事務所の椅子に座って、コケシの笑うすがたに安堵して、自己陶酔に陥っていただけではないのだろうか？

静けさがもどった。コケシは顔中大粒の涙を光らせたまま、ラファエルロの小椅子の聖母子のように、ひばりの胸に抱かれて、無意識に唇をひくひくさせていた。

ひばりは翌朝、工場に帰っていった。葉子が不当にも、会社の策略で解雇されたと聞かされて、ひばりは緊張のあまり眼をつりあげ、卒倒しそうに頭をぐらぐらゆらした。富士子への伝言を口のなかでつぶやきながら、ひばりは名残惜しそうに何度もなんども振りかえって、葉子とコケシに投げキッスをしておどけてみせた。

名古屋市内の名曲喫茶の店内は、日曜の午後とあって混雑していた。富士子は大きな背中をまるめて、縮こまるように葉子のまえに座った。黒い眼が、相変わらず強い光をはなって葉子をまっすぐ見つめている。チャイコフスキーのピアノ協奏曲が甘い旋律を奏でていた。

富士子の硬い表情がふとやわらいで、瞳が閉じられた。工場の学院で、富士子は今でもピアノを弾いているのだろうか。ふたりは無言のままコーヒーを飲んだ。富士子の子牛のような身体には、ひとを癒《いや》す温もりがあった。黙ってそばにいるだけで、分かりあえる安心感のようなものが感じられた。硬い筋肉質の組織の内側に、繊細な思いやりと溢れる感受性が交錯して独特の個性を築いていた。

葉子は眼を開けた富士子を見て微笑んだ。富士子ははにかんでハンカチを握りしめた。葉子が担当していた寄宿舎は、ヒロが受け継ぎその努力もあって表立った不満はでていない。

「それに、先生の退社は、あくまで健康上の理由だと聞かされて、仲間も納得させられていたの。まさか、会社がこんな仕打ちをするなんて、考えてもいなかった。手紙の開封のことも、知らなかった。だから、葉子先生が黙って郷里に帰られたと聞いて、やっぱり先生も他の舎監の先生と同じ、口ばっかりだったのね、って悔しがった子もいるの。あたしも、少し動揺した。葉子先生を信じていたけど、何も連絡なかったし……、ヒロ先生に尋ねても曖昧にしか答えてくれない。先生、ゴメンナサイ。どこまでも先生を信じなくちゃいけなかったのに」とつとつと喋る富士子の話を聞きながら、葉子は眼を潤ませた。富士子の実直さが胸に沁みた。富士子のように、ひとを無心に信じることができたら、どんなに人生は透明に流れていくだろう。富士子の圧倒的な存在感のまえに、葉子は己のちっぽけな我執を恥じた。

新しい血は、清冽《せいれつ》な川の奔流は、富士子たち働くものの価値観のなかにこそ、脈絡と流れていくのかもしれない。新しい社会は、絶えず新鮮な人間の血潮により創られていくのだ。二十三年のおのれの人生が、問われる時がやって来ていた。濁流に自我を投げ込み、問いかける明日に向かって進むのだ。誰もが一度は、青春の奔流に身を投じ溺れ死にする恐怖に怯えながら、流れに逆らっても泳ぎ抜いて、未来という名の対岸に辿り着こうとしているのだ。

葉子は身を乗り出して、富士子の硬いごつごつした手を握りしめた。暖かく湿った手の温もりが、葉子の挫けそうになる気持ちを奮い立たせた。富士子は強い力のこもった眼で真直ぐ葉子をみつめると、照れたように白い歯をみせて笑った。

十三

零細紡績工場の機械設備は、その工場と同じく老朽化している。二交代の操業を女工たちが繰り返しても、時代遅れの機械は悲鳴をあげるだけだ。生産のコストをあげるためには、女工たちの賃金を減らさないと生き残れない。門倉の工場もご多分にもれず、社長の思惑とは反対に時代の影響をもろに受けてあえいでいた。

夏が過ぎたころから、給料の遅配が少しずつ始まった。最初は事務職員の男たち、続いて経理の女子社員に、ついには工場の職工、女工たちへと賃金の遅配は波及した。

葉子だけは社長の計らいで特別扱いされた。門倉が信望する組織への忠誠が、こうした差別を逆に可能にした。最初は事務所の若手社員から、そして不満の声は、秋口からは燎原の火のように工場の隅々まで広がった。社長は、曲がりなりにも労働者の味方を自認する革新的な企業家である。だが食堂で職工、女工たちは公然と集まり会社への不満をぶちまけた。

事務所の人間はだれひとり集会には加わらない。彼らは時間になると不満をかかえながらも、そそくさと家に帰っていった。葉子は工場の誰かれと親しかったし面倒見の良さで人気があった。自然、葉子は運動の中心のひとりに据えられ、彼らの要求の先頭に立たされた。

たまっている給料をただちに支払え。今後一切給料の遅配をするな。残業手当をよこせ。果ては、まずい食堂の食事内容を改善せよとか、些細な要求まで、細かく箇条書きにして食堂に貼りだした。おどろいた社長は、専務の息子にすべてをまかせて退散した。こうして門倉の民主的工場は、いわば自然発生的に労働争議に巻き込まれた。食堂に集まった職工、女工たちは、猛然と日ごろの不満をぶちまけだした。ひとりが発言すると、次から次と労働者は何の打ち合わせもなく怒りをあらわにした。

専務は、はじめての労働争議に真っ青になり、唇を紫色にして弁明した。払えるものなら、とっくに払っている。いまは会社が倒産するかどうかの瀬戸際である。もう少し待ってほしい、必ず給与は払うからと、専務は青筋たてて、か細い声でどもりどもりつぶやいた。

職工のあいだから動揺がおこった。そうだ。会社を倒産させてはもとも子もない。そんな声がうずまくと、専務が息を吹き返した。

「そうだ、君たちがあくまで要求に応じなければ、工場は閉鎖してもいいんだぞ」

専務の一声で、ふたたび労働者たちが怒りだした。話し合いは決裂した。

「ストライキだ！」

食堂のなかは気勢があがり、誰一人帰ろうとはしない。突き上げられた専務は、真っ青に顔をひきつらせて、ぶるぶる震えだし、

「社長の意見も聞かなければ、独断では決めきれない」と懇願したが、

「会社代表で来たんだろう。いまさら逃げようたって、ゆるさねえ」

労働者たちは口々に気勢をあげる。

夜中の十二時、専務がとうとう折れた。基本的な賃金の問題が解決されることで合意した。専務が逃げるように帰ったあとで、労働者たちは事務所で祝杯を挙げた。葉子は彼らの歓声を聞きながら、夕刻出ていきがけに、門倉が浴びせた罵声と怒りに燃えた形相を思いだしてぞっとした。

「葉子くん、おまえは！　おまえって奴は、……恩を仇で返した、卑劣なやつだ！」

一言の弁明も許されない。零細工場の経営者でも、どんな革新的な思想の持ち主でも、資本家にはかわらない。高級車を乗りまわし、豪邸に住み、年に何回かは中国に出かけていく。労働者は賃金を貰えなければ、その日の暮らしにも困るというのに。

葉子は労働者を煽《あお》ったりなどしていない。だが、給料の遅配はずるずる続いて、とうとう先月分は全く支払われていないのだ。彼らが自然発生的に、給料を払えと要求して、何が悪い。何が卑劣といえる。

そうは胸の裡で怒りをつのらせても、葉子の心中は穏やかではいられない。共産党員としての門倉のメンツ、立場もあるだろうし、労働者にもこれ以上過激な要求を出させて、万が一にも解雇者を出してはならない。葉子は、会社を去る決心をした。

翌日、葉子は職工の代表の男に、こっそり打ち明けた。

「そろそろ東京に帰らないと、恋人が待っている」

ふたりは乾杯した。門倉の工場の労働者は、すっかり自信をつけて、絆を深めていた。彼らははじめて団結の力を知った。葉子の仕事は終わったのだ。


東京に帰ろう。東京にもどって何もかも、新しく出発するのだ。思い残すことはない。

富士子と仲間の女工たちとの密会は、名古屋の連絡員の梅子の配慮で、一歩一歩着実に成果をあげている。梅子は華奢な身体に似合わず、強靭な神経の持ち主だ。工場を解雇され、三畳の梅子の下宿で寝泊りしたときは、あまりの窮屈さに辟易《へきえき》して、彼女の冷静さが冷たく思えたけど、いまは違う。富士子たちと本を読み話し合っても、梅子は現実から決して離れない。かと思うと、梅子は突然、夏目漱石の文明論集など取りだして、「私の個人主義」の気に入った箇所を読んできかせる。

人間は、誰でも生きている意味がある。その一生の生甲斐《いきがい》を、他人に頼るのでなく、自分自身の力で、探すことが学ぶということだと、おちょぼ口で言う。梅子は、富士子たち女工たちの置かれた現状を、彼女たちに正確に理解させ考えさせる。そして、生きるという永遠のテーマを遠慮なくぶつける。富士子たちが、どこにいっても人間としての誇りを持てるように、梅子は独特の方法で、富士子たちの信頼を勝ちえていた。


葉子は夜道をひとり歩きながらアパートに帰った。薄暗い電球のもとで擦り切れた畳が剥き出しになっていた。隆夫は二度とこのアパートには来なかった。代わりに隆夫の手紙が一層頻繁に届いた。夏休みにすら帰省しなかった葉子に、隆夫は何時になく機嫌を損ねた。

学者の卵である隆夫は、感情をストレートに顕さない。葉子の行動への批判が目立って、隆夫の手紙には不信の念が漂いはじめた。葉子の克服すべき問題点と称して十項目が指摘された。学習を軽視している、自分の役割を勘違いしている、等々。そして最後に隆夫はこうも書いてきた。――葉子の本質は案外多情であるかもしれない。自分自身でも気づかぬうちに、無意識に男に媚をうる本性がある。足尾にもきみは、それらしき振る舞いをしたと言うではないか。足尾はぼくに警告してきた。葉子、これほど僕が結婚したいと思っているのに、君は応じようとしない。足尾の言うことが、きみの本質を突いているのだろうか。だとしたら、ぼくはもう待てない。どんな手段をとっても、きみを東京に連れ帰る。そして一刻もはやく結婚しよう。

十四

隆夫は一ヶ月まえ、ほんとうに名古屋にやって来た。よほど葉子の安アパートの印象が悪かったのか、旅館を指定してきた。隆夫の決意のほどが痛いほど分かった。それだけに葉子はいつになく憂鬱だった。足尾の悪意に満ちた中傷を、うのみにして尻軽女のように見下す隆夫にも不愉快だった。名古屋をおいそれとは帰れない事情も、隆夫なら分かってくれているはずだと信じていたのに。隆夫がわざわざやって来るというのに、葉子の心は激しく動揺を繰り返していた。自分でも意外な感情である。はじめての躊躇いに葉子はうな垂れて旅館の玄関をくぐった。

隆夫は八畳の間に、床の間を背にして正座していた。背筋を伸ばした端整な姿に、葉子は気後れして襖のまえで立ちすくんだ。隆夫は嬉しそうに、葉子に机のまえに座るよう眼で合図した。おずおずと膝を進める葉子に、隆夫は硬い笑顔を向けた。

「手紙、読んでくれた？　ぼくの言うこと理解できた？」隆夫は教師のように丁寧に言葉をかけた。葉子はうつむいたまま両手を握りしめていた。暑くもないのに汗ばんでいる。

「どうしたの、葉子ちゃん。ちっとも嬉しそうじゃないね。具合でも悪いの？」

葉子はしきりに喉が渇いて、さっきから眩暈がしそうになっていた。隆夫に会って、こんなふうに緊張するのは、はじめてのことだった。自分でも、何がなんだか分からなかった。隆夫の前にいるだけで、葉子の神経は極度に昂《たか》ぶった。

「葉子ちゃん、今度こそ東京に帰ろう。ぼくたちの子どもを創って、幸せな家庭を築こう。いいね、葉子……」

隆夫は身体をずらして、葉子の脇ににじり寄った。隆夫は、うつむいたままの葉子を抱きすくめようと、腕をのばして葉子の肩をつかんだ。葉子はとっさに身をよじって逃れた。隆夫に触れられた瞬間、葉子は激しい嫌悪を感じて身を竦《すく》ませたのだ。恐怖に駆られ突っ立ったまま後ずさりする葉子に、隆夫の眼は驚愕のあまり大きく見開かれたままであった。

葉子はぶるぶる震えだした。自分でもどうしていいのか、どうしてこうなってしまったのか、わけが分からない。頭のなかでは、隆夫を愛している、愛さねばならないと思っているのに、身体が言うことをきかない。葉子は首を左右に振って隆夫に喘ぐように言った。

「お願い！　きょうは帰らせて……、こんな気持ちで、あなたといっしょに泊まれない。どうしてだか自分でもよく分からない。結婚も、このままの気持ちじゃ考えられない。少しだけ時間をちょうだい。お願いだから……」隆夫の白い首筋にみるみる血がのぼった。

「なぜだ！　なぜなんだ！　葉子はぼくを愛していないのか？　いまさらそんなこと言うために、ここまで来たのか！」

ぎこちない沈黙がふたりの距離を遠ざけた。隆夫は探るように葉子の眼を見つめた。不信の苛立ちが、かすかに大きな瞳のなかに見え隠れした。

隆夫は静かにコップを握りしめ、眼を落とした。瞼が不意に震え、熱い涙がにじんできていた。隆夫が泣いている。あの冷静な、決して人前で感情を露わにしない隆夫が涙を零していた。葉子は小さく悲鳴をあげて、後ずさりした。尊敬する、自分にとっては絶対的な指導者の隆夫が涙を流し取り乱した。葉子は自分の内に起こっている、不確かな隆夫への怯え、嫌悪感に理由を見出せないように、隆夫の突然の感情の起伏にすっかり動転した。部屋を飛び出し、狭い旅館の廊下を駆けた。隆夫の涙がたまらなく辛かった。こんなことは初めてのことだった。隆夫を一途に愛してきたというのに、どこでどう迷路に踏み込んでしまったのか、葉子にも分からなかった。隆夫を愛してきた想いが強いだけに、突然の嫌悪感に恐怖すら覚えて、思わず口にした言葉の暴力に心底怯えた。葉子はただ隆夫の目の前から、脱げ出したかった。

誰かに猛然とぶつかって、葉子は大きな相手に抱きしめられた。

「葉子ちゃん、どうしたの？　隆夫に会いにきたのでしょう？」足尾の驚いたような声が耳もとで聞こえた。

「隆夫と何かあったの？　ひどく顔色が悪い。ぼくは大阪での学会の帰り、隆夫が確かこの旅館に泊まるって聞いたからやって来た。だけどお邪魔かな！」

葉子は足尾の屈託のない口ぶりに軽く安堵した。急に涙が堰をきったように溢れでた。足尾はさすがに驚いて葉子の顔を覗きこんだ。

「葉子ちゃん、なにがあったか知らないけど、とにかく隆夫の部屋に行こう。詳しい話はそれからだ」

足尾は泣きじゃくる葉子を抱きしめる手を緩めないで、優しくささやいた。葉子は猛然と首を左右に振って後ずさりした。足尾は葉子の剣幕に仰天して息を呑んだ。

「ちょっと待って。ぼくの部屋は確かこのあたりだ。廊下で立ち話もなんだし、詳しいことは部屋にいって聞こう」

足尾は葉子の肩を抱きしめたまま、ふたりは足をもつれあいながら畳みのうえに座った。

「隆夫と喧嘩でもしたの？　ぼくで良かったら力になるよ。隆夫は今日こそ葉子ちゃんを、東京に連れ帰るって鼻息荒くしていたからね」

足尾は葉子の肩をしっかりつかみながら、のぞきこむように言った。

足尾の好意に葉子は困惑しつつも、昂ぶった神経が和らぐのを感じた。足尾は眼鏡の奥の切れ長な目で探るように葉子を見た。

「何があったか分からないけど、隆夫は葉子ちゃんのことを待っている。たしかに隆夫は几帳面で真面目すぎるきらいがある。葉子ちゃんはまだ若いし、堅苦しくて息が詰まることもあるだろうね。でも彼は人間としては立派だよ。葉子ちゃんに対する気持ちは本物だ」

葉子は足尾の優しい言葉に、にわかに緊張の糸がほぐれて、とめどもなく涙をながした。

足尾はそんな葉子を、いとおしそうに引き寄せ、胸に抱きしめた。暖かい懐かしい匂いが足尾の体温とともに葉子の胸に伝わった。足尾に対するはじめての感情に、戸惑いながらも、葉子は深い海底に引きこまれるような安らぎを感じていた。にわかに肩の力がぬけて、意識がぼんやりと薄らいでいった。

「葉子ちゃん、きみは若いから、誰からも、束縛されたくないと思っている。もしかしたら、隆夫からも自由になりたいのかもしれない。ぼくには何となく葉子ちゃんの気持ちが分かる気がする」足尾は醒めた声で葉子に言うと、ふと黙りこくった。足尾は黙って宙を見つめている。いつになく弱弱しい微笑みを浮かべて葉子を見た。

「葉子ちゃん、きみも隆夫も、ぼくも、愛というものを勘違いしているのかもしれないと思うことがある。結局はただ観念のうえだけで、愛したい、愛せねばと、自分自身に言い聞かせているだけなのかもしれない。葉子ちゃんの悩みが、ぼくには少しだけ分かる気がする。生意気かもしれないけど、隆夫ときみのすれ違う心が透けてみえる。愛は観念では捕らえられないものかもしれない。恋とか愛は、もっと生々しい肉体的な、理性では説明できない情念のようなものかもしれない。……可笑しいね。こんな大事なときに冗談言うなんて」

足尾の息遣いが、葉子の頬に炎のように降りかかった。足尾の顔が一瞬真赤になった。葉子は、足尾の燃えさかる身体の火照りに、その誘惑に、翻弄される自分を感じた。

足尾のささやきは悪魔の声のように不気味に響いた。隆夫の手を振り払った自分の内心を、足尾に見透かされた奇妙な羞恥心に捕らわれた。

ああ、自分は一体何を考えているのだろうか。足尾の内面に、同じ人間の業を見せつけられ、自分も足尾と同じ種類の人間であったことの証明に、逆に惹きつけられ、囚われて、心も身体も金縛りにあっているのだろうか。

分からない。そんなことがあってはならないのだ。足尾の言うことは出鱈目《でたらめ》だ。足尾になど、心を奪われてなどいないのだ。ただ身体が温もりを、葉子の傷ついた心を癒そうと、彼を無意識に求めているだけなのだ。体のなかに内蔵する同じ情欲に突き動かされて、この場に身を縮めて身動きできないでいるだけなんだ。

隆夫のことが、一瞬頭のなかを過ぎった。彼の涙が激しく全身を揺さぶり、葉子は現実に引き戻された。葉子は声にならない叫びをあげた。足尾の強い腕のなかから逃れて、転がるように部屋から飛び出した。遠くから足尾の呼ぶ声が微かに聞こえる。葉子はあまりの出来事にすっかり動揺していた。

ああ、自分は隆夫を、裏切ってしまった。彼の信頼と愛情を傷つけてしまったのだ。激しい絶望感が葉子の全身をおそった。葉子は打ちひしがれ、背中に悪寒が奔っていくのを感じた。足尾の直感は間違っていない。葉子は隆夫を裏切っただけでなく、もはや隆夫に愛を感じられなくなっている自分に、はじめて気づいたのだ。隆夫は偉大な指導者で、同じ目的に向かって歩む同志であることに変わりはない。ここまで葉子が成長できたのも、隆夫の強い影響力があったからだ。隆夫の手元から飛び立って、紡績工場で働いて、未熟な葉子は社会の厳しさに抛りだされて呻きつづけた。隆夫の力を借りなくとも、社会にたった一人でも立ち向かう勇気はあったのに。無論隆夫への尊敬は、葉子のなかで今も根強く息づいている。彼の理論は明快で、彼の深い知識は他を寄せつけないほど、磐石《ばんじゃく》だ。彼は葉子の目指す偉大な指導者であり続けるのだろう。それなのに、葉子は足尾に言われるまでもなく、隆夫への純粋な愛情を持てなくなっていた。あれほど命がけで愛した隆夫の信頼と真心を、踏みにじってしまったのだ。今さら赦しを乞うて、隆夫の愛を取り戻そうなど、できるはずはなかった。いやできなくなってしまったのだ。かつて隆夫の婚約者から奪ってまでも、命がけで手にした恋なのに——。

葉子は、虚しく立ち止まった。振り返って、隆夫の胸に戻れるものなら、……駆け出して取りすがって、過ちを悔いることができるなら、……葉子は、いま永遠の愛を、生涯を誓った恋を失おうとしていた。

葉子は魂を無くしたように、ふらふらと歩き続けた。振り返りたい衝動に、思わず首をすくませた。冷たい風がコートを着ていない葉子の肌をつき裂いていく。しかし後戻りは、もはやできなかった。これからは、たったひとりで、歩いていくしかない。隆夫に頼って生きてきたこれまでの人生を、隆夫の愛も、なにもかもすべてをなくして生きていくしかないのだ。葉子は自分の未熟さに、卑劣さに、恥じて泣いた。すべては自分が悪いのだ。責められるのは、葉子自身のはずである。

古びたアパートの裸電球の下で、葉子はうずくまった。東京に帰ろう。誰も待っていない、愛するひとのいない東京に、明日こそは帰るのだ。

十五

翌日、葉子は門倉の工場に辞表を持って出かけた。門倉も専務もまだ来ていなかった。年輩の常務は葉子をみると、目をそらし気づかないふりをした。葉子の辞表を受け取ると、めずらしいものを貰ったように、まじまじと眺めた。

工場からは織機の音が規則正しく聞こえてきていた。寄宿舎には、遅番の女工たちが睡眠をむさぼっていた。葉子はアパートに戻った。荷物といっても家具など何もない。一時間もしないうちに片付いた。名古屋の郊外で百姓をしている叔父に、挨拶にいくのも気が重かった。東京に帰ったら手紙を書こう。梅子に連絡すると、彼女は電話口でうなずいて、名古屋の喫茶店を指定してきた。忙しい梅子の都合で、数週間先の約束だった。

下の階で誰かが自分の名前を呼んでいた。アパートの階段から下を覗くと郵便配達の男が怒鳴っていた。速達だった。隆夫からの手紙が一ヶ月ぶりに届いた。葉子は部屋に入り震える手で封をきった。豆粒のような隆夫の字が並んでいた。いつもは便箋で五枚はあるのに、かなり慌てたようすで書かれていた。しかもたった一頁で、隆夫は恐ろしいことを書いてよこした。

――今日は、ぼくたちのことで手紙を書いたのではありません。足尾くんが、死んでしまったのです。昨夜遅く、お母さんといっしょに覚悟の自殺をされました。足尾くんは東京の某大学にようやく気に入った講師の口を紹介され喜んでいました。来春には正式採用との話も決まり意気軒昂《いきけんこう》でした。健康診断も済ませあとは採用通知を受けとるばかりのはずでした。

しかし、結果は、足尾にも予想だにしなかった現実を突きつけてきました。採用内定は取り消され足尾はいっぺんに地獄に突き落とされたのです。健康診断の結果、彼にも知らない病気が発覚したのです。膠原病だそうです。ぼくにもよく分からない病気です。自己免疫疾患、とりわけ腎臓の機能が低下していく、ある意味で原因不明の難病だそうです。

足尾は僕にもその事実を知らせずに、母上とあの世に旅立ってしまった……。

足尾はお母さんを心から愛していた。お母さんの悲しむ姿に足尾が絶望したのか、お母さんが死を望まれて足尾がそれに従ったのか、今となっては分かりません。

いずれにせよ、足尾とお母さんは一心同体、この世でたったふたりだけの肉親なのです。

足尾のお母さんは幼かった足尾の手をひいて、長崎の原爆で行方が分からなくなった夫を探して、原爆投下後の長崎の町を徘徊した。そのせいか、お母さんも足尾も、被爆の可能性はあったのです。お母さんの自殺の引き金にそのことが影響したのか、分かりません。

しかし、著名な学者だった父親の影を、足尾に求めていたことは確かかもしれない。気丈なお母さんの心のなかで、足尾の難病の原因が、自分と幼かった足尾の被爆にあるのではないかと考えられても、不自然ではありますまい。

お母さんの無知を責めることは意味のないことです。足尾の勇気のなさを非難することも勝手でしょう。世間にはもっと難病で、辛い闘いを強いられている人々もいます。足尾よりはるかに恵まれない環境でも、逞しく生きている大勢の人たちがいることは確かです。

しかし僕は足尾の気持ちが痛いほど分かってしまうのです。愛するひとのためには、ともに死を選ぶ瞬間のあることを。愛するひとのために、命をよこせと悪魔にささやかれたら、いまの僕は簡単に受け容れてしまうかもしれない。

足尾の死は僕自身の死に思えてならないのです。足尾がぼくに代わって、愛する人と死をともにしたのかもしれない。傷ついた僕の心の愛の存在を、その不確かさを、足尾はその若すぎた死を晒すことで、ぼくに分からせようとしたのかもしれない。これは全くぼくの勝手な妄想だ。しかし、ぼくの愛する人への信頼は足尾の行為で立ち直ったことは事実だ――。

葉子、帰ってきておくれ。足尾の魂がきみを呼んでいる。ぼくは足尾とお母さんのように、葉子、きみとの永遠の愛を、その先にたとえ死が深淵の闇を広げていようとも、恐れない。きみの精神が、地獄の底まで堕ちたとしても、誓ってもいい。ぼくはお前との愛を、地の果てるところまで、ともに歩いて貫いてみせよう。葉子！　きみを待っている。


隆夫のかん高い声が、アポリネールを朗読する澄んだ声が、葉子の耳にひびいてきた。

日がたち　週が行き
　過ぎた時間も
　　昔の恋も二度とはもう帰ってこない

ミラボー橋の下をセーヌ河が流れる

葉子は低く口ずさんだ。嗚咽が涙とともに込みあげて、葉子はその場にうずくまった。

日も暮れよ　鐘も鳴れ
月日は流れ　わたしは残る

第三部　連鎖

一

名古屋から埼玉の実家に戻った井村葉子は、大学時代の担任だったN教授から、知的障害者の学校の教師の口を紹介された。教授は、みずからも女子学生亡国論を口にするほど、国立大学への女子学生の進出には難色を示したが、実際はフェミニストであった。

「女性は結婚、出産のハンディがあります。一旦、職場をはなれると、再就職は難しい。その時は遠慮なく頼りなさい。就職のお世話をしましょう」

丸い眼鏡の奥の眼は、いつもの辛辣《しんらつ》な口ぶりとはちがって優しかった。葉子は、せっかくの教授の紹介に、一瞬躊躇した。即答できないかすかな困惑をおぼえた。

学生時代、心理学の研修で、練馬の少年鑑別所や、知的障害者の教育施設に出かけた。そのつど、葉子は無意識の裡に妙な圧迫感をおぼえて、胸の動悸に苦しめられた。

受験生活を高校にも行かず、孤独のうちに耐えた葉子にとって、救いはニーチェであり芥川龍之介の文学であった。芥川の「歯車」に不思議な共感をおぼえ、自分の感覚が研ぎ澄まされていくのが慰みだった。そんな影響か、大学に入った当初は、極端に神経が過敏になっていた。心理学を学ぶ動機に、芥川の自殺の謎にせまりたいと、妙な理屈をこじつけて、ひとりだけアカデミックな学問の埒外《らちがい》に置かれていた。

事実、地下鉄に乗るたびに、その絶叫するような轟音に、眩暈や嘔吐をおぼえて、頭をかかえてその場にしゃがみこんだ。歩道橋を渡りだすと、ゆらゆら揺れる中央で、足がすくんで動かなくなった。どんなに頭を前に突き出しても、体が硬直して、その一歩が出てこない。そのうち背筋を冷たい汗がにじんでいく。三十分ちかくも、葉子はおびえた眼で、歩道橋の上で屈みこむ。次第に冷静さがもどるまで、葉子は他人の奇異な眼にさらされながら、時間の経過を待った。

教授の推薦は嬉しかった。特殊教育の地道な仕事に、興味がなくはなかった。そのころ、高校時代の恩師が、市の教育委員をつとめていた。彼は、大学にもどり、教職の資格をとって教師になることを勧めてきた。もっとも、小学校の教師なら、通信教育で資格もとれるから、明日にでも赴任させようと、わざわざ自宅にまできて説得していった。

特殊教育の児童の教育も、普通学校の教師も、子供を育てるという意味で、根気のいる仕事である。自分のなかにくすぶり続ける狂気のような激情に、葉子はかすかな不安を感じていた。教師の感情の不安定さは、柔らかな子どもの感受性に、どんな影響をあたえるのか。ましてや、知的障害のある子どもたちとの関係はなまやさしいものではない。教師に要求される資質は、長い根気のいる努力である。感情の起伏の激しさは、双方にとって不幸な結果しか予測できない。それに、教職課程を専攻するため大学に学士入学して、かつての恋人望月隆夫に会うことは、さらに辛いことに思われた。

三年前、名古屋の紡績工場に舎監として入社した葉子を待っていたのは、予想もしていなかった不当解雇であった。葉子が共産党員である事実が、会社が日常的におこなっている、手紙の無断開封や、尾行、監視により、発覚した。東海地方は紡績、機織りの発祥地である。

女工哀史の時代の非人間的な搾取の温床が、いまだにこれらの工場を支配していた。意欲に燃えて潜入した紡績工場を、たった一年あまりで解雇された葉子の屈辱は、大学時代からの恋人、隆夫との関係にも、ぎくしゃくとした傷をおとした。あれほど狂おしかった隆夫との愛が、いまでは蛇のように疎ましく、葉子の行動を縛りつけている。小康を得ていたリュウマチの傷みが、時折ぶりかえして、手足に激しい痛みが奔っていた。

そのころ葉子のもとには、学生時代の党の仲間たちが、説得にやって来ていた。

「隆夫さんの愛に、あなたは何故こたえられないのですか？　彼は死ぬほど苦しんでいる。ぼくには葉子さんの気持ちが、とことん分からない。隆夫さんの気持ちをもてあそぶのは、共産党員としても恥ずべきことです」

彼は、農学部の大学院生だった。両親はもちろん、ふたりの兄も共産党員だとか。骨柄が大きく浅黒い顔の彼は、まるで農夫のような朴訥な印象で党内でも好人物で通っていた。だが葉子の家をわざわざ訪れた彼は、渋面もあらわに、激しい語調で葉子を非難した。

これは大学の同志たちの大方の意見です、と断って、彼は葉子を見下すように言った。

望月隆夫こそK大のレーニンと呼ばれ、我々学生細胞の優れた指導者である。隆夫の共産主義の理論は盤石で、あなたとは比べようもないほど高い水準にあります。従って、同志たちの信頼もあつく、その彼と婚約関係にあるあなたの動揺は、思想的にはプチブル（プチブルジョア）、当然ながら克服すべき思想的課題なのです。

葉子の唯一の理解者、同級生の大沢は、一年留年して教職課程をとると、国文科の女性と結婚して、故郷の四国に帰っていった。いまでは高松の高校で、そろって教師になっていた。大沢のように、心理学科で教職に就こうとしたものは、みな留年して専門課程を履修した。三木は大学院生になっていたし、親友の二宮節子は国家公務員上級職に合格して、家庭裁判所の調査員に内定していた。

節子は大学を卒業するとき、すでに十八回も見合いをこなしていた。今度のお相手は、東大医学部の博士課程を修了したばかりの、未来の大学教授の地位を約束された男だという。

「私、あなたで十九回目のお見合いですの」節子は悪びれずに、丸い眼をくるくる回しながら、相手の男にいたずらっぽく笑いかけた。

「僕は、あなたが初めてです。いいでしょう、あなたと結婚しましょう。女性なら、誰でもたいして変わらない」未来の大学教授は、自分の研究対象の基礎医学ほど、女性に関心がないと公言してはばからない。彼は、ぼさぼさの頭の髪をくしゃくしゃとかいて、にやりと笑った。節子もつられて笑った。

節子には、じつは五回目の見合いのあと、最初に見合いをした東大の哲学科の青年が忘れられず、悩んだあげく告白してふられた経験がある。

「ああ、一日遅かった。昨日、ぼくは別の女性と婚約したばかりなのです」哲学者は、節子の大胆な告白に、度肝をぬかれながらも、絶妙なタイミングで応えた。

「優しい男性なのね。デリカシイがある。さすが節子が惚れただけのことはある」

葉子の妙な慰めに、節子は大学の池のベンチで涙をこぼした。葉子は立ち上がると、細く伸びた楓の小枝をいじりながら、

「でも、わたしは一番好きな人とは、結婚したくないな」いたずらっぽく笑ってふり向いた。

「いいのよ、そんなふうに気を使わないで」

節子は手にしたハンカチを丸めながら、鼻をすすりあげた。

「ううん、本気よ。だって結婚したら、寝顔だって見られてしまう。恥ずかしいと思わない？」

「それに、いびきをかいたりしてね！」節子の頓狂な声に、ふたりは同時に顔を見あわせて、顔を真っ赤に笑い転げた。

「わたしの美学よ。美しいものは、永遠にすがたを変えてほしくないのね、きっと」

「葉子らしい美意識ね。でもやがては、誰もかれも歳をとってしまうわ。白髪まじりの頭を並べて、背中を丸めて、それでも手を引きあって生きていくのよ。わたし、そんなふうになっても嫌じゃない。かえって、自然でいいじゃない。無理やり流れに逆らって、生きるばかりが良いとは思えないの」

クリスチャンの節子は、際どい選択の段階では、決まって自然流を口にした。大沢は節子の説得をこころみて、葉子に自信たっぷり自慢した。

「節ちゃんが民青に入るのも、いまや時間の問題だ」

葉子はそのたびに危ぶんで、節子の豊かな頬の丸みを眼に浮かべた。素直な性格の節子は、相手の

意見に同調して、一見弱々しく苦悩してみせるが、案外芯は強情そのものだ。きっと最後の決断のときには、良識に裏づけられた自分の信念を、押し通していくだろう。

節子は婚約者を得て、卒業と同時に結婚することになり、そのせいか、京都の家庭裁判所の就職をことわった。担任のN教授が嘆いたことは、無論である。

オペラの愛称で親しまれた奥田達也は、英語の教職をとるため留年し、見事資格を取得した。他学科の学生が、英文科の単位をとるのは至難の業である。一年ぐらい留年し、真面目に授業に出席しても、教職課程に必要な単位をとること自体難しかった。オペラは二年英文科に通い、資格をとったがそれでも満足できずに、とうとうアメリカに渡っていった。理想主義者のオペラは、何事もいい加減にはできない性質らしい。「女傑」の異名をとった戸張美千代への思慕を永遠に封じ込める想いもあった、とは、あとから大沢から聞かされた。

その戸張美千代は、特殊教育学科の大学院生との結婚を機に、他大学の大学院に通うことになった、とか、節子からの情報だが、なぜか、それっきり、消息を絶った。

二

葉子は、ある日、喫茶店で何気なく目にした雑誌の記事に心を動かされた。それは、小さな紙面にのったコラムのようなものであった。ＮＨＫ学園と提携して、働く女工が高卒の資格をとれるという内容だった。しかも、紡績工場は東京にあった。

名古屋の紡績工場で、あれほど高卒の資格がほしいと訴えていた女工の顔がちらついた。懐かしさが葉子の胸にこみあげてきた。葉子はこの工場に興味をおぼえた。さっそく電話で確認すると、すぐに工場にくるよう言われ、労務課長、工場長の面接の結果、葉子は即日舎監として採用された。

東京都内にあるめずらしい紡績工場は、さすがに近代的な装いを施していた。雑誌に紹介された企業内高等学院は、ＮＨＫ学園と提携して、外部からの講師と、夏季スクーリング授業をタイアップさせ、能力のある女工たちに高卒の資格をとらせていた。普通授業のほかに、料理、洋裁、華道、茶道と、選択科目も充実していた。

女工たちは、東北の青森、秋田をはじめ、長野、はては九州の鹿児島と、全国各地から集められていた。お国言葉でまくしたてられると、鹿児島と青森ではさっぱり通じない。まるで、おたがいが外国語で勝手にしゃべっているようで、それがまた奇妙な親近感を生むのか、娯楽室や廊下からは、絶え間のない笑い声が陽気に舎監室のガラス戸越しにも響いてきた。

そこまでは名古屋の紡績工場と同じだったが、ここは東京のど真ん中、大都会がもつ魅力のせいか、非番の日には誰もかれも例外なく、池袋、新宿の雑踏にくりだして、目をぎらつかせ、ため息はいて戻ってきた。

そんな近代的紡績工場にふさわしく、工場の舎監長は慶応義塾大学を出た二十五歳のハンサムな男だった。岩手の資産家の息子で、百八十センチを超す長身に、剣道で鍛えた姿勢のいい体格の持ち主だった。切れ長な眼に細い顎が都会的で、女工や人事課の女子社員の人気を一身に浴びていた。東大出の工場長のお気に入りで、老獪《ろうかい》なタヌキ腹の労務課長とは対立していた。

工場長は文学趣味の厭世観をただよわせた一風変わった男である。年のころは五十ぐらいか、薄くなった頭髪を丁寧になでつけ、穏やかな表情をくずさない。

入社の面接のさい、彼は葉子に、余談ですがと断って、質問した。

「あなたは、日本の歴史のなかで、どの時代が好きですか?」

葉子が即座に、「戦国時代です」と答えると、ほおっとため息をはいて、愉快そうに葉子を見つめた。

「女性で、戦国時代はまったくめずらしい。たいがいの女性は江戸時代とか、明治時代とか答える。女性は平和で安逸に暮らせる社会が好きなものです。いわば安定志向が強いのかもしれない。あなたのような女性は初めてです。ところで、なぜ戦国時代なの?」

「下剋上の社会の魅力です」

間髪《かんぱつ》入《い》れずに答えた葉子に、工場長は腹をかかえて、笑いだした。

「あなたのように、男を男と思わない女性は、好かれるか、嫌われるかのどっちかです。まあ、充分注意して、おやりなさい」

それ以来工場長の姿を見たことはない。彼は、現場を巡回するにも、ひっそりと目立たないようにやる。万事に騒々しい労務課長とは、そりがあわない。労務課長は肥った横柄な口ぶりの関西人である。彼は女工の高等学院の講師に、現役の女子大生を二名採用した。課長好みのおしゃれで垢ぬけた美人だった。女工たちは、ふたりにさっそく孔雀とあだなをつけた。工場に来るたび洋服はもちろん、靴、イヤリング、ネックレスにいたるまで違えてきた。

女工たちの露骨な反発もなんのその、労務課長はなかのひとりに、自分の息子の嫁になってくれと、さかんに口説いているという。同僚の三十歳の舎監が、葉子の耳に自慢気にささやいた。彼女は色白で脂ののった平面的な顔をしていたが、なぜか労務課長に気に入られたくて、課長のどんな言葉も動作にも異常な関心をしめしていた。

舎監には他にふたり、葉子をいれると四人の体制で、早番、遅番の勤務をこなしていた。ひとりは六十がらみの白髪を紫色に染めた上品な戦争未亡人、もうひとりは、髪を高く結いあげた天平美人、三十を超えたばかりの歳だが、男にはまったく無関心をよそおっている。情報通の舎監の話では、一度結婚してどうやら出戻った、ということだ。

舎監たちは、ここでは女工たちの完全な母親、姉がわりであった。ただ名古屋の工場のように同年代ではないせいか、舎監たちとのふれあいは少なかった。どの舎監も、無難に仕事をこなすことに汲々として、その日その日が過ぎていくようであった。

少しずつ工場の生活に慣れるにつれ、葉子は寄宿舎の清掃から雑用一般をこなす用務員の男性と親しくなった。無口でいつも笑みを絶やさないが、奇妙なことに春先、秋口になると、姿を消した。あるとき葉子はハンサムな舎監長に呼ばれ、釘をさされた。

「彼には、春先、秋口、ふたりっきりになってはいけない。突然、背後から襲ってくる」

怪訝そうな葉子に、情報通の舎監が目に妙な笑いを浮かべて耳うちした。

「春、秋、季節の変わり目になると、彼は、突然豹変《ひょうへん》するのよ。つまり気が狂って、おかしくなるらしいの。それで、自分から精神病院に入院する。そのうち葉子さんも面会に行かされるわ。用心してね。何しろ普段おとなしいのに、いきなり襲ってくる。布団部屋で突然抱きつかれた舎監もいたってことよ。年よりだって、男にはちがいないし、葉子さん、若いから、気をつけてね」

九月に入って葉子は戦争未亡人の舎監と、用務員が入院する練馬の精神病院に出かけた。人気のない門は開け放たれて、緑におおわれた樹木がうっそうと建物をおおっていた。

二階の一室に、用務員は高くて小さな窓に向かって正座していた。鉄格子のはまった入り口で、葉子は用務員の屈んだ背中を見つめた。職員が立ち会って、何か話されますか？　と葉子にたずねた。戦争未亡人の舎監は黙って首を左右に振って、柔らかなため息をもらした。

ふたりは無言で病院を出た。夜になって、月が出ていた。

「あの用務員さんは、身寄りのないお気の毒なかたなの」

未亡人は紫色に染めた白髪の上品な顔を空に向けると、ほのかにほほ笑んだ。

「月がきれい。あの日の晩も、今夜のような月がでていましたの……、ぼくのマントに、はいって……、彼は大きなマントを広げて、私をすっぽり包んで抱きしめてくれた……、そうして翌朝には戦地にたっていったわ。たった一晩だけの花嫁……彼は、デリカシイのある素敵な男性でしたわ…」

寄宿舎に戻り、若い舎監長に報告した。彼は、背筋をはって満足げにうなずいた。

「彼の面倒をみるのも、我々の仕事です」

自称、人道主義者の彼は、良家の出身らしく鷹揚に微笑むと、足早に宿舎に帰っていった。

事務室には情報通の舎監が夜間勤務のため、ひとり残されていた。葉子を見ると手招いて、さっそく用務員の様子を聞きたがった。戦争未亡人の舎監の話に感動していた葉子は、その話をした。

「あの方のたったひとつの自慢話、誰もが一度は聞かされる。でもね、彼女こそ、お気の毒なの。身寄りもなく、定年までここにいて、あとはどうなさるか、用務員とおなじ境遇よ」

情報通の舎監は、近く結婚退社が決まっていた。蛍光灯の灯りに、太り気味の白い肌が脂ぎってかてか光っていた。その底意地の悪い視線には、やっと寄宿舎を出られる、そう他の誰より早く結婚という人生の幸せの切符を手に入れた、自信がみなぎっていた。

葉子は重い足を引きずりながら自分の部屋に戻った。女工たちが寝静まる束の間の寄宿舎が、なぜか人生の縮図のように寒々しく感じられた。誰もが味気ない今の暮らしに耐えているのも、やがては訪れるであろう結婚という人生の夢にかけているからか。それは女工だけではなく、舎監たちの願いでもあるようだった。

入社してまだ日も浅いのに、葉子の目論見《もくろみ》は、日々の工場の生活で、早くも暗礁《あんしょう》に乗り上げた感がしていた。

今度こそ明確に共産党の組織をつくる目的で潜入した葉子だったが、東京という地の利に加えて、近代的装いをこらした工場に、巧妙な労務管理が功を奏してか、葉子の仕事は困難をきわめた。葉子は紡績工場の現場に入ることも許されない。

しかし、労働の厳しさは、女工たちの話でも名古屋の工場と遜色《そんしょく》はない。汗水流して五年も働けば、家に仕送りできて、孝行娘と村では評判になる。努力次第では高校の卒業の免状も持って故郷に錦をかざれる。学歴に、料理、洋裁、生け花、お茶など花嫁修業を積むことで、実際幸福な花嫁に望まれるケースも紹介されて、女工たちに輝かしい未来の夢と希望を与えることになっていた。

葉子の寄宿舎の女工たちも、故郷から来た当初は昼夜を問わず繰りかえされる労働の過酷さに、ひそかに涙を流すものたちも多い。しかし、大半の女工たちは、現実の労働の過酷さより、未来の幸せな結婚生活をひたすら夢見る。権利意識を持つ女工はまれだった。

おまけに、女工たちは、男子の職工と違って、一生を紡績工場に繋がれるわけではなかった。せいぜい、五年、七年の辛抱だった。

あきらかに状況の違う職場に身を置いて、それでも親しく話す女工たちの数も増えた。しかし、初めて名古屋の紡績工場に入った時の緊張、激しい情熱は、少しずつ影をひそめていった。

非番の日、葉子は女工らと語らう合間をぬって、ひとり喫茶店でおびただしい小説を読んだ。トルストイの『戦争と平和』に激しく胸をうたれ、トーマス・マンの『ブッテンブローグ家の人々』の端正さをうらやみ、ドストエフスキーの『罪と罰』に、驚愕をおぼえた。

どれもこれも、人生そのものが歴史のなかに息づいている。葉子は暇をみては手当たり次第に読破していった。そうすることで、かろうじて心の均衡が保たれていた。自分の歩く道が、確かな方向が定まらない。ジレンマにおちいって、葉子は再三の隆夫の呼び出しにも、応じなかった。

三

月に一度、葉子は地区の共産党の幹部の原健介の指導を受けた。薄暗い喫茶店の奥まった席で、葉子は東京の紡績工場の女工らの生活やら、近代的でスキのない工場の労務管理の実態を、丹念にリポートに書いて、健介に手渡した。

「党の組織を作るのは、とても困難です。私には荷が重く思えるほどです。自分の力の限界ばかり感じて、一体ここで何をやっているのか、懐疑的にすらなってしまいます」

葉子はいつも白いブラウスに地味な紺のスカートをはいて、女子大生のような生真面目な口調で報告した。その文章の的確さ、生き生きとした女工たちの生活の描写、健介は内心舌をまいていたらしい。自分の身近にいる工場の労働者の女性とは一風変わっていた。派手な化粧もせず、一心に正確な工場の情勢分析をまとめて、几帳面に報告すると、きびすをかえして席をたって帰っていく葉子の細い姿に、健介はため息まじりの熱い視線を送っていた。


一年ばかりたった九月のある日、葉子は西武線沿線のめだたない喫茶店で、健介からサボテンの鉢植えを手渡された。

「これ、駅前で売っていたのです。たったの百円、やすいでしょう。この小さなひとつだけの花が、あんまり綺麗だったので、思わず買ってしまいました。あなたにさしあげます」

強い西日が容赦なくさしこんでいる喫茶店で、健介は深い眼差しで葉子を見つめて言った。葉子は微笑んで、テーブルの隅にひっそり置かれたサボテンの鉢植えをながめた。

「サボテンって、こうやってみると、あんがい可愛い花を咲かせるのですね」

ふたりはしばらく無言で、向かい合ったまま、サボテンの花をながめていた。

健介はめずらしく言いよどんでいる。煙草に火をつけ軽くふかすと、じきにもみ消した。さっきから同じ動作を繰り返して、ため息を吐いた。

「突然ですが、今日かぎりでぼくは、あなたを指導する任務を降りることになりました。来月から後任の者が連絡をとります。……あなたとは、これが最後です。もう、お会いすることはありません」

サボテンの可憐な花に気をとられていた葉子は、健介の意外な言葉に思わず顔をあげた。

強い光を宿らせた健介の瞳とぶつかって、葉子は困惑のあまり思わず視線をかわしながら、顔を赤らめた。

「何故？　どうして、他のかたになるのですか？　ああ、すみません。よけいなことおたずねして。任務を変わられるのに理由を聞くなど。あなたは地区の幹部でしたもの。私の職場のことより、もっと重要な任務があるくらい、よく分かります」

葉子は生真面目に、言い訳がましく言うと唇をかみしめた。

「もう、一年も経つのに、工場の女工の組織化、たいして成果もあげられなくて、すみません。なかなか、党の細胞をつくるまでにはいかないのです」

「あなたのせいではありません。担当を変わってもらうのは、僕の身勝手からです。葉子さんは何も恥じたりしないでください。あなたの報告は的確で、文章も見事だ。感心していたのですよ。それに紡績工場の女工さんたちの組織は、あなたでなくともきわめて難しい。それも一年や二年でどうなるものでもありません。労働者は生活がかかっています。彼らが自分の人生に慎重になるのは当然なのです」

健介は穏やかに言った。その眼はたえず葉子にまっすぐ向けられている。

健介の指導を受けて、葉子こそ内心では驚愕していた。健介は、たえず葉子の情報を丹念に聞くことに終始する。すべてを出しつくすまで無言でうなずいている。指示めいたことは一切言わない。それでいて、健介が深い部分で情勢を分析しているのが最後に分かる。そのころには葉子にも、健介の言わんとしている内容が理解できている。非常に現実的だが、即物的ではない、深い理論が横たわっているのだ。

葉子は健介の頭脳のすばらしさに、次第に圧倒された。葉子は、母校のK大、それに東大、お茶大など学生細胞の指導者たちとも合宿して、ともに社会主義、共産主義の理論を学んできた。彼らは将来の党の幹部候補生で、一流のメンバーである。しかし、健介の理論は、優等生の彼らと比べてそん色がなりばかりか、逆にユニークで斬新であった。健介の思想は自らの生活の深い部分でとらえられ、縦横に広がり展開させられ、マルクス主義は、彼独自の言葉で語られた。平易な言葉の端々に、納得のいく理論の鮮やかな展開、結末が待っていた。そこには一抹の悲壮感もなく、あたかも人が食事をする自然さで、健介は労働運動を語った。

それだけに、葉子には突然の別れが辛かった。大袈裟に言えば、健介との出会いは孤独な葉子の精神に穏やかに作用していた。健介の純粋な瞳の輝きに、葉子はどれだけ慰められていたことだろう。

葉子は深い溜息をついた。

「寂しくなります。とても……、あなたの話はどれもこれも胸に染みこんで。あなたの指導を受けられて、とても幸せでした。……わたし、じつは、今とても悩んでいるのです。結婚の約束までした人に、急に不安を感じて……、大学の組織の人たちからは不真面目だって、責められて」

不意に激情におそわれて、葉子は涙をこぼした。自分でも思ってもいなかった告白が、唐突に口をついて出てきた。健介との最後の会合だという思いが、いつもの緊張を解き、葉子を大胆にさせたか。

健介は、唖然としながらも、思慮深い大きな瞳を葉子に注いでいた。葉子はうろたえて、ハンカチで口元をおさえると、健介の愛隣に満ちた視線をかわした。

「すみません、まったく私的なことで……、取り乱して、恥ずかしいです」

葉子は乾いた無機質な声で、健介の余分な詮索を断ち切ろうとした。健介はしばらく無言のまま、葉子を気遣うように煙草をくゆらしていた。心なしか、健介の頬に赤みがさしている。葉子が落ち着いて照れくさそうに微笑むと、健介もつられて白い歯をみせた。

「どんな人間でも悩みはあります。僕だって、今日はあなたに何ひとつ言うまいと、心に決めてきたというのに。……あなたの涙を見て、僕の決心が揺らいでしまった」

健介は、煙草に火をつけ、おぼつかなげに立て続けにふかした。めずらしく落ち着かないようすの健介に、葉子は微かな違和感をおぼえた。

奇妙な沈黙が流れた。その重苦しさに、葉子は耐えられなくなって、つと椅子をひくと、席を立った。その瞬間、健介のあわてた声がした。

「待ってください。もう少しだけ、僕の話を聞いてください。本当に、これで最後にしますから」

葉子ははじかれたように腰を降ろした。健介は一体何を話す気か？　それより葉子は不安だった。これ以上彼と親しくしたら、葉子は隆夫との恋の悩みを、洗いざらいぶちまけてしまいそうな嫌な予感におそわれた。それでも椅子をけって出ていく勇気もない。

健介は、やっと煙草を灰皿にこすりつけると、グラスの水を飲んだ。それから観念したように、青ざめた顔をまっすぐ葉子に向けると、かすれた声でしゃべりだした。

「あなたの恋の悩みを、僕はうらやましく聞きました。あなたにはかぎりなく未来がある。どんな男性を好きになろうとも、僕はあなたの決意を尊重します。あなたには聡明さがある。どんなに深く動揺しようと、決して自分を見失うことはない。この一年というもの、あなたへの指導を通して、確信したことです」

健介の声は葉子の乾いた胸にあたたかな潤いとなって浸みた。隆夫との恋のもつれに、大学の同志たちの険しい非難の目にも、そうだ、自分は冷静に対処すべきだ。ほかならぬ自分の人生だもの。葉子は眼にかすかな感謝をこめて、ほほ笑んだ。健介はそんな葉子の変化にうなずくように、静かにしゃべりだした。

「あなたのリポートはすばらしかった。工場内のようす、女工たちの生活が手に取るように書かれて、文章もたくみで、内心ではおどろいていました。僕のまわりには、あなたのような女性はいない。だから、とても新鮮で、あなたとなら、それこそ一晩じゅう語らっても飽きないとさえ思って、月一回の指導日が待ち遠しくもあったのです」

葉子は尊敬する健介に、そこまで褒められて、思わず顔をほころばせた。そんな葉子に、健介は逆に息苦しそうにワイシャツの襟を斜めに引っ張ると、顔を赤らめた。

「……そのうち、他の仕事をしていても、あなたのことを思いだしている自分に気づいて、内心ぞっとして、……僕は若いころ結婚して、妻もふたりの子もいる身です」

葉子は丸い眼を大きく見開いた。健介は一体何を話そうとしているのか？　だいいち健介が結婚して妻とふたりの子がいるなど、これまで聞いたこともない。任務とはおよそ関係のない話だし。葉子が困惑していると、健介は頭の毛をかきあげると、ひたと眼を向けた。

「……あなたに魅かれていく自分がどうにもならなくて、内心ではひどくうろたえて激しく思い悩んでいました。自分の心のなかの問題だから、今のうちに何とか克服できるだろうと、僕なりに懸命に自分の感情と戦いつづけました。……ところが、妻が、僕の悩みに気づいてしまったのです。……あなたに魅かれてからというもの、僕は妻を抱くことさえできなくなっていた。しかも、彼女から指摘されて、はじめてそのことに気づかされた。僕は、うろたえ、彼女に両手をついて、謝った。心のなかで好意を持った女性がいる。しかし、その感情は必ず克服できる。だから僕を、許してほしい、と」

一体誰の、話だろうか。健介のかすれた声だけが葉子の頭上を勝手に飛びかって、葉子は好奇心と深い疑惑の念に茫然となった。

「……貧しい労働者の出身だった彼女は、人一倍自尊心が強い。大学出の女なんかに負けてたまるか、と食ってかかる。それに彼女は僕の性質を知り抜いている。これまで安易に女性に心を奪われたことなどなかった。それだけに、許せない。心のなかで好きだと思うのは、それ自体、本気だと怒り狂って、泣き叫んでは包丁をふりまわす。はては目の前で死んでやると、突然二階の窓から飛び降りようとする。……僕は、妻としての彼女には、何の不満もない。ましてや上の女の子は来年小学校に入ります。家庭を壊す気など、僕にはもとからない。……でも、彼女は、とうとう共産党の組織に訴え出たようなのです。僕の必死の説得にも、応ぜず、子どもを連れて実家に帰ると騒ぎたてています。僕は、二十五歳の若さで地区の党の委員長に抜擢された。それだけに妬まれてもいるし敵も多い。このままでは僕自身の気持ちに責任がもてないばかりか、あなたにも迷惑をかける結果になりかねない。だから、もうあなたとは、会うわけにはいかなくなったのです」

すべてを言い終えて、健介は以前にもまして、葉子を強く凝視した。健介の深みのある瞳が、熱く燃えあがるように、葉子の全身をとらえていた。

葉子はおどろきのあまり口を小さく開いたまま、思わず眼をそらせた。健介を党の指導者として尊敬こそすれ、正直恋愛の対象として見ることはなかった。まるで他人の秘密をむりやりのぞかされたような困惑をおぼえて、健介の端正な顔を見あげる勇気すらなかった。

ふいっと押し黙った葉子に、さすがに健介は蒼白になり、唇から深い溜息をもらした。葉子は、自分が何一つ健介のことを知らないことに、あらためて困惑した。健介がすでに結婚していること、ふたりの子持ちでいることさえ、今日はじめて知らされた。三十歳という彼の年齢も、若くして有能な労働運動の指導者であることも、何もかもが葉子には真新しい事実だった。これまでふたりの間では、おたがいの個人的な話をする機会など、まったく皆無であったから。健介の告白は、深い動揺を葉子の心に刻んだ。

「若いのに恐ろしい男だ、中小企業の経営者からは言われた。僕が労働争議に顔を出すと、彼らは嫌な顔をして震えあがった。こうみえても労働者には圧倒的に人気があって、一糸乱れぬストライキを打ったものです。だれひとり脱落せず、大概の経営者は要求をのんだ」

めずらしく健介は自分の労働争議の話をして、照れたように童顔をほころばせた。

「僕の奥さんは、労働争議にいった先の女工でした。若かったし、演説をする僕に一目ぼれ、押しかけ女房です。いまでは僕の紹介で、党の病院の事務員をしています」

健介ははにかんで笑った。葉子もつられて白い歯をみせた。

「原さんは、どうして共産党に入ったのですか?」

「兄貴が共産党員でした。それに親父も、戦前からの党員で、戦後はレッドパージで職場を首になって、そのうち肺をやられて、入退院をくりかえして家で寝ていました。僕は八人兄弟の真ん中で、兄貴と姉貴がふたりずつ、それぞれ中学を出ると家を出ていった。後に残されたのは病気の親父とニコヨンで働くおふくろに、弟、妹が三人。そのころ中学生だった僕は、全国アチーブメントテストで、全国二番になった。それで中学の教師があわてて飛んできて、東大までの学資は出してやるから昼間の高校に行くよう説得した。だけど、おふくろは、中学出て働く僕の給料をあてにして、断ったのです。」

健介は肩をすくませ、茶目っ気をおびた眼で葉子を見ると、

「先生が帰ってしまうと急に悲しくなって、小石を拾うと、おふくろめがけて投げつけた。もちろんあたらないよう気をつけて、……先生の申し出を勝手に断ったおふくろが憎かった。……僕の夢は大学まで行って科学者になることだった。でも、おふくろが可哀そうで、結局染物工場で働きながら定時制高校に通った。仕事はきつく夜学に通える条件も無視されて、プレス工になった。そんな僕の給料なんて、わずかなものです。でも給料の全部をおふくろに渡して、なんとか六人家族は飢えずにす

んだ。そのうち中国帰りの職場の共産党員から、宮川実の経済学入門の本を借り、資本家が労働者を搾取する構造が肌身で実感できた。それからは手当たり次第、独学ですが、マルクスの資本論を読んで、確信が持てた。あとは共産党に入党するのも自然の流れだったし、もっとも五年前に亡くなった親父の口癖は、思想じゃ飯は食えねえ、でしたけどね」

健介は美味そうに煙草の煙をくゆらした。灰皿に、山のような吸い殻がはみだしてかけている。葉子は初めてきく健介の話に、ついついひきこまれて、健介の長いまつ毛を見つめた。健介のいつにない饒舌《じょうぜつ》がめずらしく、羨ましくもあった。

この人こそ、真の共産党員だ。革命を語る資格は、この人にこそある。葉子のように頭でっかちの観念論者とはちがう。葉子は目の前の健介の澄み切った眸の輝きに、いいようのない感動をおぼえた。あまりに真っすぐで純粋すぎる健介がまぶしかった。それだけに葉子の胸に新たな不安が芽生えた。世間の誰もがこれほど真摯な魂の持ち主とはかぎらない。彼と奥さんをめぐる夫婦の葛藤が、ふたりの思惑を超えて、やがては彼の首を絞めることになりはしまいか？

しかし、葉子には口をはさむ隙など、もとよりなかった。健介の話は葉子への想いと、その自省、そして妻子への思いやりに終始している。理性的ですらある。

一瞬頬にあたった甘美な風が、葉子の反応を見るまでもなく、無造作に片づけられた。健介に打ち明けられても、恋の感情すら抱いていなかった葉子には、さして負担を感じることもないはずだった。それでも尊敬していた健介に、好意を持って眺められていた嬉しさだけは、甘い誘惑として葉子の意識に残った。

しかし、健介は、こうなっても妻や子どもらを愛している。共産主義の思想が彼の生活の根幹にあるように、妻や子どもらへの深い絆も、健介の生活のすべてであった。

何も起こるまい。すべて、もとの鞘《さや》におさまる。葉子はこののち健介に会うことは二度とないのだ。ふたりは連れ立って駅までのわずかの距離を歩いた。普段は警戒して喫茶店を出るのも別々だったが、今日だけは最後とあって、ふたりは押し黙ったまま細い道を、歩いた。

改札口で、健介は葉子の差し出した手にも気づかず、放心したように駅の階段をのぼりはじめた。よれよれのズボンの裾が、階段をのぼるたびに、おぼつかない脚にからんで重心を傾けさせた。

葉子は、健介の凍りついたような硬い背中に、不幸の予感を抱かなかった。いや、そうした不安がかすかに起こるのを、無理にでも意識の裡から追いやった。

健介は、決して振り返らないだろう。二度と彼に会うことはないのだ。これでいい。

健介と自分をつなぐ絆は、同じ時代を生きるもの同士の、ある共感にすぎないのかもしれない。そう思う葉子の胸中に、ふと妙な予感がよぎった。

「自分はいつか、この人と結婚することになるのだろうか？　……いや、彼とは、決していっしょにならない」

何の前触れもなく突然頭をかすめた独白に、葉子は内心苦笑した。それほど健介のことが意識の裡に引っかかってしまったのだろうか？　葉子は一抹の不安のなかで、それでも自分の下した確信に満足した。それに自分には隆夫との恋のもつれを解決する責任があった。

悄然と重い脚を引きずるように、一歩一歩階段をのぼっていく健介の広い背中に、葉子はあらためて別れを告げた。小さな赤い花をつけたサボテンの鉢植えが、ひとつ葉子の手もとに残された。

四

一ヶ月が経った。新しい共産党の担当者は白髪の五十がらみの男だった。皺の多い丸顔にギョロギョロした眼が落ち着かない。男はかすれた声で、須佐と名のった。席に向かいあうや、須佐はアナのあくほど葉子を執拗にながめて、渋い表情をした。

「原健介とは、いままでどこで会っていたのか、何を話しあっていたのか、正直に答えてください」須佐は葉子と眼をあわさないように、視線を外したまま、なかば詰問するように、ぶっきらぼうに言った。

「報告書はすべて原さんに提出してあります。ご覧になっていないのですか？」

葉子は憮然と答えた。

「それは、……引き継いだばかりで、だが言われなくともこれから目をとおしますよ。そんなことではなく、ふたりは、何時、どこで会って、何をしていたのか、それを訊ねているのですよ」須佐はあきらかに苛立っていた。葉子も思わずむっとした。

「どこで、何を、していたか、ですって！　質問の意味が分かりかねます。何をお聞きになりたいのですか？」

後任の須佐のことは、健介から聞いていた。

「須佐さんは苦労人です。僕の理解者でもあります。なにも心配いりませんから」

健介は別れるとき、葉子を安心させるようにつぶやいた。その須佐にして、この態度である。葉子は健介の置かれている状況を危ぶんだ。これではまるで取り調べではないか。

「原さんは、どうなさったのですか？　私には、何がなんだか分かりません。定期的に会って、報告していただけです。何を疑っているのですか？」

「彼の奥さんの話では、もう一年もの間、交際していたそうじゃありませんか。原君も、事実を認めているということだし」

「交際？　いったい誰とだれが？　原さんとはそんな関係ではありません。彼は優秀な指導者で、私がいる紡績工場の細胞組織をつくるために、指導をしてくださっている。須佐さんにも報告があがっているでしょう？」

須佐は、白くなった頭髪を撫でまわしながら、仏頂面を崩さない。

「こんな嫌疑をかけられて、原さんはどうなるのでしょう？」

葉子は追いすがるように須佐に詰め寄った。

「いずれにせよ、事は重大だ。奥さんからの訴えで、すでに上級の組織が動き出している。あなたにも事情を聴くために、査問委員会から連絡があると思いますよ」

須佐は一瞬顔をしかめて、おもむろに立ちあがった。幾日も櫛をいれていないらしい頭髪が、あちこち跳ねてあがっている。須佐の背中はなぜか怒りに丸まってみえた。

葉子も力なく腰をあげると喫茶店を出た。九月の午後の陽ざしが、眼に痛かった。葉子は必死で涙をかみ殺した。

「馬鹿正直なんだから！」葉子は健介に向かって、心の裡で叫んでいた。不吉な予感が的中した。健介は、これから一体どうなるのだろう？


望月隆夫から電話がはいった。すぐにでも会いたいと、隆夫はいつにない強い口調で、有無を言わせず葉子に約束させた。次の日曜日、指定された御茶ノ水の喫茶店の前で、葉子は坂を下ってくる隆夫の姿を見つけた。一年ぶりの再会である。太陽が石畳の上に強い光を放っていた。隆夫は一瞬棒立ちになったまま、潤んだ眼をかすかに細め、悩ましげに葉子に微笑んだ。太陽の光を背に、隆夫の細い体がゆらゆら揺れている。駆け寄って、葉子をいまにも抱きしめようと、隆夫の瞳は炎のように燃えていた。そんな隆夫の熱気を全身に浴びて、葉子の心にもある懐かしさがよみがえった。あれほど会いたくないと拒んできたのに、隆夫に会えた瞬間に、葉子は眼がくらみそうな激しい胸の高鳴りをおぼえた。

薄暗い喫茶店で、ふたりは向き合って座った。こざっぱりした白の開襟シャツに、プレスのきいたズボンが、几帳面な隆夫の生活をうかがわせた。

「ひさしぶりだね。思ったより元気そうで安心した」隆夫は小脇にかかえた鞄を重そうにテーブルの下に置いた。

「いまもうひとり、大事な人がきます。僕の上司の編集長です」葉子の怪訝そうな表情をすばやく見てとって、隆夫は静かに微笑んで入り口を見た。ちょうどそのとき、喫茶店のドアが勢いよく開いて、肩幅のがっちりした四十がらみの男が入ってきた。

「やあ、待たせてすまない」男は濃い眉にくっつきそうな眼で、葉子を探るように見つめて言った。

「いえ、僕たちも、たった今来たばかりです。今日はご足労かけてすみません」隆夫はていねいに挨拶すると、葉子を紹介した。編集長は葉子に二、三質問すると、

「葉子くんも隆夫くんも、実によく似ている。どちらも大変な観念論者だ」

編集長は闊達に言いきると、鋭い眼を細めて愉快そうに笑った。頭の回転がすこぶる速い編集長は、すぐに話題を転じていた。

「隆夫くんは、今年から僕の部下として、党の出版社で働いてもらっています。葉子さんもご存じでしょうが、彼の読書量は半端ではない。理論的にも群を抜いている。彼は実際たいした男です。やがては僕の後を継ぐ人材として考えています」

編集長は早口に言うと、精悍な肩をぐいっと前に出し、葉子をじいっと見つめた。隆夫は編集長の賛辞にはにかむように微笑むと、葉子をそっと見やった。

「その隆夫くんから、今日はどうしても葉子さん、貴方に会ってほしいと頼まれた。隆夫くんはあなたの置かれた状況を心配している。あなたを救いたいと、本気で思っている」

編集長はさらに身をのりだして、角ばった顎を葉子の目の前に突き出し、いくつか質問をした。問われるまま葉子が答えていると、編集長はやおらソファーに上体を投げ出すと、

「よろしい。あなたを我社で引き取りましょう。葉子さんさえ異存がなければ、僕はあなたの入社を認めます。仕事は編集をやってもらいます。決心してください。そして、隆夫くんを、これ以上待た

せないでやってください」

　隆夫は頬をぽっと赤らめると、感激したように編集長と葉子を潤んだ眼で見た。

「葉子ちゃんには、なんの責任もない。卑劣なのは、妻子ある身で葉子ちゃんを誘惑しようとした男のほうだ」隆夫はうわずった声で葉子をかばうように言った。

　編集長はそんな隆夫に無頓着に、葉子を見てにやりと笑った。

「葉子さん、あなた、惜しかったな。あと百年、生まれてくるのが遅かった。明治のころ、平塚らいちょうの青鞜社《せいとうしゃ》の時代に生きていたら、あなたは女性活動家として、歴史に名を残しただろう」編集長はソファーに両手をひろげたまま、快活に言い切った。

　葉子はさっきから編集長に気おされて、窮屈そうに肩を縮ませていた。隆夫は、幸せに酔いしれたように葉子から眼をそらそうともしない。

「……もっとも、その時代に生きていたら、やっぱり百年、生まれてくるのが遅かった、と、言うことになったかな」

　編集長は、悪戯っぽい眼で葉子をはすかいから眺めると、軽く手をあげて、立ちあがった。隆夫もすばやく席を立つと、悩まし気な眼で葉子を見つめて、

「心配しないで、ぼくがかならず守ってあげる」かん高い声で言うと、編集長の出ていったドアに駆けだしていった。

五

どこをどう通って寄宿舎に戻ったのか、葉子は記憶を失っていた。隆夫が党の出版社で働いていたのすら知らなかった。とうとう大学に残るのを断念したのだろうか？　いつまでもアルバイトだけで生活することに限界を感じていたのだろうか。

大学はアカの砦として政府からも目の敵にされていた。産学協同の名のもと、大学をまるごと筑波に移転する動きが高まっていた。筑波への移転の賛否は、あたかも踏み絵のように、大学の民主的な動きを封じ込める役割を果たしていた。

筑波への移転を拒否すれば、大学を容赦なく追い出された。隆夫の選択が苦渋のものであったことは、葉子にも容易に判断できた。それだけに葉子には隆夫の変わらぬ愛情が、身を切られるように痛く感じられた。

隆夫の愛情はたえず一貫していた。彼は、これからも葉子ただひとりを愛して、生きてくれるにちがいない。自分にはもったいなく、過ぎたる人に思えた。すべては自分ひとりのわがままだったのだろうか、自分の未熟さゆえに紡績工場を解雇され、総括を正しくおこなえない批判を隆夫から辛らつに受けて、勝手に拗ねていただけではないのだろうか。隆夫の言うことが正しく、非難されるのは葉子の不確かな感情の不安定さなのかもしれない。隆夫の愛の厳しさは、すべて葉子に良かれと思った結果のことなのだ。手紙に書かれた十項目の批判を読んで、眩暈がするほど隆夫との距離を感じた。愛されている重みが、苦しくさえあった。しかし、冷静に考えてみれば、なんの罪もない隆夫を、不用意に苦しめていただけなのかもしれない。

　堂々めぐりの理論が、またも蒸し返された。理性では自分はどうしなければいけないのか、充分分かっているつもりだった。感情のもつれなど、ただのわがままなのかもしれない。それでも、隆夫のすすめに素直に応じられない自分の気持ちを、わがままと言い切ることができない、不確かな桎梏《しっこく》が、始終神経をいたぶっていた。

　工場の寄宿舎の一室で、葉子はうずくまり、激しい胸の動悸に、手足を走る関節の痛みに、唇をかんで耐えた。近ごろではずっと微熱が続いている。工場の診療所の医師は六十を超えていたが、葉子には親身になって助言してくれた。

「あなたの体調で、二交代の労働は、たとえ舎監であっても過酷すぎる。すぐに会社を辞めて治療に専念すること。リュウマチ薬の副作用のせいか、心臓にも障害がみられる。ほうっておくと将来子どもを産むにも、弊害になる」

　それからまもなくして、須佐をとおして党の査問委員会から呼び出しを受けた。

　ふたりの委員はいずれも筋肉質の三十五、六の浅黒い顔の男だった。矢継ぎ早に葉子に質問をあびせ、その都度葉子が答えると、何度もうなずきながらも鋭い視線をからませてきた。もっとも葉子は参考人ということで、男たちの口調にも厳しさはなく、むしろ葉子には同情的だった。

「あなたは被害者にすぎない。ただ、状況を正確に把握するために来てもらったのです」

　質問するのは男のひとりで、他のひとりはしきりにメモをとっている。

「被害者？　私が、ですか？　何か勘違いされていません？　原さんと私の間には、何も問題などありませんでした。原さんには、一年間、紡績工場の実態を報告書にまとめて提出して、細胞をつくるための指導を受けていた、それだけの関係です。どうしてこのような場に呼び出されたのか、はっきり言って疑問を感じます。いったい原さんは、どんな嫌疑を受けているのでしょうか？」葉子は憮然と顔をあげると、声をふるわせた。

質問していた男が、にわかに傲然《ごうぜん》と葉子を見下すように、太い声をはりあげた。

「あなたに説明する必要はない。あなたは、我々の質問のみに答えればいいのだ。訊ねているのは、我々のほうだ。いまのところ、あなたには除名の処分はおりない。あなたには、党の別の部署の幹部の推薦もあるし、正直にすべての事実を話してもらえれば、あなた自身の責任は問われない」

「これ以上お話することはありません。ですが、私の責任って、どんなことでしょう？　党に迷惑をかけるような不祥事でもしたというのでしょうか？　私は何も悪いことなどしていない。無論、原さんとの関係でも、なにもやましいことなどありません」

堂々めぐりのやりとりに、葉子は芯から閉口した。またしても質問していた男が執拗に問いただす。

「党の幹部の女性問題は、あなたが考えている以上に、党の綱紀《こうき》の上で重大なのです。だいいち妻帯者の身で、指導をしている若い女性に言い寄るなど、もってのほかだ。卑劣きわまりない。共産党員として品性を問われる重大犯罪にあたる」

何を言っても無駄だった。葉子は被害者で処分の対象ではない。原健介の罪状は明白である。葉子は夕方近く、ようやく長い拘束から解放された。激しい屈辱に、ぼろぼろと涙をこぼしながら歩き続けた。これが党の査問委員会の調査といえるのだろうか？　とうに先入観で結論を出していながら何が公正な調査といえる。人ひとり、生き様を変えるくらいの処分を下す党の機関の調査が、これほど偏見と先入観にとらわれたものとは、信じたくなかった。

健介の置かれている状況が、想像できた。葉子にして、これほどの屈辱感を味わったのだ。健介にたいする査問のすさまじさが、その人格をも傷つける方法が、恐ろしいほど想像できた。日本の裁判制度ですら、もう少し公正ではないか。

健介は、まちがいなく党から排除される。一言の弁明すら許されず、彼は自分の信念と誇りをかけた党を除名されるのだ。葉子は暗澹たる思いに、胸がつぶれるほど悔しかった。健介の無念を思うと、居ても立ってもいられない。

須佐とはその後一度だけ会った。葉子は押し黙ったまま、須佐をにらみつけるだけだった。

「健康上の理由で、工場を辞めます」葉子の声に、須佐は疑わし気に、ぎょろっとした眼を向けた。同じ思想で硬く結ばれていたはずの、同志の絆が失せていた。健介が、父親のように慕っていた須佐に、葉子は悲しい眼を向けて席を立った。自分一人が助かって、あれほど党を信頼し、愛していた健介が、放り出される。信じられない結末に、葉子は呆然と立ちすくんだ。

葉子は工場を辞めた。工場の医師が診断書を人事課に提出してくれた。葉子は、ふたたび埼玉の実家に帰ることにした。

六

原健介の自宅の電話番号は電話帳にのっていた。葉子はしばらく考えこんで受話器をとった。受話器の奥から健介のおどろいた声がした。葉子は思いきって健介に会いたいと伝えた。健介はしばらく沈黙してから、声を低めて言った。

「ぼくはかまいませんが、あなたは具合が悪いんじゃないですか？　ぼくに会ったことが分かれば、あなたの立場も困ったことになる」

「査問委員会に事情を聞かれました。あまりにも非人間的で、あなたの立場が心配で……」

受話器の先で、健介が息をのむのが感じられた。

「そうですか、あなたも査問員会に呼ばれたのですか。……迷惑かけて、すまない」

「何か、変わったこと、ありましたか？」葉子は畳みかけるように早口で言った。

「電話ではくわしい話もできません。お会いしましょう」

健介の声がいくぶんやわらいで、たのしそうに響いてきた。

赤羽の駅前の喫茶店で、葉子は健介を見つけると足早に駆け寄った。頬がこけて全体がやせてみえたが、深い泉のような瞳は、あいかわらず透明に澄み切っていた。煙草の吸殻が灰皿いっぱいにはみ出していた。健介は立て続けに煙草をくゆらして、二、三度深い溜息をついた。

「とうとう、除名されました。そんな顔しないで、……ぼくは事態が起こったときから、半ばこういう結果のあることを、予想していました。地区の委員会でも、上級の指示には忠実ですが、大衆運動なんか少しもやりたがらない。目が上についている、ヒラメのような幹部も多いのです。彼らにとって、大事なのは労働者のことじゃない、自らの保身と出世が第一で、悪く言えば足の引っ張り合いです。女房が地区の委員会にぼくのことを言い立てた。ぼくは若くして地区の委員長になり、しかも中央の指示でも駄目なものはダメと、はっきり反対するほうだから、憎まれていた。いい機会だと、足をすくわれ、放り出されてしまった」

葉子は言葉を失くして、蒼ざめた。健介は煙草をもみ消すと、顎に手をやりながら、淡々と話し続けた。

「でも、党を除名されても僕自身の生き方が変わるわけではない。僕は今でも社会主義、共産主義の社会が必ず来ると信じている。党を除名されたのは悔しいけど、道なかばで梯子を外されたのは癪だけど、物事の真実をみないで生きていくわけにはいかない」

葉子は健介の瞳を見つめながら大きくうなずくと、おそるおそるたずねた。

「これから、どうするのですか？　奥さんは、戻っていらしたのですか？」

健介は煙草をもみ消しながら、

「彼女は、僕が除名されたと知って、もう一度やり直したいと連絡してきました」

「よかった！　奥さんもお子さんたちも、あなたのもとに戻られる。これまで通りに家族で暮らせるわけですね」

葉子は胸のつかえがおりたように、思わず声をはずませた。だが、健介はちょっと窓ガラスに視線を向けると、さめた表情でつぶやいた。

「彼女も、共産党員です。でも、彼女は僕が除名されると知ったら、嬉々として戻ってやりなおしたいと電話をかけてきた」

葉子は、けげんそうに首をかしげた。それに答えるかのように健介は青白い顔を向けた。

「彼女は、僕がオルグに行った先の工場の女工でした。オルグなんて珍しかったのか、僕と結婚したくて彼女は共産党に入ったのです。しかも専従の僕の紹介で病院の事務員になると、元々派手好みだったのかお洒落になり、朝から深夜まで働き続けて給料も安い僕に、専従なんか辞めて、もっと給料の良い仕事に変わってほしいと、しきりに愚痴をこぼすようになった。だからかな、あれほど懸命に彼女に謝っても許さず、僕が党を除名されたと知ると、あたしも党を辞めるからやり直しましょうと、平然と言ってきた」

健介は指先でもてあそんでいた煙草に火をつけた。白い煙が健介の横顔に流れた。

「彼女とは、今となっては、むしろやり直せない。でも、子どものことを考えると、正直僕もつらい。僕さえ我慢すれば、子どもたちを不幸にしないかもしれない。そう考えないこともない」重苦しい溜息が煙とともに吐き出された。

葉子は顔を伏せた。会わないほうがよかった、どうして電話などかけてしまったのか。

健介の不幸にかかわって、泥沼に落ちこむ勇気は、正直なかった。ただ、健介という男がひたすら哀れで、たまらなかった。自分のせいでは決してないのだと思うのに、すべてを失った健介を、放り捨てて、黙って逃げ出すことができなかった。

隆夫は、たとえ観念論者と言われても、そのまま観念論を武器に、突っ走れる男だ。決してレールを踏み外すような男ではない。葉子が陥っている困難に、必死で手を差し伸べる、周到な男でもある。葉子が共産党員であるということを、何より第一義に考えている男、そしてそれこそが葉子への愛のすべてだと勘違いしている、それが隆夫という男の本質かもしれない。

葉子は出口のない霧に閉じこめられて、自分が何故、健介のような不器用な男にかかわっているのか、地位も名誉も同志たちも、そして最愛の家庭さえ崩壊させて、すべてを失くした男に寄り添っているのか、少しだけ分かった気がした。

七

健介と別れて、葉子は家に戻った。姉の律子が、憔悴した葉子の蒼白な顔を見て、

「たった今、隆夫さんから電話があったわ。至急、会社に電話をくださいって……」

いぶかしそうに言った。葉子はにこりともせず二階に駆けあがった。律子が後を追ってきて、不安そうにたずねた。

「隆夫さん、出版社に勤めたの?」

葉子はそれには答えず、ぼう然と机の前にしゃがみこんだ。

「知らなかったわ。隆夫さんが大学辞めたなんて、あれほど学者になりたがっていたのに、……葉子、まさか、あなたのせい?」律子の尖ったような声に、葉子はふり向いた。

いつもは穏やかな律子の眼に怒りがにじんでいる。

律子は三人姉妹の長女として、高校を卒業すると家業の和菓子屋を継ぐため、母が選んだ店の職人と結婚した。義兄は父親の顔も知らず実の母親にも捨てられ、祖母にひきとられてからは、中学を出て一時期ぐれて不良仲間とつきあっていた。たまたま母の知人の紹介もあり店で働くようになった。義兄は、複雑な生い立ちにもかかわらずお人好しで、持ち前の立派な体格で、陰ひなたなく働いた。しかも菓子職人には大事な味覚が発達し、手先も器用とあって、たちまち母に気に入られ、婿養子となった。中学、高校を優秀な成績で卒業した姉には大学に行き保育士になる夢があったが、自分が家業を継がないと三女の妹にさせるという母の強い決意の前に、断念した。

そんな姉に、隆夫はまめに訪れては、党のパンフレットなどわたして、経済の仕組みやら社会の矛盾などていねいに解説していた。たまに母も会話に加わり、隆夫は家族同然のあつかいを受けていた。そんな律子はまもなく隆夫の推薦で共産党に入党するまでになっていた。律子にとって、隆夫は尊敬する指導者であり、ひそかに思慕する異性でもあった。

その隆夫が、意に添わぬ形で大学を去り、出版社勤めをしたことを知った律子は、その原因が葉子のわがままにあると、怒りをつのらせた。

気まずい沈黙の後、律子は黙って階段を降りていった。

律子の足音を聞きながら、葉子は頭をかかえてため息をついた。隆夫から紹介された党の出版社への返事の期限は、とうに過ぎていた。理性では、隆夫のもとに帰るべきだ、と思う。

健介を選べば、自分は命と考えている党に残れない。脱党したら、自分は信念を貫くことができないだろう。そこまでして健介と歩む人生が、恐ろしくないはずがない。

どだい健介がみずからまいた不幸の種ではないか。「自分の女房ひとりどうにかできなくて、革命など語る資格などない」査問委員の男が吐き捨てるように言った言葉が、妙な実感として葉子の気持ちに暗くのしかかっていた。

だが、健介をこのままにして、隆夫の誘いにのる決心は、とうに諦めがついている。そう、思いこみたかった。しかし、隆夫の電話が、彼の必死の努力が、葉子には重たい。

未練？　そうかもしれない。隆夫と歩む人生は、葉子が命と思う思想、信念に恥じないものに違いない。二十歳の決断を、安易に捨てる決心がどうにもつかないのだ。自分の生きる拠り所を、見失いたくない、未練があった。

隆夫が、最後の救いの手を差し伸べている。その彼は、新潟の婚約者を失い、葉子を得た男である。ともに観念論と批判されようと、誰に後ろ指さされることでもない。生活のなかで、ともに生きる人生のなかで、充分克服できるたぐいのもののはずである。隆夫にたいする曖昧な感情こそ、葉子の弱点なのかもしれない。

ああ、隆夫はまちがっていない。立派な男だ。

それにひきかえ、肝心の健介のことを考えると、ジレンマに陥ってしまう。この感情は、はたして愛と呼べるものなのだろうか？　自分は一年ものあいだ、健介の恋心にはまったくといっていいほど、気づいてもいなかった。唐突に告白されて、むしろ面食らったほどだ。

悄然と自分の前を立ち去る健介に胸を痛めたが、内心ではこれでいいのだ、彼には大事な妻子がいるし、党の専従の活動家なのだ。妻も同じ党員だというし、こんなことで党籍をはく奪されるなど、考えてもいなかった。

だが現実は葉子の思惑を超えて、健介に過酷な処罰をあたえ、彼の党員人生を抹殺しかかった。その結果、思いもかけず、自分は健介と向かい合う関係に立たされた。

これが、生涯をかけた愛というものか？　ただ健介にたいする、安易な同情だとしたら？

理性では、隆夫のもとにかえるべきだと思う。健介は党を除名されても、家族は残る。子どもまでもうけた仲だ。夫婦の関係は、若い葉子には理解しがたいものだろう。葉子が安易に同情することで、かえって事態を混乱させ、収拾不能になりはしまいか……。

葉子さえ、断固とした立場を貫けば、健介もかれの妻も、たとえ子供たちのためであれ、やり直す機会を得るだろう。健介にとっても、自分は余計な存在なのだ。健介を破滅においやったのも、もとはといえば自分のせいだ、いや、それは思いあがりにすぎない。自分への買いかぶりだ。健介の人生が、そんな安っぽいはずはない。健介を侮辱する権利など、誰にもないのだ。

身体中が火を噴いたように、熱い。また熱がでてきたのか、リュウマチ熱の再発か、体中の節々に激痛がはしる。

葉子は、暗い天井をぼんやり眺めた。不意に涙があふれでて、激情がこみあげた。

「思想は自分の命だ」それを捨ててまで、生きる意味は、ない。思想を貫けない軟弱な精神しかない自分には、革命を語る資格などない。健介に同情することが、良いのか悪いのか、それすら分からなくなっている。だが、隆夫のもとにも、戻れそうにない。健介が気になって、彼の人生がひたすら悲しかった。それが、感情のすべてだった。

何の解決も見出せない。このままでは自分の潔さは、死ぬことしかないのだ。感情のような不確かなものに拘泥する、理性では割り切れないものに執着する魂に、未来などめぐってはこない。闇だ、すべては混迷の闇のなかで、愚かな感覚的な一個の生き物が、蠢《うごめ》くだけの存在なのだ。生きていることと自体が、罪なのだ。……死だけが、堕落から救われる唯一の道かもしれない。そうだ、自分は、堕落するまえに、死を選ぶのだ。この選択は自分の人生のなかで、最後の良心にちがいない。長いこと死の衝動は、たえずつきまとっていたのだから……健介に魅かれる魂は、堕落への道、永劫の死につながる道、地獄への道なのだ！

葉子は、頻繁にかかりはじめた健介の電話に、内心の動揺を繰り返しながら、懸命に会うことを避けた。彼に残っているのは、もはや家族のみである。子どものために夫婦がやり直せるなら、ひとつの救いが健介の人生に光明をあたえるはずである。

だが深夜、電話で話す健介との会話は、葉子が熱をこめて話す、ロマン・ローランの『ベートーベンの生涯』の一節であったり、健介の崇拝する数学者、ガロアの人生であり、優秀な科学者でありながら国税調査官であったがゆえ断頭台の露と消えたラボアジェの悲劇であった。健介は閉じこもったままの葉子を案じて、くったくのない声で、人生の新しい夢を語った。

八

秋も終わりのころ、葉子は薄くなった陽ざしのなかを、赤羽の喫茶店に急いでいた。健介は懐かしそうに手をあげたが、わずか一ヶ月あまりで別人のように衰えた葉子を見て、眉をくもらせた。その健介の膝の上には三歳ぐらいの男の子がちんまり座っていた。葉子は落ちくぼんだ眼で、ぼう然と健介と男の子をみくらべた。

「リュウマチの具合が悪いのですか？　ひどく疲れて見えますが……」

葉子は力なく微笑んで、椅子に腰をおろすと、いまいちど男の子を見つめた。

「すみません。下の子の幸太です。さっき保育園から電話があって、妻がこの子をかってに置き去りにしたようです。引き取ってほしいと言われて、その帰り道です。保母さんにはさんざん文句を言われました。一週間もお風呂にいれないなんて非常識だとか、親の都合で勝手なまねをするのは、夫婦の責任だと。……当然ですよね」

幸太は、ジュースのグラスに手をつっこんで、氷をつかもうと苦戦していた。モミジのような小さな手の動きに、葉子は眩暈を起こした。久しく会わなかった健介に、懐かしさと激情がこみあげるそばから、幾重にもひろがる困惑の波紋に、押しつぶされそうになる。

そのとき、幸太が歓声をあげた。グラスのなかから氷をつかむと口にほおばって、がりがり音をたてた。顎のとがった逆三角形の顔、吊り上がった細い眼は、健介には似ても似つかない。

「あなたが、育てるの？　奥さんとはどんな話になっているの？」

葉子は矢つぎばやにたずねて、顔をそむけた。

「彼女はいまより良い生活を望んでいる。工場で女工をしていたときは、そうした不満も言わなかった。僕の紹介で病院の受付事務になると、医者や看護師の派手な生活をまのあたりにしてか、急にお洒落になった。僕に期待するのも裕福な暮らし、ですが、これからやり直すとしても、彼女が望む給料などとうてい無理だし、それが彼女には分からない。現実を冷静に受けとめようとはしないで、やっぱりあの女に未練があるのだと、激しく嫉妬して、あてつけがましく子どもを置いてけぼりにする。党籍をはく奪された僕の悔しさなど、当然無関心なのです」

幸太はじっとしていない。目を離すと、今しも椅子の上に立ちあがり、小躍りして歓声をあげた。ふいに彼はバランスをくずし椅子ごと仰向けにのけぞった。耳をつんざくような悲鳴がせまい喫茶店にひびいた。健介は幸太を抱き上げ、困惑したように葉子を見た。

ウエイトレスがあわてて飛んできて、迷惑そうに葉子をにらんだ。そのとき、健介に無理やり押さえこまれていた幸太が、息を吹き返したように健介の腕から逃れると、奇声をあげながら、椅子のまわりを走り出した。周囲の白い眼に追われるように、葉子たちは喫茶店を出た。

「すこし遅いけど、大宮公園に行きましょう」葉子は媚びるように幸太の顔をのぞきこむと、その小さな手を握った。幸太は口をとがらせたまま黙ってついてきた。

大宮公園は大人の足でも駅から二十分はかかる。幸太はしゃがみこみ、健介の背中に飛び乗ると、プラモデルの飛行機を片手でぶんぶんふりまわしながら、わけの分からない言葉で遊びだした。葉子は、その親子の後姿を、複雑な思いでながめた。自分の知らない健介の日常の生活を、一瞬垣間見て、足取りも重くなった。

この子に罪はない。だが現実は健介と妻の間でピンポン玉のように弾まされる。上の子はたしか小学校一年生になったばかりという。健介になついて慕っているとも聞いた。

大宮公園の長い参道の両側には欅の大木がうっそうと連なって、まもなく氷川神社の大鳥居が見えてきた。幸太は健介の背中を滑り落ち、石畳に飛び降りると、頭から突っ込むように駆けだした。

「幸太！　あぶないぞ」

健介の声が言い終わらないうち、幸太は石畳に足をとられて、頭ごと倒れこんだ。手にしたプラモデルが葉子の足元まで飛んできた。葉子はプラモデルをつかむと、幸太を抱きかかえた。幸太はびっくりしたのか、ぼう然と細い眼をつりあげ座り込んでいた。

不意に幸太が怒鳴って、葉子の手から飛行機をもぎ取った。

「ぼくのヒコーキにさわるな！　おかあさんがかってくれたんだぞ！」

幸太の声には激しい敵意がこもっていた。葉子は唇をわなわな震わせ、あわててその場を離れた。涙がこみあげてくるのを、必死でこらえた。

「ビューン！　飛びたつぞ」幸太はヒコーキを石畳に走らせ、遊びだした。

その小さな背中を追いかけるように、葉子も小走りに石畳をかけていた。

「離陸！」葉子は叫びながら、幸太を抱きあげ、ヒコーキごと空にかざした。健介は遅れがちに歩きながら、嬉しそうに近づいてきた。

「あの子には、両親が必要よ。あたりまえのことだけど」

葉子は、機嫌をなおした幸太が、朱塗りの太鼓橋を駆けていく小さな姿につぶやいた。健介はだまって葉子を見つめて、

「今日は、ありがとう。あなたに会えて、うれしかった」

健介の爽やかな声が風にのってとどいた。その明るさに、葉子はまぶしそうに顔をしかめた。こんな逆境のなかでも悲壮感のかけらすらない。少なくとも冷静に現状と向きあっている。

「小さい時から、夢も希望も実現するのが困難だった。だから、今を大事に生きることが、たえず要求された。僕は、自分のした行動の結果に、後悔はしない。僕自身の信念は、どんな状況でも変わらない。そんなに安易なものではないから……。だけど、妻とは、もう以前の関係には、戻れない。すべてが、もう、取り返しがつかない」

葉子はおびえた眼で健介を見た。最後の砦すら、健介自身が放棄した。彼はすべてを、みずからの行為で失うのだ。葉子は思わず絶望的な呻きをもらした。

「ああ、なんてことになったの！　あなたは、これから何をささえに生きていくの？　何もないじゃない。思想も、党も、家族までなくして、あなたは平気なの！　分からない、私には理解できない。党を辞める！　そんなことになったら、わたしは、死んでしまうかもしれない。思想がすべてよ、それを失ったら、人間としては堕落するしかない。生きていても意味がないじゃない」

葉子は激高して健介につめよった。自分は、そんなことになったら、本気で死ぬしかないと、思いつめていたことまで白状した。自分の信念を貫けない、そんな堕落した人間など、生きるに値しないとまで言い立て、健介ににじりよった。悲しいけど、隆夫の口調にそっくりだった。葉子は健介の前

で、両手をおおって泣きじゃくった。

健介は、そんな葉子の捨て鉢な激情に、激しい胸の動悸に、震える告白を、男にしては長すぎるまつ毛をあげ、愛おしそうに微笑んだ。

「生き方を変える必要はありませんよ。だいいち死ぬなんて、意味がありません。やがては誰も、死から逃れられない。だからこそ、今こうして生きているぼくたちの現実が、すばらしいのです。共産党を出たら、人間の思想が変わるなんて、そんな安っぽい思想など、捨ててしまいなさい。役にはたちませんから」

健介の頭上の太陽が白っぽい光をそそいでいた。細い彼の身体がたくましく見えた。

健介は過去を悔いたりしない。彼の呼吸はおだやかで、規則正しく今という時を確実に刻んでいた。葉子は、健介の生きる力の強さに、思想の盤石さに、圧倒された。激しい胸の高鳴りをふるえる全身に感じながら、健介の長い指に、おそるおそる自分の手をからませた。

「子どものころの夢は、科学者になること、それがだめなら画家になりたかった。これからでも、決して遅くはない。だって、ぼくの人生は、まだやっと中途までさしかかっただけだから」

赤羽の駅前に降り立つと、幸太は健介の背中で眠りこけていた。大宮公園でボートに乗ると、眼を輝かせて、興奮のあまりヒコーキを空にかざして、つま先立ちにのびあがった。葉子は笑い転げながら、とっさに幸太の体にしがみついた。小さなぬくもりを感じながら、嫌われてもこの手を決して離すまいと、心にちかった。

「イタイ！　イタイよ、お姉ちゃん、どけて！」

幸太が顔を真っ赤に葉子の腕から逃れた。その拍子に葉子はボートの端に、思いっきり頭をぶつけた。目がまわった。葉子はすんでのところで幸太を放り出すところだった。離すまいとつかんだ腕の力が、わずかにゆるんで、葉子は無意識に、意のままにならない幸太を、投げ出すところだった。幸太はするりと葉子を逃れて、健介の脇にもぐりこんで、欠けた前歯でニヤニヤ笑った。小悪魔のような薄笑いに、葉子は思わず胸のなかで歯ぎしりした。

（この子の母親には、とうていなれない）

幸太はボートに、じきに飽きた。さかんにぐずりだして、ダメというのに立ちあがり、池に落ちそうになる。なれない葉子はくたくたになって、泣きだしたくなった。

（こんな幼子を、健介はよりによって何故連れてきたのだろう？　わたしになにを期待しているのか？）疲れてくると不満がつのった。健介がただのお人よしか、それとも善良な仮面をかぶった無神経な男なのか、自虐しつつ、葉子は惨めさをつのらせた。

その一方で、こんな小さな子どももひとり心から愛せなくて、なにが人間愛だ。自分は幸太に、かれの母親の面影をかさねて、嫉妬にくるって、勝ち目のない泥試合を演じようとしているだけなのだ。

帰り道、幸太は、健介の背中からずり落ちそうに眠っている。ときどき、楽しそうな声をあげて、よだれをたらした。

赤羽につくと、晩秋の物憂い日差しが、乾いたアスファルトに、長い影を落としていた。一軒のプラモデル屋のショーウインドウの前で、健介は立ち止まり、葉子をふりかえった。

「このプラモデル屋さん、すごいでしょう。ほら、あの飛行機だとか、軍艦、子どものころ、貧乏で馬鹿にされると、悔しくて、泣きながらここにきて、プラモデルをながめていた。できあがった模型をみて、自分だったらどう組み立てようかと考えて、一時間も胸をわくわくさせて見つめていた。そうすると、心がなごんで、悲しくなくなるんだ。今でも時々ここにくる……」

健介が背中の幸太をゆすりあげながら、葉子をみて、はにかむように笑った。

以前聞かされた健介の貧乏だった生い立ちが、身を切られるように悲しく過ぎった。

幸太が大きくのびをした。その手には、ヒコーキがしっかりと握られている。

葉子はふりかえると、健介の澄んだ深い瞳をのぞきこんだ。健介のうるんだ眼が、一瞬まばたいて、洛陽が健介と幸太の姿に、真っ赤な影をおとした。

葉子は、健介の青白い頬がかすかに赤らむのをみて、白い歯をみせてほほ笑んだ。

九

昨夜降らせた驟雨のあとはなかった。路面はすっかり乾いている。十一月にしては暖かな日曜日の午後、木漏れ日が、色づいた紅葉や楓の葉から、立ち昇ってみえた。

上野公園の噴水の前では、さっきから幼い幸太が、鳩をおいかけ走りまわっていた。母親にそっくりだという逆三角形の顔に、切れ上がった眼をまん丸に見開き、手には飛行機のプラモデルをぎゅっと握りしめている。葉子は、無邪気に鳩を追いかける幸太の興奮がまぶしく、思わず頬をゆるませた。胸をはった姿勢の良い後姿は、どことなく健介に似ている。

幸太のなかに、健介と妻の面影がちらつくたびに、重苦しい気分に襲われた。葉子の知らない生活が、幸太を通して嫌でも目の前にむき出される。小さくなった幸太のセーターの、手首のあたりがほつれていた。

三人は、いつしか動物園の入り口にきていた。はためには仲の良い親子連れのように、幸太をはさんでなかにはいった。幸太は有頂天である。真っ先に、大きな象をみつけると、ふたりの手を振り払って駆けだした。猿山では、小猿が母猿に背負われ岩を飛び跳ねるのが面白いのか、健介に抱かれたままキャッ、キャッと笑い声をたてた。

「幸太は動物園にくるのは、はじめてなんだ。ぼくは仕事が忙しくて、ろくにかまってやれなかったし」

幸太は白熊の檻の前で、肩車をせがんだ。子煩悩な健介は、嬉しそうに幸太を自分の広い肩にひょいと乗せた。見下ろすと、二頭の白熊が水にも入らず、うろうろと歩きまわっている。葉子は見るともなく、一頭の鼻の脇にある黒々としたホクロに見入った。幸太が両手をかざして歓声をあげた。

「危ない、幸太、そんなに動くな」健介も声を張りあげる。二頭の白熊は、張りこの虎のように頭をふりふり、大きな体で互い違いに歩きまわっていた。幸太は白熊が気に入ったのか、健介が歩き出そうとすると、体を揺すって健介の頭を叩いた。もう三十分も白熊の同じ動きを眺めている。葉子はとうに飽きて、退屈していた。葉子は、もうだいぶ前から、二頭の白熊の動きに、不気味なものを感じ始めていた。檻のなかで、おそらく一日中おなじ動作を繰り返す白熊に、葉子は神経を苛立たせた。二頭の白熊は、ぴったり左右対称に、同じ動作を繰り返している。中央ですれ違い、遠ざかり、再び歩み寄る。葉子の眼には、気が触れているとしか思えない。一日じゅう、彼らは同じ軌跡を描いている。出口の見えない健介と妻の姿が不気味に重なりあって、葉子は次第に胸が苦しく冷や汗が滲んでくるのを感じた。

幸太は、しばらく健介のもとで暮らしていたが、ある日、保育園に迎えにいくと、幸太のすがたはなかった。

「あら、奥さんがさっきお迎えにきましたよ」馴染みの保母が、怪訝そうに小首を傾げた。

それから数週間して、例の保母から電話があった。

「幸太くんのお迎え、まだですか？　わたしたちも大変なんです。時間は守ってください！」

健介は、すっかり日の落ちた闇のなかを、保育園めざして自転車を走らせた。おぼんのような平らな顔の例の保母が、打って変わった険のある声で健介を非難した。

健介から、そんな話を聞かされるたびに、葉子は内心動揺した。夫婦の争いに子どもが巻き込まれ、翻弄されている。健介は無類の子煩悩である。幸太を見る眼に父親の優しさが、まざまざと見て取れた。

しかし、葉子の胸の裡は、複雑だった。幸太を使ってまで、彼の妻は健介とよりをもどしたがっている。そうかと思えば、自分を裏切った健介が、死ぬほど憎くて、とうてい許しがたい憤怒にかられて食ってかかる。彼らの話し合いの結末は、健介の話では、たいがい妻が席を蹴って立っていく結果となってあらわれた。聞かれれば、健介は葉子にも事実を淡々と話した。葉子はその度に、健介の愛を独占している自分の優位に満足しながらも、妻の嫉妬に狂った執念深さにたじろいた。

もとをただせば、離婚騒動の原因をつくったのは健介の不実である。妻の正論に、健介は素直に己の非を認めて侘びを言う。その正直さが憎いと、妻はますますいきり立って、葉子を泥棒猫呼ばわりして、終いには健介の不興を買うまで罵声を浴びせる。では、戻ってくるのかと、健介は逆に妻にゲタをあずけて、平然と彼女の痙攣した頬を眺める。一瞬たじろいで見せるものの、妻には健介に本心のないことぐらい、じき見抜ける。堂々の水掛け論は、意思の通わないぶん、気持ちのうえでも並行線を辿らざるをえない。勝気な妻は、健介への未練と、許しがたい憎悪の感情に引き裂かれ、自分自身の激情を持てあましていた。子どもまでつくった仲なのに、自分以外の女に心を奪われて、狂わぬ女はいないと、喫茶店のテーブルに思わず頭を打ちつけ泣き伏した。

健介から妻との話を聞けば、不愉快になる。聞かねばさらに妄想に苦しめられて、葉子は眠れぬ夜を布団にくるまり、嫉妬に悶えた。しかし、健介を抜き差しならない状況に追いつめたのは、他ならぬ健介の妻自身の、愚かさではないか。いまさら子どもをだしに使って、よりをもどそうなんて虫が良すぎる。すべては、もう取り返しがつかない。遅すぎるのだ。

同じ女として、葉子にも妻の無念さが哀れに思える。逆の立場に置かれたら、自分でもどんな理不尽な行動をとるか、分からない。しかし、葉子にも、今となっては後に引けない健介への執着が、というに自分の意志を超え、身体じゅうを欲情で呪縛していた。健介とは身も心も、決して離れられない恋情の渦に、わが身が焼き殺される地獄をみていた。

「幸太くん、そろそろ、ライオンを見にいこう！　ガオッって吼えるかな」葉子は健介の額に浮かんだ汗の玉に同情の眼を向けた。健介も幸太を降ろそうと、身をかがめた。

「ライオンなんか、だいきらいだ！」幸太は飛び降り、健介の脇をすり抜けて、転ぶように駆け出した。健介は目を細めて、「幸太！　危ない。ころぶぞ！」まのびした声で言った。

＋

虎の門の喫茶店で、健介の義兄、弁護士の高瀬は、サッカーで鍛えた長い脚を組んで、さっきから葉子を眺めていた。義兄は長崎で被爆しながら、死ななかった。自分は神に選ばれた特別な男である。弁護士らしからぬ、奇妙な自負が彼の自慢である。もっとも、軍人だった父が、名誉の戦死を遂げるや、母親はたった一人の息子に、亡き夫の幻影を重ねた。厳格な母のもとで、屈折した思春期の感情に耐えた義兄は、成長するにつれ傲慢な性情をあらわにした。画家である健介の姉は、こうした高瀬の強引さに惹かれていた。いつしか健介や兄弟を見下す姉の眼に、高瀬とそっくりの高慢さがみえかくれした。

高瀬は、健介が持ってきた家庭裁判所の離婚調停の申立書を、無造作にテーブルの上に置いた。精悍な顔に苦笑が浮かんでいる。野心家の高瀬は、自分が扱う裁判が、最高裁まで持ちこまれ、判例集にでも載るような事件を渇望していた。高瀬は虚言を吐く男ではない。事実、運にも恵まれた。裁判所の事務官をしながら二年で司法試験に合格し、入った法律事務所の所長が一年後には突然死した。あとは、順風満帆、ふたりの弁護士を抱えるまでになっていた。

「健介くん、司法書士になりたまえ。下手な弁護士より、はるかにもうかる。いまさら名誉も何もいらないだろう」

高瀬は頬に皮肉な笑いを浮かべて、こともなげに言った。健介が共産党を除名されたことを、彼は妻から聞いていた。健介は義兄が苦手である。姉が画家であるまえに、貞淑な弁護士夫人を強いられるのが、内心では許せなかった。

しかも高瀬は酒豪だ。毎晩のように銀座で豪遊、酒飲みの常で一軒ではすまない。梯子酒を重ねて、夜明けにやっとタクシーで藤沢のマンションに帰ってくる。タクシーのなかで、ホステスと抱きあう高瀬のすがたを、健介の姉はカーテン越しにじいっと見つめている。

時にその日の成功報酬の一千万円もの現金が、高瀬の鞄から消えてなくなることもある。

だが毎晩のように散財する高瀬は一向に意に介さない。そのくせ高瀬は妻にはその日の生活費しか渡さない。結婚するとき、高瀬の母に、これが高瀬家のしきたりだと口を酸っぱく言われたという。

「彼は選ばれた人、かれなりの愛し方なのよ」

気丈にいうもの、健介の姉は最近では絵筆も握っていない。夫婦には子どもがいない。高瀬の司法試験勉強中、妊娠したが、受験の邪魔だといわれて堕胎した。それっきり子どもができなくなった。そんな寂しさもあってか、あれほど一途に絵を描いていた姉が、精気をなくしていくのが、健介には耐えられなかった。

その高瀬に、健介は仕事やら妻との離婚調停を頼む羽目になって、内心では穏やかでない。さっきから落ちつかなげに立て続けに煙草に火をつけては、荒い息で煙を吐き出している。

葉子が洗面所にたった隙に、高瀬が椅子にふんぞり返って、ため息を吐いた。

「百八十度、タイプが違う。前の奥さんは、男好きのする美人だったけど、頭の良さは感じない。そこにいくと、葉子さんは、知的でチャーミングだ。——ああっ、俺も若い女房と、やり直ししたいものだ。健介くんが羨ましいよ！」

高瀬は実感をこめて言いはなつと、ちらっと洗面所を見ながら声をひそめた。

「若い葉子さんのためにも、子どもの親権は放棄したまえ。慰謝料や養育費は当然払うことになる。まあ、万事まかせておきたまえ。簡単すぎる事件だけど、葉子さんのためだ。何とかしよう」

帰りの電車のなかで、健介から話を聞くと、葉子は眼を輝かせた。重苦しい健介の離婚話から、久々に解放された思いだった。

「葉子さん、こんど、飲みに連れてってあげよう。虎の門まで出ていらっしゃい。ここは僕の縄張りだから」

高瀬は帰りしな、葉子の肩を抱いて、張りのある声で言った。健介は姉と同様、一滴の酒も飲めない。葉子は高瀬の闊達な誘いに、思わず頬を上気させたが、かたわらの健介の憮然とした表情に気がつくと、表情をくもらせた。

車窓に街の灯りがちらちら通り過ぎる。健介は頬をひきつらせたまま、さっきから無言である。

「お義兄さんに頼んでほっとしたわ。やっぱり、専門家同士のほうが、結論が早いかもしれない。奥さんとの離婚話、すべて僕に任せておきなさい、なんて。自信満々に断言されると、急に安心する。なんだか、胸のつかえが下りたみたい。お姉さんに感謝しなくちゃ、あとでお礼の電話、しときます」

葉子はわざと快活な声で、ほほ笑んだ。

「すまない。すこし気がたっていた」健介はほうっとため息をはくと、心配そうな葉子の肩に手をまわした。

「義兄から、実は××株式会社の労務担当の職場を、紹介されていたんだ。共産党の労働運動のスペシャリストなら、うってつけだ。高給出すから是非欲しいと言われた」

葉子ははじめて聞く話に目を丸くした。健介は、じれたように深いため息をもらした。

「日本の経済界のトップには、東大の学生時代、共産党の細胞で活躍した人物が意外と多い。彼らは党をやめると、何故か百八十度思想を転換して、反動になる。資本家として経済界に君臨する。――ぼくは、党を除名されたが、反動にはなりたくない。労働者のために、闘ってきたのが、今度は会社側にたって労働者を苦しめる、そんな仕事には就きたくない」

葉子は、健介の汗ばんだ手を握りしめた。

「そりゃ、党には、官僚主義とか、情報の統制とか、末端の僕らにさえ疑問を抱かせる問題点は多い。ハンガリー事件では、ソ連が同じ社会主義の国に、軍隊を送って弾圧した。フランス共産党の大量の文化人が、抗議して共産党をやめたのもそれがきっかけだ。日本でも、作家の中野重治が、その問題で除名されている。結局、大国主義も、その根源は官僚主義にある。もっとも……」健介は一瞬、躊躇して、言いよどんだ。言いたいことの半分も口に出せないもどかしさに、苛立っているようだ。

「お義兄さんとそんな話があったなんて、知らなかったわ。でも、官僚的な組織に排除された健介さんが、中堅企業とはいえ労務担当になっても、苦しむだけね」

いつしか、電車がホームに滑りこんでいた。

最終のバスの後部座席で、葉子は窓ガラスにうつる健介の疲れた横顔を見つめた。何もかも失って、新しい人生を踏み出そうと模索する健介の深い苦悩が、いつの間にか額に太い皺を刻んでいた。気がつくと商店街の灯が消えて、あたりは薄暗い闇が支配していた。

第四部　命

一

「まるで、漱石の小説『門』の宗助と御米みたい、隠れ家ね」

「でも、崖下じゃない。太陽がまぶしい」

　葉子のため息に、健介は楽しそうに、澄んだ空を見上げて言った。

「そうねえ、ツツジがほら、こんなに綺麗に咲き乱れて、隠れ家にはもったいない。駅から離れているだけで、そのぶん静かだわ」

　ふたりは手をとりあって、母が買っておいた郊外の二階家にあがった。

　商売上手な母は、菓子屋で儲けた金を、大胆にも不動産に注ぎこんだ。度胸と勘のいい母は、勝負どころをわきまえていた。数件の家作を建てて、他人に貸していた。小心の父は、そのたびに激怒したが、あとの祭りであった。

　雨戸を閉め切った部屋は、畳の隙間からも、ムッと澱んだ空気が立ち昇っていた。

「こんなところで母に感謝するなんて、思わなかった」

ふたりは、かび臭い畳に寝転んで、吹き抜ける風を頬に受けてまどろんだ。はじめて健介を紹介したときの母の眼を思い出して、葉子は思わず苦笑した。


葉子が連れていった健介をはじめて見て、母は無言だった。姉の律子が茶を淹れたが、その眼には不信の色が濃くにじみでていた。葉子は大の甘党の健介のために、草餅や桜餅を小皿にだしてあげる。健介は長いまつげをふせ、うまそうに草餅にかぶりつく。そんな健介を駅まで送って帰ると、母と姉が心配そうに待っていた。


ふたりに問い詰められるまでもなく、葉子は、健介が無職であること、妻とは家裁の離婚調停中で、幼い子がふたりいると打ち明けた。さすがに気丈な母も眉をしかめた。

「あんまり人の道に反することとすると、幸せにはなれないね。奥さんや子どもが可哀そうだよ。だいいち、奥さんは離婚を納得されているのかい。せっかく大学までいったのに、そんな男がいいのかねえ」

母はすっかり気落ちしたように葉子の眼を見ずにため息をもらした。

「それに隆夫さんは、承知しているのかい？　母さんには、どうも隆夫さんのほうがよく見える」

すかさず姉の律子がうなずく。律子は、葉子のかつての恋人望月隆夫を指導者と仰ぐだけでなく、思慕していた。それ以上に母は、隆夫を家族の一員のように可愛がってもいた。姉の律子が真っ先に感化され、やがて共産党員になったときも、反対はせず、むしろ自分から支持者になった。

母は貧乏で小学校も満足に通えなかった。それでも優秀な成績だったらしく、卒業時には学校から特別に「優等賞」の賞状がおくられた。それが母の自慢だったが、正義感も並はずれて強かった。

店は多くの労働者が出入りしていた。和菓子専門店が看板だが、和菓子のほか、団子や餅、お赤飯、あげく客の要望で中華蕎麦まで扱うようになっていた。すべて母の才覚で、労働者はラーメンに草餅、あべかわ餅や磯部もち、団子などを夕飯代わりに注文していた。なかでも鋳物工場に働く朝鮮人労働者には人気があった。

ある晩、たちの悪い酔っ払いが、朝鮮人の職工を捕まえ、執拗に絡んだあげく「朝鮮人のくせに、でっけえツラするな！」と唾をはいた。ののしられた職工は口惜しそうにうつむいて、金を払うと逃げるように店を飛びだしていった。

母は、美しい眉を吊り上げ、酔っ払いの前に、仁王立ちに立ちはだかった。

「朝鮮人のどこが悪い！　おまえのほうが、よっぽど日本人の恥さらしだ。二度とこの店の敷居をまたぐな！　出ていけ！」

酔っ払いは常連客だった。毎日のように母を目当てに通ってきていた。いわばお馴染みさんだ。店の騒動に、父と婿がそろって顔をだして、客をなだめ、母に文句を言った。

酔っ払いはまもなく酔いも醒めて、みるみるシュンとうな垂れたが、母の怒りはおさまらない。「塩まいとくれ！」と、酔っ払いをつまみだしてしまった。

母は、正義感が強く、弱いもののいじめが大嫌いだった。

「アカだって、正しけりゃ、支持するさ」母は、隆夫の話に耳を傾け、自分なりに判断したと自慢していたが、葉子には、隆夫の誠実な説得のせいだと思えてならない。

父も母も、たがいの政治的立場を奇妙に尊重していた。菓子組合や町会の役員を誠実にこなす父の一日は、仏壇の前で浄土真宗の経文を読むことからはじまる。多趣味でもあり詩吟や旅行、ゲートボールと、店は婿養子にまかせて、悠々自適の毎日だった。内弁慶な母は、店から一歩もでない。はにかみやで、人見知りする。それでも、母は自慢した。

「人と、不動産を見る眼だけは、たしかなものさ」

その母は、何度もため息をはくと、押し黙っている葉子に、

「もっとも、葉子が好きになったとしたら、反対してもおさまるまい」と、ふっきれたようにつぶやいた。

両親の反対を押し切って、大学にはいった葉子は、いまでは母にいちもく置かれていた。言い出したら、決して後に引かない強情な娘、その気丈さは自分にそっくりだと、内心では自慢に思っている。それに大正生まれの母は百六十センチものすらりとした長身で顔立ちも女優のように美しいと評判だったが、父は対照的に百五十センチにも満たない小男で、その縁談も母の知らないところで決まった。父の実家のほうが多少小銭も貯めこんで裕福だった。一方貧乏のどん底で、父の家から借財していた母の実家は、縁談の申し出を断れなかった。花嫁になったその夜に、母ははじめて父を見たという。洋画しか見ない母に、時代劇の大ファンの父では話題もあわない。

おまけに母の美貌を目当てに毎晩のように客が殺到する。その誰彼に愛嬌を振りまく母に、嫉妬に

狂った父の激怒の声が、毎晩のように葉子たちの寝どこまで聞こえてきた。

すすり泣く母の声は、朝方まで続くこともあり、母の身体が心配でならなかった。

ある晩葉子は姉と妹に話をもちかけた。このままだったら母は病気になる。姉妹は神妙にうなずきあうと、隣室の襖を開けた。布団の上に仁王立ちの父が、母を怒鳴りつけていた。

葉子は母のもとにかけより、父の顔をキッとにらみつけ、宣言した。

これ以上母に暴言を吐き、いつまでも寝かせないなら、いっそ離婚したらどうですか。もちろん私たち姉妹は母の味方だから、母にどこまでもついていきます。

それっきり、少なくとも寝室での父の暴言はおさまった。

そんな葉子を思いだしたか、母は観念したように眼を細めた。

「葉子は飯能の叔母さんに、顔も気性もそっくりだ。女学校をでたとき、校長先生が教師になってくれと頼んできたほど優秀だったのに、好きな男と駆け落ち同然、逃げおおせた。飯能の旧家の一人息子で、後家の姑にいじめぬかれたけど、妹は立派にやりおおせた。死ぬときは、これほどの嫁はいないと、涙をこぼしたそうだ。まったく、たいした妹だよ」

母はどうやら軟化したようだ。葉子はここぞとばかりに、母の懐に飛びこむ覚悟で、無心した。

「そこでね、お母さん、これからふたりで勉強して資格をとるから、三十万円、貸してほしいの」

葉子の頼みに、さすがに母はおどろいた。

「お父さんとも相談しないと」めずらしく、歯切れがわるい。

母は、商人のわりに金銭には無頓着だった。父は細かく溜めこむ主義だが、母はむしろ、「金は天下のまわりもの。あくせくしたって、はじまらない」と豪快に笑う。

「それと、飯能の叔母さんにも相談しないと……」母は深いため息をはきながらつぶやいた。

母の妹は、いまでも図書館に通い、おびただしい本を読破する。洋裁の腕前はプロ級だ。男物の背広、オーバーもお手の物、合間に油絵や水彩画を描いて展覧会にだしたりしている。料理の腕もよく、五十軒を超す家作の管理やら、野菜畑の仕事を一手に引き受けていた。

母はこの多種多芸な妹にかなわない。いやがる葉子の姉に、洋裁だの料理学校に通わせノイローゼにさせたのも、母のコンプレックスのあらわれか。それだけに、大事の判断は、この妹に真っ先にする。父は、いつものとおり、蚊帳の外である。


一週間後、叔母夫婦を交えて家族会議が開かれた。叔母は持ち前の闊達さで、葉子や姉まで共産党に入ったときは、「アカ」になるため大学なんかにやったのではない、と葉子を叱責し、姉を非難した。母は黙って、妹の好きそうなダイヤの指輪をみつくろってやった。

叔母は葉子からみれば多少欲張りだ。母の趣味は貴金属。家には専属の指輪の飾り職人が出入りするほど光るものに目がなかった。葉子たち三姉妹は猫に小判の無関心だったが、叔母はねだって母の指輪を、それも高価なものを持ちかえる。母は、せっかく買ったものでも人が欲しがるとあっさりやってしまう。買って、眺めるのが趣味なのかもしれない。

叔母は一座をみわたすと、さっそく口火をきってしゃべりだした。隣には叔母の亭主があぐらをかいて、煙草をくゆらしている。歳をとっても好男子の彼は、張り詰めたこの場の空気にまったく無頓着で、にやにやしていた。父は入り口の近くに正座してうつむいている。

「健介さん、あなたは失業中で、おまけに妻子もあると、言うじゃありませんか！」

叔母が第一声を鋭くはなった。

「そんな立場で借金を申し込むなんて、非常識きわまりない。どだい、どこの馬の骨とも分からぬ男に、葉子はやれない！」

叔母は、まるで自分こそが葉子の母親だと言わんばかりに、血相変えてまくしたてた。

その剣幕に、母は唖然とした。それから葉子の顔が、みるみる引きつるのをみて、叔母を押しとどめた。話半分で封じられた叔母は、憤懣やるかたなき形相で、健介をにらみつけた。

健介は、背筋を伸ばしたままの姿勢で、涼しい眼元を一点に集中させている。一言の弁解も、釈明すらしない健介に、叔母はますますいきりたった。母が静かに制して言った。

「葉子の選んだ男に、どこの馬の骨呼ばわりは、あんまりだ。それでは、健介さんばかりか、この葉子まで侮辱することになる。おまえの気持ちはありがたいけど、……いいだろう。三十万のお金は、あたしが融通しよう。正式に借用証を書いてきたら、その日にでもお金は貸してあげよう」

「遠いところを、せっかくやって来たのに」叔母は面目をなくして口をとがらせた。

今夜もダイヤの指輪が二、三個、飛び交うだろう。姉妹はことのほか仲が良かった。

健介は、三十万円、母から借用すると、喜んで本屋に出かけた。おどろいたことに健介は、三十万そっくり法律書を注文してきた。事前に健介は自分が必要とする法律書の値段を調べていたらしい。

本屋から届いた書籍に、葉子は唖然として目を丸くした。彼は、基本書として、司法試験にも対応できる本格的な書籍を購入した。その晩、健介は、子どものように真新しい法律書を眺めて、本を開いては手で撫でて、その感触に浸っている。

幸せそうな健介の大きな瞳が輝くのをみて、しまいには葉子も笑いだした。ふたりは貧乏で、たぶんに栄養失調ぎみだった。三十万も借りたのだから、すこしは食費にまわるだろうと考えていたのが甘かった。すべてが、法律書に化けてしまった。

葉子はほおっと溜息をもらして、健介の広い背中を見た。彼は、たった半年で、未知の資格をとる気でいる。健介の邪気のない喜びようが可笑しくて、葉子もつられて笑った。

「司法書士なんて仕事、よく分からないけど、お義兄さんの紹介ですもの、とりあえず新宿の事務所に行ってみたら」

ふたりは、のんきに肩を寄せあって、忍び笑いをした。党も、仕事も、友人たちも、すべて無くしたふたりにとって、まばゆいばかりの法律書が、西日をうけて輝いていた。ふたりは幸福そうに寝転んで、思いっきり手足を伸ばして、腕を絡ませた。

二

まもなく葉子は台東の司法書士事務所に職を見つけた。六十を過ぎた先生と、そのふたりの息子、ほかに若い男女の事務員と、葉子の総勢六人が働く職場だった。仕事の分量に比して明らかに人数が多かった。したがって残業もなく、五時の定時には、もう事務所の鍵を閉めはじめていた。暇な職場で、先生は葉子に民法の本をくれた。

「仕事がなければ、いつでも法律の本を読んでかまいません。勉強して、司法書士の資格を取ってください。ここにある本は、自由に使ってかまいませんから」

若い十九歳の女性事務員が、豊満な胸を押しつけて、葉子にこっそり耳うちした。

「葉子さん、気をつけてね。先生はあなたに資格をとらせて、息子の嫁にしたいのよ。ふたりとも、もう十回も受験して、落ちてばかりいるの」

たしかに先生は、給料のほかに特別手当を、こっそり葉子に握らせた。先生の魂胆がいじらしくて、葉子は本を広げながら、すっかり薄くなった先生の頭を眺めてため息を吐いた。

息子たちは、酒にマージャンと、遊ぶことに余念がない。葉子は、人のいい先生の期待に満ちた視線を、日に幾度となく浴び、そのたびに落ち着かない気分におそわれた。

そのころ健介も、弁護士の高瀬の紹介で、新宿の司法書士のもとで働き始めていた。温厚な先生の他に、四十歳の独身女性が、事務員として先生以上の権力を振るっていた。

「痩せすぎの意地の悪い女性でね。ぼくのことを、まるでスパイをみるようなうさんくさ胡散臭い眼でみる。とにかく、書類に触らせない。雑用をわざわざ探して、やらせようとする。勉強なんかにならないどころか、時間の無駄にすぎない」

健介は閉口したように、不満をぶちまけた。

「辞めたほうが、よさそうね。お義兄さんには、一応断って。そうそう、台東区にいい図書館があるの。仕事で近くまでいったから、様子を見に行ったの。学習室の机は十人も座ればいっぱいだけど、三階建ての書庫がすばらしい。しばらく、次の仕事が見つかるまで、そこで勉強したら」

ふたりは満員電車にもみくちゃにされながら、職場に、図書館に通った。葉子は五時になるのが待ちきれず、あたふたと健介のいる図書館に駆けつけた。リュウマチが治りきっていないのか、胸がしめつけられるように痛む。それでも一刻もはやく、健介の元気な顔が見たかった。

楕円形の大きなテーブルに七、八人の学生やら社会人が陣取っていた。葉子は足音をしのばせ健介を眺める。誰一人顔をあげてみるものもいない。咳払いひとつしない。金属音を隠し持ったような緊張した空気が、部屋に充満していた。葉子は健介の端整な顔を美しいと思った。愁いをおびた深い瞳に未知の学問への情熱がのぞいてみえた。葉子も黙って空いた席に座る。時間がみるみる止まって、葉子も自分だけの世界にとりこまれる。法律は専門外だ。用語ひとつおろそかにはできない。葉子は健介が図書館に通いだしたばかりのある日のことを思い出していた。

いつもの通り葉子は健介に会いたくて図書館の扉を開けた。健介は座席にいなかった。葉子は書庫にはいって、おびただしい蔵書に埋もれたような健介を見つけて近寄った。

「おもしろい本でもみつけたの？」健介は本の表紙を葉子に見せて笑った。

「脳と記憶？」

「そう、法律はぼうだいな分量だ。人間の脳細胞の働きを知る必要がある」

怪訝そうに見あげる葉子に、健介は声を立てずに笑った。

「ぼくは完全に集中できるまで本を読まない。しばらく瞑想していると、あたりの物音が消え、周囲が真っ白になる。でも最大に集中しても四時間だな。なにしろたかが司法書士の試験といえ七教科もある。期日も半年と決められている。刑法総論など諸学説があって、つい惹き込まれてしまう。誘惑されそうだよ」健介は本を書庫に返すと帰り支度をはじめた。

葉子は健介の手帳をみて驚いた。試験期日までの周到な計画と、その日の学習の結果が、その日読んだ本のページ数まで、克明に記されている。新しい学問を学ぶ健介の熱気に、葉子はリュウマチの手足の痛みも薄らぐ気がした。それでも、司法書士の事務員の給料は予想外に安い。健介に働いてもらえなければ、慰謝料も月々の養育費もままならない。

ふたりはすっかり暗くなった道を、電車を乗り継ぎバスに揺られ、隠れ家に急いだ。葉子は躊躇しながら、新しく健介のために見つけてきた職場の話をした。

「うちの近くの司法書士の事務所が、法曹研究会といって受験の添削を商売にしている。もちろん問題を作るのは、専属の弁護士や司法書士だけど、印刷所に原稿をまわしたり、郵便の処理をするアルバイトを募集している。今日、飛び込みで先生にお目にかかったら、すぐにでも来てほしい、そう言うの」

「いいねえ。受験の問題が、ただで学べる。良い職場だ。ありがとう。さっそく明日にでも、行ってみよう」

葉子はほっと胸を撫で下ろした。せっかく勉強が軌道に乗っているのに、図書館での毎日が気に入っているのに――。

「心配しないで。ぼくは充分感謝している。面白そうな職場だし」

隠れ家に戻って、ふたりはのんびりと夜空の星を眺めた。窓ガラスにふたりの吐く息が並んで白く映った。

「葉子ちゃん、ぼくたち子どもをつくるの、よそう」

不意に健介がガラス戸に向かったまままつぶやいた。葉子の同意を求めるというより、むしろ自分に言い聞かせているように、葉子には思えた。

「……そうねえ、わたしも心臓が悪いし、お医者さんには、子どもを産んでは駄目ですと、釘をさされているの」

葉子はわざとおどけてあいづちをうったが、不意にあふれ出た涙で目の前がかすんだ。


数日前、実家の母のもとへ、健介の母が律儀に暮れの挨拶に訪れた。健介の母は、若いころの美貌を微かに目元に残していた。こざっぱりとした和服を上品に着て、ハンカチでなんども額の汗をぬぐった。健介の弟とふたりで、かつての健介の家に住んでいる。帰りがけに、健介と低い声で立ち話をしていた。

「上の女の子が、おまえに会いたくて、家にやって来た」

ふたりは葉子に聞かれないように背を向けていた。

健介の母は、小柄な背を丸めて、なんども頭をさげて帰っていった。

悄然と立ち去る痩せた両肩に、息子夫婦と孫に去られた寂しさが漂っていた。葉子はその後姿にやりきれない悲しみをおぼえた。自分が周囲にあたえた衝撃の広がりと深さに、激しく胸を締めつけられた。健介が言っていた地獄の業火《ごうか》とは、これからもこんな形で葉子の人生を左右していくのだろうか。愛する健介の子どもを産みたいと、秘かに思いはじめていた時でもある。幸太の記憶がやっと薄らいで、あとは健介の子が欲しい気持ちが募っていた。自分の優しさと、健介の知性を備えたふたりの子どもが、なんとしてでも産みたかった。

健介の言い分は分からないでもない。彼は、いまでも残してきた子どもたちに心を引き裂かれている。げんに上の女の子は、健介会いたさに、二度も家にやって来たではないか。

自分は、身勝手な女だ。人でなしだ。健介の家族をばらばらにして、幼い子どもたちから、大好きな父を、家庭を奪ったのだ。葉子はその報いを、彼らの恨みを、全身に浴びようとしている。女としての孤独な道を、健介への愛のために、誓おうとさえしている。

健介の妻は、勝利した。彼女は、健介が命とも思う児にいられなくしたばかりか、最愛の子どもたちからも、引き離した。葉子への報復でなくて、なんだと言えよう。

子どもを、健介の子を産まないという決心は、自分なりの贖罪《しょくざい》でしかない。健介の胸に、永遠に残る子どもたちへの愛の業火のために、自分は辛くても、運命を受け入れるのだ。

「もう遅いわ。すっかり寒くなって、明日の朝は、道路も凍って滑るかもしれない」

健介は深い瞳を葉子に向けてうなずいた。見交わすふたりの声にならない笑いが、さざなみのように、窓ガラスを振るわせた。

三

梅雨のあいまに珍しく晴れた空を見上げて、葉子は健介の帰りを待った。さっきから時間が止まったようで、葉子は洗濯物をたたみながら道路をみやった。試験は七教科を一日でやるため夕方までかかる。健介は過去の職歴が発覚しないように、受験者数の多い東京で受験した。合格者が多い分、面接の調査も厳しくないはずだ。

「それより妙な調査をされないためにも、満点合格を目指すのが得策だ。合格点すれすれだと、面接ではねられるといううわさだから」

法曹研究会で添削のアルバイトをしながら、健介も受験の情報を聞かされていた。塾に通わないと合格しないとか、法律論争が有意義だとか弊害だとか、同じアルバイト仲間のたわいのない話にふたりは大笑いした。そのアルバイトも試験の一ヶ月前からは、一日おきにしてもらった。ある日、健介がすまなそうに葉子に言った。

「予定が遅れている。訴訟法でおもわぬ時間をくってしまった。すまないけど、アルバイト毎日でなく一日おきにしてもいいかな?」

「かまわないわ。友達が学習塾やっているの。講師にならない、って打診されていたから、丁度いいわ。週二回ぐらいなら、仕事の帰りにでも勤まるし」

健介のアルバイトの報酬は、微々たるものである。養育費の足しにもならない。塾の講師の手当てのほうがましだった。温泉がわりに、近くの広い銭湯にくりだそうと、ふたりは並んで夜道を歩いた。

葉子の胸は穏やかに波打っていた。健介の吐く息が、人気のない道路の街灯に、ほの白く浮かんだ。

葉子は洗濯物を片手につと立ち上がって玄関先をみた。縁石まで伸びだした紫陽花の花を避けるように、健介の広い肩が見えた。葉子は小躍りして階段を駆け降りた。

「おかえりなさい。どうだった?」

「覚えていない。頭が真っ白でどんな問題が出たかも分からない」

葉子は唖然と立ちすくんだ。(頭が真っ白で何も覚えていない?)記憶力の良さだけが自慢の葉子には、敗北宣言としか考えられない。

「できなかったってこと?」かすれた声で葉子は恐る恐るたずねた。

「いや、そうとは言っていない。猛烈に集中していたから、終わったらすべて忘れた。そういうこと」

健介は吹き出る汗をぬぐいながら、畳の上に胡坐をかいて、うまそうに煙草を吸った。

「とりあえず、お疲れさま! さて、次は通信で大学にいくの? それとも絵でも描きにいく?」

葉子は背後から健介の肩を抱きながら、茶目っ気たっぷり耳もとでささやいた。


隠れ家の木立に、蝉の声が驟雨《しゅうう》のように、ひと夏の命を歌っていた。健介は暑がりだ。一晩中クーラーをつけて眠る。葉子は微かな風音にも目を醒ました。汗ばんだ手足に激痛が奔り、心臓の鼓動が胸を締め付けていた。額をぬぐうと、ねっとり脂汗がしみついた。暗闇では眠れない葉子のために、小さなルーム・ランプが燈っている。医者は相変わらず入院を勧める。葉子は頑迷に拒む。一日たりとも健介の傍を、離れるわけにはいかなかった。

健介の穏やかな寝息が、規則正しく葉子の腕に触れてくる。葉子は体を丸めて健介の裸の胸に顔をおしあてる。安らぎが、官能が、貪るように絡みついて葉子は放心したまま、健介の逞しい首筋をそっと噛む。

「どうしたの？　眠れないの」健介は夢心地で葉子の細い体を抱きしめる。いつしか痛みもやわらいで、葉子は夢のなかで、空一面に覆われた鱗《うろこ》雲に包まれていた。

目覚めて、窓を開け放った葉子の目に、青空が飛びこんできた。夏の終わりに出るはずの鱗雲が、はやくも天空を薄くおおっていた。誰かが玄関で叫んでいた。

「原健介さんに、速達ですよ！」若い郵便配達の男が、眩しそうに葉子を見上げて怒鳴った。健介は朝が弱い。葉子はしかたなく階段を降りた。

「はい、法務省からの速達。何かしら？」葉子は封書を透かして見あげた。

健介が跳ね起きた。震える手で封をきると、

「合格した！　あとは、口述試験だけだ！　ああ、葉子ちゃん、ありがとう」

健介は、瞳を輝かせ、抱きついてきた葉子を、愛しそうに撫でた。


口述試験が終わって、ふたりは池袋の懐かしい喫茶店にいた。健介は快活に試験管の口ぶりを真似ておどけてみせた。

「原健介くん、ふうむ、きみは、全問正解でした。しかし、過去の経歴では、どうやら実務の経験は

るのかな？」

無いようだ。仕事は、きみ、経験も必要だ。——まあ、しかし優秀な成績でもある。開業は東京です

健介の饒舌ははじめてのことだった。葉子は腹をかかえて笑い転げた。

「ほかの受験生たちは、民法とか商法、刑法を聞かれて閉口したってこぼしていた。得点が悪かった科目を集中的に質問されたらしい。ぼくは運がよかった。葉子ちゃんのおかげだ」

なけなしのお金で「チボリ」の店にはいった。スパゲッティの苦手な健介が、葉子のために進んで入っていった。

「実務は、わたしが身につけた。だから一日もはやく、開業しましょう。わたしたちの事務所を持つのよ。心配しないで。仕事しながら、こんどは私が資格をとるから」

隠れ家への帰り道、月を眺めながら健介がつぶやいた。

「ほんとうは、試験に落ちたら、逃げ出そうと決めていた。葉子ちゃんに会わせる顔がないもの」

「えっ！　でも、ひとりでなんか、逃がさない。逃亡するなら私もいっしょよ。どこまでも、逃げちゃいましょう。どこまでも」

くるりとふり向いて、葉子は健介の胸に飛びこんだ。

月が、どこまでも追ってきた。

四

葉子は商人の娘である。地元での開業は成功した。一年も経たないうちに、銀行や不動産屋の顧客がついた。台東の司法書士の事務所から同僚だった女の事務員を引き抜いた。彼女はやっと二十歳になったばかりだが、筋肉質の大柄な女性で、はちきれそうな乳房がブラウスごしに波うっていた。

「前の事務所では、何にもやらせてもらえなかったし……、雑用ばっかりだもの」

彼女は赤ら顔をほころばせ、さっそくやって来た。ためしに書類を作らせてみると、かなり達者にこなした。もちろん実務の経験はない。そのかわり毎日法務局に出入りし登記簿の閲覧をしていた。その経験が役立った。葉子はほっとした。すると健介も、アルバイト先だった法曹研究会で働いていた、二十八歳の男に声をかけた。痩せて小柄な彼はすでに司法書士の資格を持っていたが、弁理士の資格を狙って勉強中の身だった。あとは不動産屋の紹介で夜学に通う十九歳の坊主頭の若者を採用した。

得意先の銀行員は葉子と同年代が多かった。

三時に銀行のシャッターが閉まると、彼らはすぐさま葉子を店に呼んで、登記関係の書類をわたしてくれた。葉子があらわれると、行員たちは仕事ではりつめた表情をゆるませ、煙草に火をつけ、うまそうにくゆらした。あるとき、葉子とおない年の融資課の行員が、

「ぼくは入社して一年で、ノイローゼになって入院したんです。銀行員の仕事が嫌で、嫌で、自分は何でこんなことをしているんだって、すっかり懐疑的になってしまって」

彼は大手M銀行でも私大の商学部を主席で卒業したエリートだった。

またS銀行の融資の担当者は、大学の落語研究会の出という特技をいかして、機会さえあれば行内で得意の落語を披露していた。かなり怪しげな下ネタに女子行員らは顔を真っ赤にしながらも、くすくす笑いころげている。これが支店長の目にとまって、同期では早くも出世頭の筆頭にあげられている。気さくな男で葉子らの家にも度々やって来た。

健介とは五月の連休に三泊四日で八ヶ岳連峰の赤岳を縦走した。赤岳の山頂から下山の途についた健介は、息があがって足は棒のように重たかった。おまけに霧雨が降って、途中から着た雨がっぱが身体にまとわりついて動きが鈍くなっていた。健介の前を行く若い行員の足取りは軽く、健介は焦ってきた。しばらく立ち止まって雪渓をながめているうち妙案がうかんだ。

じゃまな雨がっぱをぬぐと、尻の下に敷いた。あんのじょう、ビニールのカッパは思った通りよく滑る。これなら若い行員に負けない。健介が手をあげながら、笑顔で滑りはじめた。その途端、スピードが加速した。その時には気づいた行員が「先生、あぶない！」と、声をからして叫んだ。

まずい！　このままでは雪渓を落下して崖下に落ちる。健介はとっさにビニールの雨がっぱを尻からはずすと、投げ捨てた。そのまま身体を横向きにして、雪渓に倒れこむように、しがみついた。白いビニールが雪の粉を舞い上げ、猛スピードで谷底に落下していくのが見えた。

「あのときは冷や汗が出たよ」

やっとのことで家にたどり着いた健介は、夕食をすませると、さかんに聞きたがる葉子に、煙草の煙をはきながら、すました顔で言った。

「雨がっぱ、あなたの身代わりになったのね」葉子はあきれてため息をはいた。
それからも健介は若い銀行員とふたりして、八ヶ岳連峰の峰々を登った。

健介は、かつての労働運動の仲間とは異なる友人たちをえたが、もともとは生一本で妥協を許さぬまっすぐな気性の持ち主だ。官僚的で横柄な登記官や、金にまかせてごり押しする客には、容赦ない批判をあびせ、あるときなど灰皿を投げつけ、あやうく喧嘩沙汰になった。葉子が必死で健介と客をなだめ、その場は事なきをえたが、それいらい、法務局の呼び出しや、傲慢な客の相手は、葉子が受け持った。

それにしても、田中内閣の列島改造の波は好景気をもたらして、開業したばかりの事務所にも仕事が殺到した。実務経験のとぼしい健介と葉子は、慣れない仕事に、しかも膨大な量を当日すべて処理せねばならない業務に、神経をすりへらした。

そのうえ健介はかねてからの予定通り、弁護士資格に挑戦するため、大学の通信教育で学び始めていた。夏の終わりに、大学のスクーリングで友達になったという若い税務署員が事務所にやって来た。しばらくすると、税理士事務所に勤務する男や、司法試験をめざす中年の男たちが顔を出した。かれらは健介の事務所の活況ぶりに、若い葉子がてきぱきと応対するさまに、羨望の眼を向けた。大学を卒業したら独立した事務所をもつ。彼らの希望の先に健介がいた。

だが通信教育とはいえ日常の業務におわれる健介には予想外に大変だった。司法書士の業務の宿命は時間との闘いだった。その日に受託した案件は当日処理することが要求される。うっかりおこたれば法外な損害賠償を払う羽目になる。

　ある晩、健介ははじめて出席した司法書士の会合からもどると、茶をすすりながら、ゆううつそうな表情で話しだした。

　会で報告された事件は、二年前、法務局に近い某事務所で起こった。その日の午後三時過ぎ、東京の町金融業者が血相変えて飛びこんできた。かねてより貸し付けていた地元の鋳物工場が不渡りをだした。明日にも倒産する。その物件に抵当権の仮登記を依頼してきたのだ。

　六十過ぎの司法書士は病院通いで不在、若い男の事務員だけがいた。事務員は断ったが、業者は登記の書類と、概算の登記費用まで、強引に置いていってしまった。

　翌朝司法書士は、あわてて登記の書類を法務局に提出したが、遅かった。倒産の情報に、銀行やあちこちの貸金業者がすでに登記を持ちこんでいたのだ。結果、東京の町金融業者は一銭の配当も受け取れず、貸金の回収もできなかった。怒った業者の訴えに、裁判所は司法書士の過失を認め、司法書士は三千万円もの法外な債務を負わされた。一年がかりでなんとか支払いを終えた司法書士は、その後あっけなく死んだ。もともと心臓が悪かったうえに過度のストレスもかさなったとか、まもなく事務所も閉鎖されたという。

　蛍光灯の灯りのもとで、健介の咳きこむ音だけが重くるしくひびいた。

　健介は幼いころから喘息もちだった。発作が起こると顔を真っ赤にして立て続けに咳こむ。あわや息も止まるかとおもわれる激しい苦悶のすえ、ようやく落ち着きをとりもどす。

　しかも二十五歳のころから共産党の専従職に就いていた健介は、不規則な生活に安月給もたたってか、葉子と知り合ったとき五十キロにも満たない痩せこけた身体で、微熱もあった。

つい先だっても健介は気管支炎にかかり、あげく肺炎を併発、市立病院に十日ばかりも入院した。なんとか大事にいたらなかったが、いまだに嫌な咳をしている。

「亡くなられた先生、おきのどくね。でも司法書士なんて、因果な商売だわ」

葉子は他人事でない近くの事務所の不運に、言葉の端に怒りをにじませた。

「そうだね、たしかに今回の事件も司法書士には荷が重い。弁護士とちがって地位も低いし、おまけに報酬もやすい。それなのに損害賠償額だけは弁護士なみに請求される。過失ってひと言で片づけるが、いちがいに司法書士だけが責めを負わされるのは、いかがなものか」

めずらしく健介は鋭い語調で吐き捨てるように言う。葉子もうなずいて、

「そうなの、やっぱり司法書士って社会的には認知されていない。こうなったら健介、がんばって司法試験に合格して、弁護士になってね。だいじょうぶ、健介の頭脳ならかんたんよ」

葉子が急きこんで言うと、健介はちょっと戸惑ったように煙草に火をつけ、立て続けにふかしていたが、

「葉子ちゃん、このさいだから僕の考えを言っておこう」と、煙草の吸殻を灰皿にこすりつけ、真剣なまなざしで葉子を見た。

「なに?」

「うん、この間から考えていた。弁護士になるには少なくとも大学の一般教養を終えなければならない。そのあとも、何年もの勉強が必要だ。僕自身、法律を学ぶことは嫌ではない。むしろ刑法など様々

な学説があって、のめりこんでしまいそうだ。だけど、現実はあまくない。この仕事量、新米のぼくらには負担がおおきすぎる。事務員だって毎朝始発でやって来て、帰りは終電だ。僕は仕方がないよ。慰謝料、養育費の支払いもあるし、……でもこれ以上、葉子ちゃんや事務所のみんなには迷惑かけられない」

「えっ、迷惑？　そんなこと……、ちっとも気にならない。それより……」

健介の身体のほうが気がかりだ。それに大学で学ぶというのは、健介の長年の夢じゃなかったの？

「ありがとう。大学に通うことも、科学者になる夢も、画家になる希望だって、捨てたわけじゃないさ。だけどたった二年で、仕事が山ほどまいこむなんて、考えてもいなかった」

言いながら、健介はたて続けに激しく咳きこんだ。葉子は健介の背後にまわると、背中をさすった。

痩せて骨が突き出した健介の背中をなでていると、悲しみがこみあげた。

「そうね、いまは無理しないほうがいいわね。とにかく仕事をこなして、身体の調子をととのえる」

葉子がなぐさめるように言うと、健介は長いまつげをあげて、ほほ笑んだ。

「いずれ、わたしだって資格をとる。そうしたら……」

健介だって昼間の大学に通える。司法試験に挑戦するのはそれからでも遅くはない。

言いかけて葉子は言葉を飲みこんだ。葉子自身リュウマチが完治したわけではない。朝目覚めると、真っ先に両手の指をひろげて、指をおりまげ赤ん坊のようにニギニギをする。調子の悪い時は指先も手のひらまでがはればったくこわばって、鈍く感じられる。そんな身体で、たとえ司法書士の資格でも簡単にとれるとは思わない。健介に安請け合いはできない。

葉子の不安を察したように、健介は煙草の火を灰皿にもみ消しながら、快活に言った。

「ありがとう。今の好景気もいつまでも続くとは思えない。そのうち落ち着いてくるような気もする。大学に行くのはそれからでも遅くない」

「あんまり暇になっても困るけど」葉子もつられて白い歯を見せた。

「それに、この仕事に就いて、正直これまで知らなかった楽しみがふえた。たとえば山歩きだ。やっとのことで赤岳の山頂に立った時、僕は声がでなかった。山は好きだったたし、本屋ではしょっちゅう山の写真集をながめて、憧れてもいた。でも、実際に登って、自分の眼でみた山の光景は、どんな写真でもかなわない。これが自然なのだ。はてしなく広がる山々も、自分がいま踏みしめている大地も、大気も、風さえも、人間が誕生するはるか、いにしえの昔から生き続けている。その堂々たる雄姿というか、どこか暖かで優しい生のいとなみ、……われわれ人間なんて、とうていかなわない、でもだからこそ、いまの、この限られた時間が、愛おしくてたまらないのかもしれない」

「それで、赤岳の絵を描いているのね」

葉子は居間の片隅のイーゼルの上におかれたキャンバスの絵をのぞきこみながら、

「あたしには登れそうにないけど……。でも、この絵を見ていると、まるで自分も登った気がして、爽やかになるから不思議ね」いたずらっぽい眼で健介をふりかえった。

健介は嬉しそうにうなずくと、ふたたび煙草に火をつけた。

(でも、まるで科学者みたいな絵ねえ……)

健介の姉は画家だし、弟も詩才があると聞いたことがあるから、芸術家の血、それも母方のが流れているのだろう。今は亡き父親は幕末の水戸の志士、藤田東湖《とうこ》の熱烈な信奉者だと聞いたから、健介には両親からの異なった血があわさっているのか。

それに健介はゴッホの熱烈なファンだし、浪漫派の巨匠のドラクロアのドラマチックな絵画の世界にも魅了されている。

だが健介の画風は、そのどちらにも似ていない。むしろ中世の細密画をおもわせる端正で緻密な筆づかいに特徴があった。

まだ雪が残っている山肌のごつごつしたその脇で、黄色だの紫色の高山植物の小さな花々が風にそよぐ……どれもが健介の筆にかかると、可憐そのものに映し出されていた。


急に静かになった。新聞をひろげて読んでいた健介が、どうやら二階の六畳間に移ったようだ。葉子は熱い茶を淹れると、階段をのぼった。

そこはふたりの寝室になっており、その横の小部屋に机が置かれている。健介はあいかわらず煙草をくゆらしながら、数学やら科学の難しそうな本に目を通していた。いずれも今日の午後、駅前の書店から事務所に届けられた最新の書籍である。

健介の指先には吸いかけの煙草がすでに灰となって、灰皿に落ちかかっていた。

健介はヘビースモーカーだ。若いころ労働運動でおぼえた。労働争議で資本家と交渉するのに、こっちの顔色を悟られない、間合いがとれる。たまに妙案が浮かぶ……等々の理屈をつけて、一向に止めようとはしない。

屁理屈だわ、葉子の抗議にも、これだけは頑として譲らない。葉子は湯呑を置くと、だまって灰皿を片付けながら、そろそろお風呂にしましょうと、健介の背中越しに言う。

そのとき、電話のベルがなった。あわてて階下に駆け下りると、受話器をとった。

「健介さんはどうしてる？」

母からだ。心配性の母は、退院したばかりの健介の体を案じて連日電話してくる。

「元気だから、それよりお母さんこそ膝小僧にたまった水、とれたの？」

若いころは絹糸みたいに細かった、口癖に自慢する母も最近では太ってきた。そのせいか膝に水がたまって歩くのにも不自由している。

「今日、診療所で水をぬいてもらったから、楽になったよ。それより健介さんだ、本を読むのもいいけど、身体が資本だよ。ちっとは精のつくものでも食べないと、長生きできないよ」

そうは言いながらも、母は健介の生真面目さにはほっとしていた。開業して金にゆとりができると、健介はまっさきに母への借金、しかも利息までつけて返済した。

それからの健介は、絵を描くあいまに、しきりにカタログに見入って、日曜日ともなると決まって駅前の書店にまで出向いた。数学や科学、さらには哲学、歴史書にいたる広範囲なもので、そのうち顔なじみになった書店員が、事務所まで届けてくれるようになった。

(子どものころから一冊の本も買ってもらえなくてねえ。近所の家からゴミにだしてあったリーダーズダイジェストの本を見つけると、拾ってきて夢中で読んだものだよ)

毎週のようにおびただしい書籍を注文する健介に、葉子はあきれて皮肉を言ったことがある。その時の健介の返事がこれである。

母からの電話のことを伝えると、健介はうんうんとうなずきながら、顔をあげようともしない。

「数学って、そんなに夢中になるほど面白いの?」葉子はちょっと拗ねて肩越しに言う。

「数学、この数列、美しい、の一言さ」

「ふうん?」

数式が美しい! 一度でいいから言ってみたい。それより葉子には、自分の夢を決してあきらめない健介の心こそ、美しいと思える。

健介は小学校のころ、姉のおさがりの赤いセーターを着せられ同級生から貧乏人と馬鹿にされた。学校から無償で配布される教科書以外の本を買ってもらったこともない。だからこそ、好きなだけ本が買える今の生活をありがたがっている。

先だっても様子を見にやって来た母が、あやうく腰をぬかしかかった。二階の寝室の隣の小部屋に、山のようにうず高く積まれた書籍のあまりの多さに、驚くやら心配になるやら。

「ここの床、抜けないかい? 出入りの大工に一度見にこさせよう」と、ぶつぶつつぶやいて帰っていった。

週末、さっそく顔なじみの大工が庭先にあらわれた。母のお気に入りの大工の弟子で、腕はまだ半人前だが手間賃は安いから安心だと、母は電話で言うと、笑い声をあげた。

「健介……」

「うん、なに?……」

「……お風呂入れるね」

葉子は、不意にあふれ出た涙を掌《てのひら》でぬぐうと、風呂場のガラス戸をおした。

ふたりで小さな湯船につかうとお湯があふれでた。笑いながら健介の痩せた背中を泡だて、ふにゃふにゃしたシャボン玉を飛ばす。健介は、湯気で赤くなった顔を向けて、

「こうみえても中学のときはサッカーの選手だった。でも靴など買ってもらえなかったし、ボールも学校に一個しかなくてね、裸足でボールをけって、痛いのなんの、この膝の傷、そのときのもの」左足の向う脛を、自慢そうにさすりあげた。

五

そんなある日、めずらしく土曜日の午前中で仕事が終わった。事務員を帰して、書類を金庫にしまっていると、不動産屋の社長の甥っ子の谷という男が、社長の新車を見せびらかしにやって来た。

「葉子先生、さあ、どこでも連れていってあげます。新車の乗り心地をためす絶好の機会だ」

運転免許をとったばかりの谷は十九歳、小さな眼で葉子に笑いかけながら、強引に誘う。そういえば谷の車きちがいは有名で、週末ともなれば社長の車でドライブしている。

葉子は車には興味もない。もちろん新車など乗ったこともない。谷にすすめられるまま、シートにビニールのカバーをつけたままの新車に腰を降ろすと、妙なにおいがした。

「そのにおいが、たまんないんですよ」谷は運転席にふんぞり返りながら、にやにや笑った。

どこをどう走っているのか、ボリュームをあげたカーラジオの音響が耳ざわりだったが、葉子は久々のドライブに疲れも吹っ飛ぶような爽快感にみまわれていた。そっと健介によりかかると、まもなく軽い寝息がきこえてきた。ひきこまれたように葉子もうとうとしていると、谷の素っ頓狂な声がした。

「このだだっ広い川、どうやら千曲川だって、はじめて見た」

「えっ、もう　長野県？」

車をとめて近くの売店で菓子パンや飲み物を買ってきた谷が、ジュースをのみながら、

「あそこでボーリングをしよう」と、指さした。

ボーリングなんて何年ぶりだろう。久しぶりに汗を流すのも悪くない。

二時間ばかり遊んで外に出ると、谷は猛然と車を発車させた。いつしか車は山道にさしかかったか、カーブのたびに葉子は身体ごと左右にふられ、その都度健介に抱きかかえられた。

ちらほらと雪が舞ってきた。やがて両側に並んだ樹木が雪に蔽われて、強風も出てきたようだ。吹雪がうなりをあげて襲いかかる。ワイパーもきかない。時おり車が左右に滑る。あながち吹雪のせいともかぎらない。

「ねえ、この車、チェーンつけていないけど、だいじょうぶ？」

見かねて葉子が谷に言うと、

「いやだな、葉子さんは僕の運転の腕、信じていないの」

谷の生まれ故郷の徳之島は雪など降らない。もしや、チェーンなんて知らない？　葉子はぞっとして谷に何かいいかけたとき、

「ほら、心配無用、それよりあそこを見て、あそこ、あれってスキー場ですよね」

「たしかに」健介が窓ガラス越しに外を見つめて白い息をはいた。

「そうと決まったら一気に駆け登るぞ。なにしろ徳之島にはスキー場なんてないから」

谷は一気にアクセルを踏んだ。それからいくつもあるカーブをスピードもおとさずハンドルをきった。

「そんなに飛ばしたら危ないわよ」

みかねた葉子が小さく叫んだとき、車がスリップしたように急激に左側にかたむいて、止まった。

悲鳴をあげたまま、葉子は転がってきた健介の身体におしつぶされそうになっていた。

「あっ、ごめん。それより谷くん、どうした？」

健介は斜めになった身体を起こしながら、葉子を抱きかかえて言った。

谷があわててドアを開け、外に飛びだした。健介もつづいて車を降りると、

「雪でまったく見えないけど、この下は溝だな、どうやら車輪が溝にはまったようだ」

「ええっ、ほんとうですか？　だって溝なんか、どこにも見あたらない」

谷はぶ厚い唇をつきだし、不満そうに健介に食ってかかる。

「この雪だ。いつもは見える溝にも雪が積もっていたんだ」

「そんな、……これって新車、社長の自慢の車なんですよ……」

谷は泣きそうになり顔をしかめて、健介に食ってかかる。

「あいにく山道、おまけにこの吹雪だ。民家をさがそうにも視界が悪すぎる。しかたない、今夜は野

宿、というか車中泊だ。朝になったら誰かが気づいてくれるだろう」

健介はのんびりというと、さっさと車のなかに入ると、後から乗りこんだ葉子の手を握った。

「それもそうね、でも寝ているあいだに熊なんか出たら……どうしよう?」

葉子がくすくす笑いながら、外につっ立っていた谷に声をかけると、谷があわてて運転席に飛びこんできた。

「熊! なんで、そんなのがいるんだい」

運転席にうつぶせて、ハンドルに顔をおしつけ、恨みがましく叫んだ。

「じゃあ私が助手席にいてあげる。それなら怖くないでしょ」

葉子は身体をかしがせながら、助手席にうつる。ひきつった谷の顔に赤みがさした。安心したのか、まもなく谷は歯ぎしりをはじめた。それが止むと、いびきが狭い車内にひびきわたった。

「すごいいびき、よっぽど疲れたとみえる」葉子が笑いながら後部座席の健介をふりかえる。「そりゃショックでしょう。社長の怒った顔がちらついて」健介も、めずらしく冗談を言いながら、にやにや笑っている。

疲れていたが、葉子は眠れない。そりゃそうだわ、いくら新車といっても、斜めにかたむいた車のなかで、そうそう安眠をむさぼれるわけもない。そうは観念しても、身体は疲れているのに、頭だけが冴えて、眠りはよういにおとずれそうにない。

しばらくして、健介の軽い寝息が規則正しく聞こえてきた。ああ、健介も眠ったようだ。

その寝息に誘われるように、葉子もいつしか夢のなかにいた。

健介がしきりに自分を呼んでいる。

「葉子ちゃん、だいじょうぶだ、下を見ないで、ゆっくりと渡っておいで」

葉子は健介に誘われ、ふたりははじめて紅葉の常念岳に登っていた。

ところが前夜まで荒れ狂った台風のせいで、橋の上に大木が倒れて通行不能になっていた。健介が岩にとりついたような狭い通路を見つけて、すばやく渡った。

葉子も唾をのみこんで、崖っぷちの岩肌の狭い道、といっても登山靴がやっと入れる場所に、おそるおそる足を踏みいれた。立ち眩みがする。おもわず崖下をのぞきこむと、わずか三メートルほどの谷底が透けてみえた。

「だめだわ、わたし、歩けそうにない……」

葉子は眼をつむって、喉から絞り出すような悲鳴をあげた。

「下を見ないで、ゆっくりそのままおいで」

葉子は高所恐怖症だ。歩道橋も渡れないほど、極度の恐怖症だ。それでも山登りは好きで、大学でもワンダーフォーゲル部に入った。ところが新入生歓迎の天城峠の山道で、突然めまいを起こした。そそり立つ一方が深い山肌、その一方が切り立った断崖で、葉子は恐怖のあまり足がすくんで立ち往生した。後からどんどん仲間たちが歩いてくる。とうとう犬のように四つん這いになって、泣きながら渡ったが、その後、部を辞めた。

今回の登山も健介が強引に誘うから、ついてきた。

恨みがましく健介を見ると、

「だいじょうぶ、僕がついている」さすがに困惑したような健介のかすれた声がする。

どうしょう？　引き返すにも遅すぎる。それに、いつまでも健介を待たせるわけにはいかない。あたりは暗くなりかかっている。夜になる前に山小屋まで行かなくては。

葉子は歯を食いしばって大きく息を吸いこんだ。


外で、かすかに物音がする。がやがやと声高にさわぎたてる音に、葉子は身体をこわばらせた。くもった窓のガラスを手でぬぐうと、外から男たちの顔がいくつものぞきこんでいた。

「心中か？　いや、三人もおるぞ」

葉子は、健介に声をかけると、運転席の谷をたたき起こした。

車の外にでると、昨夜の吹雪がうそのように風も止んで、真っ青な空が広がっていた。薄く顔をだした太陽が、白っぽい光を地上におとしていた。そのなかで、五、六人の近在の村人らしい男たちが、白い息をはきながら。車をとりかこんで騒いでいた。

「なんだ、車輪、溝に落としたんか？」

「ようこんな車んなかで、寝とったな」

男たちは葉子の説明を聞くと、がやがやしゃべりながらも、車体の後ろにまわると、大きな掛け声をあげて車を持ち上げにかかった。みるみる車が道路に引き上げられた。

「こんなええ車で山道を来ちゃあかんで……なに、新車かい、それは、それは……」

男たちはひそひそささやきながら、帰っていった。彼らにていねいに礼を言うと、葉子は松の大木の根っこにしゃがんだまま、ふてくされている谷のかたわらに歩み寄った。

「社長、あれで怒ると怖いんだ。徳之島にすぐ帰れって怒鳴られる」谷は両手で顔をおおうと、ガキのように泣きじゃくった。

「社長にはわたしからよく言っておく。だから心配しないで」

「ほんと！」

葉子は社長のお気に入りだ。谷の顔に明るさがもどった。背後からうまそうに煙草を吸っていた健介が、遠くを見ながら眼を細めて声をはずませた。

「葉子ちゃん、雪ってきれいだね。まさしく水墨画の世界だ。それと対照的なのがスキー場、明るい色彩で、じつに楽しそうだね」

健介の言葉に、木の根っこにうずくまり頭をかかえていた谷が、はじかれたように立ちあがった。

「スキー場！　それはいい。島じゃ雪なんか降らない。スキーって、一度はやってみたかった！」

「スキー場に行っても見るだけよ」

「いいさ、とにかく出発だ」

谷は白い息を大きくはきながら、はやくも運転席のハンドルを握りしめ、エンジン音を派手にたてた。

戸隠高原スキー場に降り立つと、谷はこのままスキーをすると騒ぎたてた。三人ともダウンのジャンバーを着ていたが、板も靴だってない。無謀すぎる、ゲレンデを見ながら煙草を吸いたてていた健介も取り合わない。だが谷は言いだしたらきかない。葉子のまわりを犬のようにぐるぐる回りながら、おがみたおす。

「しかたがないわねえ、私だって蔵王で一週間滑っただけ、初心者なんだから」

葉子は谷のしつこさにほどほど手を焼いた。それでもおかまいなしに谷はさっさとレンタルスキー用具の店を見つけると、葉子を手招いた。

「ひとりでだいじょうぶ、でも、葉子先生がいっしょなら、楽しいな」

谷はスキー板と靴をかかえて眼を光らせている。

しかたない。まったくの初心者にスキーさせて怪我でもされたら困る。葉子は立て続けに煙草をふかしている健介に近づくと、

「谷くん、ひとりでも滑るって、あぶなくて……ねえ、健介、あたしたちもリフトに乗って、とりあえず頂上まで行ってみない。あたりの冬山が見渡せるわ」

スキーは無謀だからしない、と約束させて、リフト乗り場に行くと、スキー板、靴をはいていないと乗れないと係員から断られた。葉子は健介をせかして、スキーレンタルの店に入った。長いスキー板にストック、長靴のスキー靴をつけて、三人はようやくリフトの列に並んだ。

なれないスキー板を両腕にかかえて、リフトに乗り、やっとのことで頂上に立つと、太陽がのぼっていた。

太陽は町で見かけるよりずっと大きく、しかも頭上から真っすぐ降り注がれて、熱いくらいだった。

眼鏡をしていない葉子は思わず眼を細めて、後から歩いてきた健介を振り返った。

「目の前のあの山々が、戸隠連山ね。雪をかぶって、きれいだわ」

地図をみながら葉子が叫ぶ声も耳にはいらないのか、健介はスキー板をかついだまま、放心したように、目の前に広がる雄大な戸隠の山々を見つめている。

山登りは好きだが健介は雪山には登ったことはない。自分の健康に自信がないのか、経験不足から断念しているのか、分からない。葉子はなおも陶然としている健介に近づくと、

「今度、いっしょにスキーしてみない」と、楽しそうに誘ってみた。

内心ではこれを機に、健介が冬山にでも登りたいと言いだしたらどうしょう？ 不安にかられたこともある。

大好きな煙草も忘れている。健介にとって、目の前の雪の連峰は人間の思惟を完全に離れたところの別天地で、もしかしたら宇宙のブラックホールにも匹敵する、自然界の謎とも思えているのだろうか。


「葉子ちゃん、あれを見て！」不意に健介が声をあげた。

一足先に頂上にいた谷が、葉子たちの姿を見つけると、いきなりストックをふりあげ、「ヤッホー」と奇声をあげた。

「あらっ？ 谷くん、滑るつもりかしら？」

葉子が小さく叫んだとき、谷がいきなりくるりと後ろ向きになった。雪の上に腰をおろし、そのま

ま両腕をバンザイのかっこうに両耳のわきにつきだすと、あっという間に滑りだした、というより頭から落下しはじめたのだ。

「あぶない！」葉子は思わず悲鳴をあげた。

谷が落下していく先には、松の巨木が太い幹を見せている。激突したら怪我ではすまない。

谷の真っ赤なダウンのジャンバーが勢いをつけて滑走する。あたりは激しい雪けむりで谷の姿も見えなくなった。葉子は青くなった。眼をつりあげ荒い呼吸をする葉子の耳に、子どもらのきゃあきゃあ騒ぐ声が聞こえてきた。

葉子はおそるおそる眼を開けた。

谷は、木の根元のほんの一メートル手前で、あお向きのまま大の字に寝ころんでいた。それを取り囲むように、地元の小学生らしい子どもらが五、六人、さかんにはやしたてていた。

「おじさん、下手だな、スキーははじめてかい」

子どもらは馬鹿にしたように黄色い声をはりあげ、笑いながら木立の合間をぬうように、猛スピードで滑り降りた。

「谷くん、だいじょうぶ？」葉子は大声で叫んだ。

「ヤッホー、気持ちいいよ。葉子先生もおいでよ」谷が、つんざくような大声をはりあげた。

そのとき傍らにいた健介のはずんだ声がした。

「葉子ちゃん、おもしろそうだね、ぼくらも滑ってみようか」

みるといつの間に準備したのか、健介はスキー靴をはいてストックを腰にあてていた。

「ええっ？　……だってリフトで頂上にのぼって、雪山をながめるだけだったでしょう？」

葉子は真っ赤になりながら、うわずった声で首を左右にふる。

「だって、大学の体育の実技でスキー合宿に行ったって、いつか言っていたよね」

そりゃそうだけど、……何しろたった一週間、蔵王の平らなゲレンデにいただけ。最後のツアーの日だけ、特別にリフトに乗ることを許された。それも一番下のリフトだけ、山の頂上まで登ったことなど、ない。

全身に震えがきた。どうにかこの場を逃れる方法はないか？　葉子は後ずさりする思いで、もう一度斜面をのぞきこむ。

「お姉ちゃん、こわいの？　スキーなんてかんたんさ。こうやって滑るんだ」

さっきの地元の子どもらが、いつの間にか近くにいて、にやにや笑っていた。彼らは真っ黒な顔に白い歯を見せて、こぶからこぶへと滑りこみ、やがて猫のような姿が見えなくなった。

「なるほど、うまいもんだ。葉子ちゃん、滑ってみせて」

不意に、ドンと背中を突かれた不快感に葉子は顔をしかめた。スキー靴の底から恐怖と寒気がたちのぼる。だが、健介は本気で葉子の後からついてくる気だ。

「あのね、はじめはボーゲン、つまりスキー板をハの字にして、こうやって滑るのよ」

喉がからからで、おまけにすくんだ脚が震えだした。肩に力が入ったか、ストックを持つ手まで、重くてたまらない。

えい、やけくそだわ、葉子はついに観念した。こうなったら、すべてスキー板まかせ、谷底より山肌に抱きついて、転ぶしかない。腰を老婆のようにおりまげ、スキー板に乗った。

　思ったよりうまくいった。

　だが、それもつかのま、眼の前に突然あらわれたこぶに気づいたとたん、葉子はもんどり転んで、気づいたら雪の穴に頭から突っ込んでいた。とっさにスキーの板がはずれたか、かなり遠くに散らばっていた。

　それを見ていた健介が、見よう見まねでスキー板にのった。初めてにしては、まずまずだ。穴ぼこのなかから雪だるまのような格好で転がっていた葉子の目の前を、健介のスキー板は徐々にスピードをあげて、突進しはじめた。

「危ない！」葉子が悲鳴をあげた瞬間、健介のすがたは山の斜面に消えていた。

「健介！　だいじょうぶ？」葉子は金切り声をあげ、あわてて穴ぼこから這いだすと、健介の後を追いかけた。

　健介は山の斜面の途中、松の樹木の生い茂るあたりで倒れていた。ただし見えるのはスキー板二本だけで、それが昆虫の足のように、バタバタ暴れている。

　葉子はほっとしてスキー板をかつぐと、健介のかたわらに降りていった。すっぽり雪のなかに埋もれた健介の身体を引きずり出すと、健介はおびえたようすもなく、白い歯を見せて笑っていた。

「雪って、あんがい暖かいね」

　葉子も、健介の作った穴に身体ごと寝ころんで、

「ほんと、それに雪って、とってもおいしい」と、新雪に顔をうずめて、ほおばった。

六

週末の楽しみが増えた。何事にも凝り性な健介は、あらかじめ雑誌で調べて葉子を大宮のスポーツ用品店に誘うと、最新式のスキー用品一式をそろえた。葉子はそこまでの気力もない。高所恐怖症のせいか、リフトに乗るのも恐怖との戦いだった。うっかり口を開いただけで、飛び降りたくなる衝動に悩まされ、手袋のなかが汗でにじんでくる。それに激務のせいか、週末になるとへとへとになる。ゆっくりと好きな音楽でも聴きながらコーヒーを飲んで癒《いや》されたい。

健介は自分の一式を決めると、葉子のも同じくらいの熱心さで選びだした。店員が、昨日入荷したばかりの最新モデルだと自慢しながら、ピンクの上下のウエアを持ってきた。

鮮やかな色彩に心が動いた。そうよ、リフトになんか乗らなくても、ゲレンデで音楽を聴きながら、コーヒーをする、あたりは一面の雪景色……わるくない。

葉子は胸を躍らせる。更衣室から出ると、葉子はモデルのようにポーズをつくって、ぐるりと一回転して、ほほ笑みかける。

健介は長いまつ毛を瞬かせて、まぶしそうに笑った。

家に帰って葉子は、戦利品を開けた。蔵王の合宿で借りたブーツはゴムの長靴で、板の上でぐにゃぐにゃ踊る感覚がしたが、さすがに専門店のブーツは硬く足も固定される。

これならうまく滑れそうだ。

葉子は健介とベッドに寝ころびながら、スキー雑誌をながめて、次に行くスキー場を探していた。霧ケ峰……名前が幻想的ね、でも一日中霧に閉ざされていたら？　それもわるくない。

翌週、死ぬ思いで仕事を手早くこなすと、列車に乗った。

憧れの霧ケ峰のスキー場はほとんど名前で選んだ。

ゲレンデに立った葉子は、目の前のスキースクールの看板につられてなかに入った。部屋のなかには地味で目立たない格好の三十代の女性がひとりだけいた。ハンチングのようなニット帽をかぶり、日焼けした真っ黒な顔に白い歯をみせて、健介のレッスンを請け負った。

ロッジでコーヒーを飲みながらゲレンデに目をやると、コーチの後から健介がリフトに乗るところだった。乗り場はやや傾斜があって高くなっている。先に行くコーチ、ところが健介のスキー板は何度挑戦しても、ずるずると滑り落ちる。コーチは笑いながら、健介の背後にまわり、ストックで健介の板をささえる。ようやくリフトに乗った健介の真剣な顔に、葉子は下まで駆けていって大声で呼びかける。健介はにこりともしない。

山のてっぺんにコーチと健介の姿が、やっとのことであらわれた。

緩い斜面をコーチの後から懸命な表情で滑る健介を、葉子は目でおいながら、自分まで肩をいからせた。約束の二時間が過ぎても健介はレッスンを終えようとしない。ようやくロッジにあらわれたとき、午後の一時をまわっていた。

「延長料金でお願いしたから」健介は帽子をとると、濡れた髪をかきあげた。

「優しそうなコーチね」葉子はリフトに乗るにもてこずっていた健介を思いだして、噴きだしそうになるのをあわててこらえた。

「あの時はどうなるかと思った、冷や汗ものだよ」

カレーライスをほおばりながら、水を飲むと、健介は午後のレッスンに飛びだしていった。


スキーの腕前がじょじょに上達していくと、健介は冬の週末のことごとくをスキー場で過ごすようになった。赤岳に登った銀行員が行内のスキークラブを紹介してくれ、銀行の保養所に寝泊まりしてスキーにあけくれた。

葉子は週末、一人で仕事の残務整理に追われた。それでも健介に新しい仲間ができたことは嬉しかった。健介はすまなそうに、それでも眼を輝かせて一人でも出かけるようになった。

そんなある時、葉子が計画して、はじめて往復のバスを利用して湯沢のスキー場に行った。

健介は、着いた当日も午後からゲレンデに立ち、夜は吹雪でリフトが途中で止まったにもかかわらず、スキー板を踏みつけ、歩いて山の斜面に昇ると、わずかな距離を滑り降りた。

ところが翌日の午後三時、帰りのバスの発車時刻になっても、健介はすがたを見せない。葉子はあせって場内アナウンスで何度も呼び出してもらった。それでも健介はあらわれない。葉子に同情して待ってくれていたバスの運転手も、さすがにドアを閉めかけたとき、

「おおい、おおい!」と叫びながら、健介がゲレンデにあらわれた。見ると顔のあちこちに擦り傷があり、血がふきだしている。

葉子は、運転手と乗客に頭をさげると、健介をそのままバスに押しこんだ。

「いやあ、たいへんだった。リフトで頂上まで登ったまでは良かった。これが急斜面の馬の背で、斜めに滑って向きを変えて反対斜面をつっきる。だがこれだと時間ばかりかかるし、どうしたものかと考えていると、頂上からまるで夢遊病者のようにふらふら歩いてくる男に出くわした。肩に二本のスキー板をかついで、……すれちがいざまに見ると、頭から血を流して、顔にも無数のすり傷があって、スキーウエアも血まみれ、泥まみれ、……それを見たとたん、僕は恐怖にかられて、足がすくんでしまった」

めずらしく興奮気味の健介の話を聞きながら、葉子は笑いをかみころした。

「おまけに地元の少年が、これがじつにうまくてね、上級者コースのリフトを何回も乗って、上から、おじさん、まだ滑れないのって、挑発するんだ。悔しいやら、恐ろしいやら、じつに情けなかった」

健介はウエアを脱ぐと、煙草に火をつけた。そのとき前の座席にいた男がふり向いて、

「ご主人、どうです、スキーうまくなりたくありませんか」と突然話にわりこんできた。

おどろいた健介のかたわらで、葉子も返事にこまって黙っていると、

「奥さん、心配ご無用、こうみえてもわたしは、スキーは一級の腕前ですから」

男はひどく痩せた小男で、四十代の半ば過ぎか、おしゃべり好きらしく、聞きもしないのに自己紹介はじめ、住まいが近いと知ると、握手をもとめてきた。ふにゃふにゃした女のような手の感触に、葉子が手を引っこめると、

「奇遇です。これも何かのご縁、今後はスキーごいっしょしましょう」

愛想良く言うと、隣に座っていた若い女をつれだと紹介した。女は立ちあがりもせず、肉厚な顔のぼってりした唇の端に薄い笑いを浮かべただけで、そのまま眠ったふりをしていた。体格のいい女で肩幅もがっしりとはっている。どうみても、夫婦には見えない。

それっきりのはずだった。

だが中年男はマメな性質なのか、自宅にまで押しかけて、健介をスキー場に誘ってくれた。健介も、三度に一回は同行した。つれはきまって例の体格のいい若い女だった。

葉子も何度か誘われて、たまに同行した。いずれも安い民宿で、あるときなど窓もない六畳の相部屋に四人で泊まる羽目になった。布団を敷くのもやっとというありさまに、葉子もさすがに閉口した。おまけにその晩、若い女が熱をだした。あいにく誰も薬をもちあわせていない。葉子は宿に頼んで洗面器に氷水をもらってきた。そうして一晩中、ひたしたタオルを頭にのせた。中年男は意地汚くよだれをたらして、いびきをかいて熟睡していた。

翌朝、熱が下がった若い女は、とめる葉子の手をふりきって、スキー場に行った。

中年男はなぜか連れの女には目もくれず、葉子のそばをはなれず、つきっきりで教えてくれた。だが葉子は、じきに飽きた。

「だって緩斜面ばっかりで、おまけに手はこう、足はこう曲げて……なんて、形ばかり細かく言い立てて、……わたし、もっと自由に滑りたいわ」

「そうだね、たしかスキー雑誌にも紹介されていた。ヨーロッパのスキーの選手がはやいのは、長い斜面をひたすら半日ぐらいかけて、一気に滑り降りるからだって。そのうち自然と身体が斜面に反応して、足がスキー板のいい位置にのれるんだ、って」

「そうよ、それにくらべて日本のゲレンデは、距離が短い。それに、人が多すぎる」

ふたりはいつしか中年男と女を上手にまいて、こっそりとゴンドラで頂上にあがった。

雪をいだいたあたりの山々が、おりからの太陽の熱気に照り返されて、まぶしく反射していた。健介が白い歯をみせて、笑っていた。

七

いつしか開業して三年目の秋を迎えていた。仕事はこわいほど順調だったが一日として気の抜けない緊張の連続だった。だが週末ごとの山歩きやスキーのせいか、健介の青白かった顔も今では真っ黒で、彫りの深い顔立ちが精悍に見えるほどだった。それと同時に喘息の発作も回数が減り、用心していることもあり肺炎で入院する騒ぎもなくなった。痩せてはいたが意外にも筋肉質で、スポーツマンだった彼は、今ではみちがえるほど逞しくなっていた。

それにひきかえ葉子のリュウマチはしばらく小康状態だったが、このところの仕事量の多さや、過度のストレスがたたったか悪化していた。仕事を終えたころになると手足がはれぼったくむくみ、体中の関節に激痛がはしった。事務所の奥の狭い湯沸かし場にしゃがみこんで、荒く波打つ胸をおさえ、ひたすら激痛がさるのをまった。健介はそんな葉子を案じて、しきりに病院に行くことをすすめた。

土曜日の午前中、わずかな空き時間に、近くの診療所で検査してもらった。若い医師は、「まちがいありません、リュウマチですね」と、長髪をかきあげながら、「薬は飲んでいますか?」と、涼しげな眼を向けた。

「もう長いこと飲んでいません」

「そうですか。リュウマチはいまだに特効薬はありません。あなたはまだ若いし、みたところ関節の腫れもみあたらない。薬にたよらなくても、気長に治すのですね」

葉子は医者の言葉に眼を輝かせ、身をのりだした。

「あの、では子どもを産むことにも、差しさわりがありませんね」

「子ども……?　そりゃ、リュウマチを治してからにしなさい。あなた、まだ若いし、機会はいつでもありますよ」

葉子は悲しそうに首をふると、おそるおそるたずねた。

「でも、かりにリュウマチが治りきらないで子どもを産んだら……赤ちゃんにも悪い影響がありますか?　たとえば、リュウマチが赤ん坊に出るとか……」

医師が噴きだした。

「それはありません。ですが、赤ちゃんより、むしろ母体があぶない。へたすると、あなた、寝たっきりになるかもしれない。ぼくは、そういう患者何人もみていますから」

医師は葉子の顔をまぶしそうにのぞきこむと、快活に言った。

それっきり病院通いは止めた。特効薬がなければ、自分で何とかするしかない。これまでもそうしてきた。だが不安がなくなったわけではない。

そんなある日の午後、事務所のドアがおそるおそる開いた。六十がらみの白髪の上品そうな女性が、おじけついたように立ちすくんでいる。葉子はすばやく立ちあがり、小さな応接椅子に腰をおろさせた。

「あの、半年前に主人が亡くなりまして、その相続登記というのをお願いにまいりました」

事務所には紹介者もない飛びこみの客も多い。女性はかすれ声で言うと、不安そうに葉子を見た。葉子はにこやかに微笑むと、女性が持ってきた書類をていねいにめくった。

「よくそろっています。あとの書類はここにメモしましたから、ご自分でとれますか?」

女性は、じつはここに来る三ヶ月前、法務局で必要書類を聞いて集めてきたとほっとしたように言った。葉子はうなずきながら、客に茶をすすめた。そのとき不意に、客が小さく叫んだ。

「あなた、もしや葉子ちゃん? 小学校で娘とおんなじクラスだった……」

「えっ……?」

「おぼえておいでかしら、私、金山典子の母です。主人はこの近くで鋳物工場を経営しておりました」

「典ちゃんのお母さん!……」

おぼえていないどころではない、金田典子は小学校時代の親友だった。

「やっぱり葉子ちゃんなのね。すっかり見違えて」

「お母さんもお変わりなく」

典子の母は女学校を出た上品そうな女性だったが、面倒見も良かった。日曜日の度に葉子たちは典子の家に集まり、一日中遊んだものだ。だだっ広い休日の鋳物工場は子どもらの格好の遊び場で、たくさん並んだ資材置き場の二階から二階にロープをはって、ターザンのまねして、「アーアーアーッ！」と奇声をあげて綱渡りする。男の子も女の子もなく、暗くなるまで遊んだものだ。もちろん昼飯を食べに家に帰る子などいない。そんな時、典子の母が作ってくれるおにぎりや湯気のたった味噌汁、たまにコロッケやエビフライがついていて、われ先にとほおばったものだ。懐かしさがこみあげて、葉子は白い歯を見せて微笑んだ。

「葉子ちゃん、あなた、とてもお元気そうですわ」

葉子が嬉しそうにこくりとうなずくと、

「お母さまからお聞きしておりましたの、あなた、あれからお仕事で名古屋に行かれたって」

「ええ、無茶しちゃいました」葉子が茶目っ気たっぷり声をはずませると、

「その後、どうなさったの？　病気の治療は……」

葉子は正直に紡績工場での暮らしを語った。

「まあ、お仕事の合間に、町のお医者さんに副腎皮質ホルモンのお注射をうっていただいただけ？それもたった一年……」

典子の母は、なおも疑わし気な目つきで葉子を食い入るように見つめていたが、

「ねえ、あなたの手、ほんとうになんともないの？　ちょっと見せてくださらない」

けんまくにおされて両手をテーブルに置いた葉子の指をなでながら、

「きれいな手だわ、ちっとも変っていない。それでいまは何ともないの？　リュウマチ……」首をかすかに傾けながら、葉子の顔をいぶかるようにのぞきこんでたずねた。

葉子は情けなそうに首をふった。仕事をしながらバレーボールをしたり、歩いたり、ひたすら身体を動かしたから、ある程度は進行を止められたと思うけど、まだ完治したわけでないと、眉をくもらせた。

「でも良かったこと、その程度ですんだのですもの」

ありのままにうちあけて葉子は気が楽になった。テーブル越しに身を乗り出して、

「ところで典ちゃんは、どうしていますか？　いまでも絵を描いていらっしゃるのかしら」

眼を輝かせてたずねた。

同じ二十歳でふたりは多発性関節リュウマチと診断された。狭い町だから同じ町医者の待合室で、およそ十年ぶりの再会だった。典子は、中学から東京のお金持ちが行く私立女子中学に入学し、そのまま短大まで通って、卒業後は家業の手伝いをしていると語った。

「でもね、夢があるの」病院の待合室で、典子は大きな眼をくるっとまわしてうちあけた。

いつまでも家の手伝いをしているつもりはないの、いずれリュウマチが良くなったら、美大にいって将来は画家になりたい。それがむりでも、画家のお嫁さんになりたいの、そう白馬に乗ってやって来る、わたしの王子さまと、いつの日かめぐりあって、結婚するのよ……。

胸に両手をあて、典子は大きな眼を細めて夢見るようにうっとりと天をあおいだ。そういえば典子

は絵が得意で校内の展覧会では度々入賞していた。あのときの典子の弾んだ話し声まで甦ってくる。

黙って葉子の話を聞いていた典子の母が、不意に喉から絞り出すような呻きをあげた。

「典子はね、あのときお医者様のすすめるまま入院しましてね……」

葉子も母から聞いて知っていた。うなずく葉子の視線に気づくと、つと唇をかんで、口惜しそうにしゃべりだした。

「ベッドに縛りつけられるように寝かされて、来る日も来る日も抗生物質を大量に投与されまして、これで良くなると信じましたの。……でも、いま思うと、リュウマチの特効薬なんてなかったのですわ。その後も入退院をくりかえして、結局リュウマチの進行を止めるどころか、いまでは手足の関節がみにくく曲がってしまって、タオルもにぎれなくなりましてね。……結婚もできずに家に閉じこもったまま、毎日ぶらぶらしていますの」

葉子は息が止まるかと思った。

あの典子が……信じられない。典子だけは特別な女性だと思っていた。

同級生の誰もが貧乏な魚屋、肉屋、菓子屋、家具屋など小店主の子どもらだったのに、典子は鋳物工場の金持ちの娘だった。頭が良く、黒目勝ちの大きな眼が愛くるしい美人で、年に一度の彼女の誕生会に招待されるのが、同級生たちの自慢でもあったのだ。食べたこともない高価な洋菓子を出されて、とろけそうな甘さに夢にまでみた……それも典子の母の手作りと知って二度びっくりした。こんな母に育てられた典子が羨ましくてたまらなかった。

「葉子ちゃんは運が良かったのね。昔のまま可愛くて、いえ、ずうっとお綺麗になられて、リュウマチを患っていたなど、誰も思ってもみませんわ」

典子の母は手作りの刺繍のハンカチを口もとにあてながら、にこやかに微笑んだ。子どものころ、刺繍入りのハンカチがほしくて、ある時ゴミ箱に捨ててあったのをこっそり持ち帰った。ていねいに洗って宝箱入れにしまった。久々に見たハンカチは刺繍の糸がほつれて、色も黄ばんで見えた。

「工場もいろいろございましてね、五年前から主人が腎臓を患ってからというもの人手にわたり、いまは郊外にアパートを建てて、その一部屋で暮らしておりますの」

事務員が茶を淹れなおした。湯気があがる茶の香りにふたりは黙って向かい合っている。

そのとき、明るい声が場違いにひびいた。

「ところで、あそこにいらっしゃるのがご主人さまかしら？」

健介は机から顔をあげると、立ちあがって軽く会釈した。小さな事務所だし客との話はつつぬけだ。さっきから葉子との話を聞くともなく耳にしていたのか、典子の母をみる眼には深い悲しみと同情がこめられていた。

それを潮時に、典子の母は立ち上がった。小学生だった葉子にはすらりとした姿勢のいい姿しか記憶にないが、白髪の美しい髪をゆらしながら事務所のドアに手をかけた彼女は、ひとまわり小さくみえた。その姿を見送って応接テーブルを見た葉子は、置いたままになっている相続登記の書類を見つけて、あわてて後を追いかけた。

「この次おいでになるとき、一式もってきてください」

葉子の叫びに、典子の母は不意をくらったのか、一瞬顔をしかめたが、

「葉子ちゃんに登記お願いしますから、預かっておいてくださいね、それと、家にも遊びにいらして……典子がよろこびますわ」と、にこやかな表情にもどると、

「では、ごきげんよろしゅう」微かな微笑さえ浮かべて道路を斜めに突っ切ると、もつれるような足取りでバス停に向かった。

その夜ベッドに入っても葉子は寝つかれなかった。

あの典子が、リュウマチを悪化させて、いまなお苦しんでいる！

思ってもみなかった旧友の不幸に葉子は打ちのめされた。しかも決して他人事ではなく、紙一重だと思うと、脂汗がにじむほど不安にさいなまされる。

考えてみれば、葉子だって健康体とはいえない。でもまがりなりにも葉子は健介という生涯の伴侶にも恵まれて、おまけに外見的にはリュウマチを患っているとは見えずに、あたりまえに働いて、週末ごとの楽しみを味わっている。

だがリュウマチはやっかいな病気だ。油断していては普通の暮らしも守れない。健介との生活はまだはじまったばかりだというのに。

「健介……」葉子は寝息をたてている健介の身体によりそって、ささやいた。暖かなぬくもりに葉子は癒されたが、眠りは朝方まで訪れなかった。

典子の母はその後書類がそろわないのか、一向に姿を見せない。気にしながらも葉子は日々の激務

においまわされ、つい連絡もおこたっていた。

そんななか秋口になって、急に食欲がなくなった。もともと食も細いとあって気にもしていなかった。ところがそのうち吐き気がしてきた。

葉子は姉が出産した赤羽の産婦人科の門をくぐった。なんとなく予感がした。

病院の診察室でさんざん待たされ、ようやく白髪の髪が薄くなった六十過ぎの医者の前に座らされた。そのまま、診察台に案内され、しばらく待たされた。

「おめでたです」ふたたび診療室の椅子に座ると、老医師は、ずりおちそうな眼鏡の奥から人のよさそうな丸い眼を向けて、つぶやいた。

葉子はぱっと顔を赤らめ、それからおずおずとたずねた。

「じつは二十歳のころ、多発性関節リュウマチを患って……」

その時の薬の副作用からか、心臓を患っていると不安げに言うと、

「いまでもリュウマチの薬飲んでいるの？」

「いえ、薬はもうとっくにやめています」

「そう、……心臓がもつか、どうか、保障はできないなあ。まあ、そういう持病があるなら、あまり無理しないで、ご主人ともよく相談してください」

医者は専門外の話をうとましく思ったか、眼鏡越しにカルテに眼をおとすと、「次のひと」と不愛想につぶやいた。

葉子は、産婦人科のドアをいきおいよく押すと、秋の陽ざしのなかに飛びこんでいった。バス通りを駅に向かって歩きながら、よろこびにあふれたまなざしで、何度も、なんかいも、つま先だって、ダンサーのようにくるくる回転して、あやうく足を蹴り上げようとして、身をちぢませた。通行人が妙な眼でふりかえる。思わず顔を赤らめながら、

「明日からはハイヒールもやめる。もっとぺったんこな靴、それにコーヒーは赤ちゃんにはわるいから、母体にはやっぱり牛乳だわ」

葉子はほがらかな声でさえずり続ける小鳥のように、青空に向かって高らかに宣言する。

健介との新しい命が、いま葉子の胎内に宿っている！

理屈なんていらない。それは事実なのだ。わけの分からない興奮が、激しい感動の渦が、全身の血を逆流させたように、葉子の体内を駆けまわる。女体だけに与えられた太古の昔からの神秘な営みが、葉子の身にも起こったのだ。

思ってもみなかった原始的な体感に、葉子は真っ青に広がる空に、大声で叫びたい衝動にかられた。

誰がなんと言おうと、この子はわたしの命……、かけがえのない宝物……、

私だけをたよりにこの世に存在する、小さな、ちいさな命……。

葉子は腹に手をあて、目の前の歩道橋を無意識に登り始めていた。健介と山歩きするようになって、葉子の高所恐怖症の程度もいくらか鳴りをひそめたか、近ごろでは駅への近道に歩道橋を利用するまでになっていた。なかごろまで歩いていくと、おびただしい車の騒音にまじって、激しい急ブレーキの音、それから女のつんざくような悲鳴がした。

おどろいて下を見ると、急停車したらしい車の近くに、三、四歳ぐらいの男の子が倒れていた。そばには子どもに蔽いかぶさり大声でわめきたてる母親らしい若い女と、運転手の後ろ姿が……。

葉子はおもわず顔をおおって、しゃがみこんだ。耳もとで健介の絞り出すような声がした。

……葉子ちゃん、ぼくたちの子どもは、あきらめようね……

暑くもないのに冷や汗が額にねっとりとにじみ出て、葉子は両手で顔をおおったまま、洪水のような車の氾濫の音を不気味に聞いていた。

喜びと、その何倍もの不安が、細い葉子の身体をがんじがらめに縛りつける。

実家によった。

母も姉も、誰もが仕事でせわしなかった。

葉子は、ひとりでバスに乗ると、隠れ家に向かった。

窓越しにまるまるとした月が柔らかな光を放って追いかけてきた。

今夜は中秋の名月……、葉子はそれすら忘れていた。

無意識に腹に手をやり、月に向かって哀願するように問いかける。でも、葉子はもはやひとりではなかった。

いつもなら陽気に歌のひとつも口ずさむのに、その夜はただ黙々と夕食の支度をした。何度も何回も、柱時計を見ては、不安そうにため息をはく。

健介は九時過ぎてようやく顔をみせた。蛍光灯の灯りの下でも健介の顔には疲労がにじみでていた。いつのまにできたか広い額の中央に数本の縦じまがくっきりあらわれていた。

食事をすますと、葉子はエプロンの端をきつく握りしめながら、思いつめた表情で健介の前に座った。

「あなたとの大事な約束、ひとつだけ破ってしまいそうよ……」

葉子は息をつめ、口ごもった。

健介は怪訝そうに、葉子の真っ赤に染まった顔を見つめた。

葉子は長すぎる健介のまつげを不安そうに見つめて、しきりとため息をはいている。

「どうしたの？　なにか、あった？」

葉子は激しく高鳴る胸の鼓動の音を聞きながら、祈るような、すがりつくような眼差しで、健介を見つめた。

「……あのね、あたし、赤ちゃんができたみたいなの……」唐突に切りだして、葉子は自分の言葉におびえた。

「あなたとあれほど強く約束したのに……、ああっ、ごめんなさい……」

声がかすれて何を言っているのか、頭がぐらぐら揺れて、意識もうすれそうだ。

「葉子ちゃん……」

「お願い……わたしのお腹の赤ちゃん、ひと目だけでも、会ってみたいの……」

葉子は眼をつりあげ、身をよじって、あえぐように唇をふるわせる。

健介は無言のままだった。わずか一、二秒の瞬間が、葉子には永遠の時に思えた。

「もちろんだ。僕たちの子どもだ。——でも、葉子ちゃんの心臓、だいじょうぶかな？　ぼくにはそっちのほうが心配だ」

健介はいつも通りのおだやかな口調で言うと、葉子をひきよせ、細い指先で葉子の長い髪をなでた。

葉子は、雷にうたれたように顔をあげた。涙がどっとふきあげ、頬がたちまち濡れた。

「医者は、心臓が陣痛に耐えられるか、よく考えなさいと忠告してくれたけど」

「……？」

「心配しないで、わたし、心臓が止まるまえに、産んじゃうから。いい考えでしょう」

健介がふきだした。葉子の涙の頬を両手でおさえると、熱い唇で、葉子の涙をぬぐった。

八

葉子は、暮れに和服をひとそろい新調した。普段着になじみやすい大島紬を奮発して買った。呉服屋で見せられた江戸小紋も捨てがたかったが、和服になじんでからでも遅くないと健介が言ったので、次の楽しみにとっておくことにした。

葉子は高校生のころ、日本舞踊に憧れた。母親に頼みこんで着物一式をそろえたが、先生が急に転居することになり諦めた。

良い機会だわ。赤ん坊が産まれたら和服を着て、赤ん坊に乳をふくませる。いつかどこかの名画で見た構図が脳裏をかけめぐる。秘かなたくらみは、たとえ健介でもはいりこめない、葉子だけの甘美な夢想の世界だった。

長野の山田牧場のスキー場のゲレンデに、葉子は新調したばかりの大島紬を着て立っていた。まばゆいばかりの陽ざしが雪に照り返されて、葉子はああっとうめくようにつぶやくと、光をさえぎるように眼を細めていた。

健介が、スキー仲間とシュプールを描いて降りくるのが見える。

健介が葉子を見つけて、ストックを大きく空に振りまわした。葉子もつられて片手をあげて、それから愛おしそうに両手で腹を抱きかかえた。

「ほら、パパが滑ってくる。よくみて、あなたのパパよ！」

長野から山田牧場までバスで一時間半、山道を葉子は健介につかまりながら、必死の形相でこらえていた。前の座席には、例のスキー仲間の中年男と若い女が、肩をよせあい、何やらひそひそ話しこんでいる。

中年男とはその後スキーの誘いも断りがちになっていたが、たまに応じることもあった。とにかく面倒見が良く、こちらが煙たがっているのも無頓着で、事務所にまでやって来ては執拗に誘う。おまけに、自分が勤務している会社の登記の仕事まで依頼していくので、おいそれと断るのも悪い気がした。

「正月にしては格安の料金で、宿の飯はうまい。ゲレンデもまずまずだし、行かないって手はありませんよ」

中年男は自宅にまでやって来て、健介と葉子を誘った。しまいには根負けして、とうとうこんな山のなかのスキー場まで来る羽目になった。

正月を家族と過ごさないのだろうか？　中年男が葉子らを誘うのは、若い女とスキーに行くのが目的で、利用されている、そう考えると合点がいく。

葉子がそんな懸念を健介にぶつけても、健介は話題にものってこない。そんな俗世間の思惑など、健介にはどうでもよく思えるのか。いつしか葉子もそんな世間の常識など気にならなくなっていた。それより、せっかくの正月、スキー場で健介と過ごすほうが、ずっと魅力的に思えるようになっていた。

それにしても遠すぎる。しかも辺鄙《へんぴ》だ。こんな先に、中年男が自慢するスキー場や宿があるとは、とうてい思えない。葉子は腹をかかえたまま、さっきから荒い息を吐き続けて、こみあげてくる苦い唾液をのみこんでいた。

舗装されていない山道を、バスはもう一時間ちかくも、ごとごと音をたてて、右に左に車体をきしませながら、走り続けている。

「ねえ、あと何時間でスキー場に着くの？」

葉子はしびれをきらせて健介の脇腹をこづいた。さすがに健介も不安になったのか、

「あとどれくらいで着きますか？」と、運転手の背後から声をかけている。

しじゅう演歌を口ずさんでいる運転手は、「ああ、もうすぐ、すぐですよ」と、妙な節まわしをつ

けながら、両手で握ったハンドルを抱きかかえるように背をまるめて言った。

「このまま産まれたら、月足らずもいいとこだわ」

葉子は恨めしそうに窓の外をながめながら、ため息をもらした。

医者は妊娠三ヶ月、もっとも流産しやすい時期だから、くれぐれも安静にといったのに……、それを百も承知で、それでも葉子はやって来てしまった。

お腹の赤ちゃんに、雪山の美しい光景を、白い雪のシュプールを描いて、さっそうと滑りおりる健介の雄姿を、見せてやりたかった。

そして、新しい年を、健介との愛の結晶である赤子とともに、祝いたかったのだ。


商家の女は、男と同じ労働をして、家事も子育てもやる。母も、姉も、寿司屋に嫁いだ妹ですら、出産ぎりぎりまで働いた。そのせいか、誰もお産は楽だった。

葉子は大きくせりだした腹をかかえて、予定日の一週間前まで銀行に出入りした。

若い男子行員はそんな葉子のすがたに戸惑ったように視線を外しながら、

「あのね、男性が強いと、女の子が産まれるそうですよ。ぼくなんか、三人とも女の子、すえは破産ですよ。銀行員なのに……」など、真顔でつぶやいて、なぜか顔を赤らめた。

融資課の誰もが、太って腹をせりだした葉子をまぶしくながめながら、

「顔立ちが優しいままだ。きっと綺麗な女の子だ」

「そうだな、楽しみだな」など、自分のことのようにうわさしあって、閉店後の行内で、ひとしきり

煙草をくゆらした。

煙草は煙だって赤ちゃんには悪いのに……ブーブー言いながらも葉子は満ち足りた表情で、定時でシャッターが閉まった銀行を、書類をかかえて後にする。

そうして山のように積まれた書類を前に、牛乳を飲みながら、葉子は根気のいる仕事をこなした。

健介は葉子の身体を案じて、早く帰れと口を酸っぱく言うが、葉子はこれまでどおり事務所につめていた。

そのうちお腹の赤ん坊が、動いた、やや腹を蹴ったと騒ぐうち、なぜかリュウマチも影をひそめたのか、細い葉子の身体もぐんぐん太ってまるまるとしてきた。


六月になって、葉子はおおかたの予想どおり女の子を産んだ。

その日、タクシーで病院に駆けつけ、真夜中過ぎて陣痛がはじまった。

看護師がたびたび電話で呼んだが、老医師は眠りこけているのか、なかなかあらわれない。とうとうしびれをきらした看護師が廊下に飛びだしていった。

葉子は分娩室にひとり残された。天井の蛍光灯が眼にチカチカして葉子は思わず眼をつむった。陣痛は思ったより間隔があいて、痛みもどこかゆるやかだった。

それにしても、駆けだしていった看護師も、もどらない。あれから十分ばかり経ったのか、それともわずか五分のこと？……、葉子は次第に気の遠くなるような不安のなかにいた。

産気づいて医者も看護師もいなかったら、どうなるのだろう。耳をすませて廊下の物音を聞こうと身体をいざらせる。だが深夜の病院は眠ったように、物音ひとつ、しない。

葉子は観念したように再び眼を閉じた……。

いつしかあたりは一面の雪……外は吹雪が荒れ狂っていた。激しく揺れるテント……、なかに若い女がひとりで、立ち膝を立てたかっこうでいた。女は肩でしきりに荒い息をはいて、そのたびに猛獣のような唸り声をあげていた。子どもだった葉子には、そのシーンも意味も分からなかった。どこのテレビ局のドキュメンタリーだったか、それすら覚えていない。

最後にナレーションが、おどろいたような男の声でした。

エスキモーの女は、ひとりでも出産する！

葉子は眼をあけた。あいかわらず天井の蛍光灯が、煌々と白い光をなげかけている。

葉子はおもわずクスっと微笑った。

そうだわ、産むのは医者ではない、あたしなんだから、……いざとなったらエスキモーでいこう。

そうこうするうち廊下からあたふたとスリッパの音がして、老医師と看護師が分娩室に飛びこんできた。医師の丸眼鏡がずりおちそうに、鼻先にぶらさがっている。よほど慌てたか、白衣も着ていない。開襟シャツのボタンがかけちがっていた。

医師は猫背の背中を丸めて葉子になにか話しかけた。陣痛の痛みがつきあげるように起こった。あわてて大きく息を吸いこみ、深々と吐いた。眼は無意識に壁の柱時計を見あげている。

午前三時四十六分……、
そのとき、赤子が泣き声をあげた。

けた。

「女の赤ちゃんですよ」

看護師がすかさず抱きあげ、分娩室にひびくように叫ぶと、老医師はずりおちそうな眼鏡の奥の眼をパチパチさせながら、何度もうなずいた。それから疲れたようなため息をはくと、分娩室の扉を開けた。

朝になるのを待ちかねて、葉子は病院の公衆電話にかけつけ、受話器をとった。

「えっ、もう産まれちゃったの？」

受話器の向こうから健介のおどろいた声がした。タクシーで駆けつけたのか、まもなく葉子の寝ているベッドにやって来た。やや遅れて実家の母親と姉が、義兄の車であらわれた。

「陣痛が、思ったより、のんびりしていたの。この子、きっと大物よ！」

葉子は得意そうに、誰かれに声をはずませ言いながら、乳児室に案内した。

生まれたての赤ん坊が、小さなベッドに横に一列に寝かされている。ガラス越しに見えるどの子も、赤くてしわくちゃな顔に、小さな紅葉のような手足をばたばたさせ、泣きわめいていた。

「六人並んでいるなかで、とびっきりの美人だ。美しい天女のようなふくよかさだ！」

健介が上ずった声をはりあげると、母も姉も、

「ほんと、あの子だけ、きれいな顔をしている」と、満足そうにうなずきあう。皮肉屋の義兄までが、

「赤ん坊にはめずらしく整った顔をしているな。ほかの子なんか、まるでサル……」言いかけて、姉にわき腹をこづかれ、頭をかいた。

「ゆっくり身体をやすめて」健介は葉子をベッドまで送ると、その足で事務所に向かった。

一週間で退院すると、実家の父に見せにいった。

遅れて出てきた最後の孫に、父は息をつめて、おそるおそる両腕にかかえた。

梅雨時にはめずらしく、太陽がぶ厚い雲を押しのけるように、柔らかな光をなげかけていた。

「色の白い娘だ。ほら、血管が赤く透けてみえる。弁天さまみたいな顔をして……」

母は産まれたての赤子を太陽にかざし、そっと頬ずりして眼を細めた。


（了）

あとがき

はじめて小説を書き始めたころ、小説教室の講師の根本昌夫先生にいわれた。銀座を裸で歩く覚悟で書きなさい、と。

初心者クラスだったこともあり、皆くすくす笑いあったり、ポカンとしたり、まるで他人事だった。だが、その後も書き続けるなかで、たえず頭のなかを去来したのもこの言葉で、私にとっては深い意味を持つものだった。

そうして初めて小説らしき作品を書き、講師にも褒められたのが、この作品『或る女　葉子』の原型だった。十五年近くも昔のことである。

しかし、あまりにも自分の体験に近い作品でもあり、小説教室に発表して以来、長い間封印してきた。世間にさらけ出すには恐怖があった。あまりに未熟すぎで、情けない自分の過去が、苦痛に思われたからだ。

その間、私なりに模索し、もともと歴史が大好きということもあり、歴史に題をとり、多くの歴史小説を手がけ、幸運にも郁朋社の「歴史浪漫文学賞優秀賞」でデビューし、世に発表の機会を得た。まだまだ書き残した題材も多く、あれこれ模索中ではあるが、コロナ禍で巣ごもりするうち、ふと過去に封印した作品を読み返してみた。

若く、未熟だった当時の自分が、懸命に羽ばたこうと、もがいていた。不意にあふれでた涙で、原稿の文字がぐぐもった。

日本中が第二次世界大戦の敗戦から立ち直ろうと、復興、再生の道を目指して、沸騰するような熱気のなかにあった、あの時代、限られた情報社会のなかで、挫折しまいと彷徨し続けた魂が、天空から叫んでいた。

「わたしを忘れないで」、「私たちの青春の情熱の火を消さないで」と。

今思うと恥ずかしさがこみあげる。

未熟さゆえに生きる道を懸命に模索し、幼さゆえに恋に焦がれて、初恋の苦い果実にもだえ、それでも今日を精一杯生きることで、明日こそ強く、強くなれると信じて、未来に向かって駆けだそうと空を仰いだ、あの濃密な青春の日々……。

それも、社会人になり、予測すらしなかった社会の厚い壁に阻まれ、理不尽にも職場を追われ、さらには信じていた組織からも未来の希望を閉ざされ、危うく葬られそうになって、もがき苦しんだ若き魂の苦悩……、だが、これも、ひとつの時代の証言ともいえる。

長く歴史小説に魅了され書き続けてきた私にとって、自分たちの青春も歴史の一部に組み込まれたという事実を受けとめることは、面映ゆく、くすぐったい感慨でもある。

考えてみれば、人生のなかでも、最も多感で勢いのある青春時代は、誰にもたった一度だけ、若さだけしかなく、その若さすらもてあまして、悩ましくも甘酸っぱい感傷だけの、人生の一時期にすぎないのかもしれない。

それだけに、愛おしい。

今日の閉塞感ある時代だからこそ、誰しもが胸の裡をさらけだし、自分たちの人生を、歩んできた道のりを、思いっきり語りあい、今日の困難が、いつまでも続かないことを、確かめあいたい。

そうして若い読者の皆さんにも、本書を読んで、知っていただけたら……。

光り輝く青春の日々は、甘酸っぱい果実とともに、あなたの、隣に、そっと微笑んでいることを。

本書が、明日への活力の、ささやかな一助になることを願って。

最後に、本書を書いている間、大学の同級生の吉田一郎氏には、学生時代の懐かしい写真を送っていただき、当時の記憶がさらに甦り、創作意欲をかきたてられたこと、感謝の念をお伝えしたい。

さらには、小説教室の講師、根本昌夫先生には、いつもながら温かいご講評をいただき、励ましをいただいた。生涯一弟子として、紙上をお借りして、心から謝意を表したい。

令和三年　吉日

小室　千鶴子

編集部註／作品中に一部差別用語とされている表現が含まれていますが、作品の舞台となる時代を忠実に描写するために敢えて使用しております。

或《あ》る女《おんな》 葉子《ようこ》 ——恋《こい》と革命《かくめい》、挫折《ざせつ》からの出発《しゆつぱつ》——

2021年7月15日 第1刷発行

著　者 — 小室《こむろ》 千鶴子《ちづこ》

発行者 — 佐藤 聡

発行所 — 株式会社 郁朋社《いくほうしや》

〒101-0061 東京都千代田区神田三崎町2-20-4
電　話 03（3234）8923（代表）
ＦＡＸ 03（3234）3948
振　替 00160-5-100328

印刷・製本 — 日本ハイコム株式会社

落丁、乱丁本はお取り替え致します。

郁朋社ホームページアドレス http://www.ikuhousha.com
この本に関するご意見・ご感想をメールでお寄せいただく際は、
comment@ikuhousha.com までお願い致します。

 ISBN978-4-87302-732-6 C0093